BACIARE UN RE

SCANDALI REALI: SAN RIMINI

NICOLE BURNHAM

CAPITOLO 1

"Buongiorno, Vostra Altezza. Com'è andata la sessione con Greta, questa mattina?"

Re Eduardo diTalora lanciò un'occhiata di sbieco alla sua assistente personale di lungo corso, Luisa Borelli, quando quest'ultima gli si affiancò. Elegante come sempre, Luisa indossava una gonna marrone chiaro e una giacca di sartoria, e ai piedi calzava scarpe con tacchi bassi. I suoi capelli neri erano raccolti in uno chignon impeccabile sulla nuca e piccolissimi orecchini d'oro le punteggiavano i lobi delle orecchie.

Luisa era molto abile nel suo lavoro. Guardandola, nessuno avrebbe mai potuto dire che era anche il diavolo incarnato.

Eduardo scosse la testa, quindi guardò di fronte a sé, rivolgendo un sorriso ai vari membri del personale che attendevano nel corridoio, in attesa che lui raggiungesse il suo ufficio. A Luisa, disse: "Non sarebbe lunedì mattina se Greta non avesse trascorso il fine settimana a progettare nuovi metodi per torturarmi."

"Precisamente, quale parte della sessione avete trovato tormentosa, Vostra Altezza? Il salto sulla scatola?"

"No, perché Greta ha deciso di modificare quell'esercizio: ho dovuto entrare nella scatola…"

"Oh, ottimo–"

"Tenendo fra le mani una palla medica da quindici chili."

"Oh."

"Poi ha aggiunto una serie di esercizi con la tavola. A quanto pare, la corsa sarebbe insufficiente a irrobustire il fisico. Ho cercato di convincerla, ma lei non ha voluto ascoltare la mia saggezza."

"È un tipo cocciuto. Ma oserei dire che, quando si tratta di salute e forma fisica, Greta ha solitamente ragione."

"Così come la cugina che me l'ha raccomandata e che non mi ha dato pace prima che la ingaggiassi."

Eduardo inarcò un sopracciglio all'indirizzo di Luisa, ma attenuò l'espressione con un sorriso, che lei ricambiò.

Eduardo augurò il buongiorno a uno degli addetti alla sicurezza mentre lui e Luisa svoltavano l'ultimo angolo prima del suo ufficio, poi la donna disse: "È mio dovere assicurarmi che voi serviate il Paese al meglio delle vostre capacità. Mantenere un alto livello di forma fisica è fondamentale a tale scopo. Se vi farà sentire meglio, per domani ho programmato una corsa alle sei di mattina. Il tempo dovrebbe essere ideale: mite e limpido, con poco vento."

La maggior parte delle persone avrebbe considerato una corsa all'alba una tortura, ma per Eduardo, una scampagnata al sorgere del sole lungo la costiera di San Rimini o fra le colline che sovrastavano il palazzo era qualcosa di paradisiaco. Poteva respirare aria fresca, ascoltare musica e permettere alla sua mente di vagare. Per quella singola ora, non aveva responsabilità se non se stesso e non c'era nessuna Greta al suo fianco a insistere che poteva sforzarsi di più o eseguire un'ultima ripetizione.

Se Eduardo poteva fare quelle cose, le faceva senza che qualcuno glielo ricordasse.

Eduardo salutò un corriere in attesa vicino alla scrivania di Luisa, poi lanciò un'occhiata alla sua assistente. "Sarei grato se ci fossero dei waffle nella sala da pranzo dopo quella corsa. Samuel ha servito della farinata, oggi. Buonissima, ma comunque farinata."

"Vedrò quello che posso fare, anche se Samuel aveva menzionato di avere in programma quinoa al forno con frutti di bosco."

"Farò finta di non aver sentito."

"Forse potreste far finta che si tratti di waffle?"

"Farò finta di non aver sentito nemmeno quello. Farò finta che lei abbia detto: 'Sì, Vostra Altezza. Ordinerò gli waffle e farò in modo che Samuel li serva con abbondante sciroppo. E magari con un po' di quella frutta a parte.'"

Luisa sollevò un dito a indicare al corriere di aspettarla, poi lei ed Eduardo entrarono nell'ufficio formale del re. Il principale consigliere politico di Eduardo, Sergio Ribisi, era seduto su un divano accanto all'addetto stampa di Eduardo, un giovanotto nerboruto di nome Zeno Amendola, che sembrava più adatto a guidare una squadra di rugby che una sala stampa. I due erano ingobbiti di fronte a un tablet, intenti a consultare quelli che Eduardo immaginava fossero gli appunti per la riunione mattutina. Di fronte ai due era seduta Margaret Halaby, la sua responsabile degli Enti Benefici e Patrocini. Margaret aveva le mani in grembo e una penna fra le dita. Un taccuino era posato sul divano accanto a lei, la prima pagina piena di scritture indecifrabili, elenchi puntati e frecce. La donna aveva lo sguardo fisso alle spalle dei due uomini, persa nei suoi pensieri.

Luisa emise un piccolo rumore per attirare la loro attenzione. Tutti e tre si alzarono all'unisono e augurarono il buongiorno a Eduardo. Lui indicò loro di accomodarsi, poi chiese a Luisa di avvisarlo cinque minuti prima di doversi allontanare per il primo impegno della giornata.

"Com'è andata la sessione con Greta?" chiese Zeno una volta che Luisa si fu chiusa la porta alle spalle.

Eduardo trafisse Zeno con un'occhiata nefasta. L'uomo ebbe la faccia tosta di sorridere in risposta.

"L'ho vista trasportare una palla medica per il garage," disse Margaret. Si rivolse a Zeno. "Hai mai fatto gli squat con una di quelle? Si può anche lanciare. È ottima per allenarsi."

"Le palle mediche sono attrezzi eccezionali." Zeno spalancò gli occhi fingendo entusiasmo. "Mi piace fare gli affondi tenendone una sollevata sopra la testa. Senti tutti i muscoli che bruciano."

"Questo è un complotto," disse Eduardo ai tre. "Posso battere in velocità chiunque lavori in questo edificio, tranne il personale addetto alla sicurezza – e forse persino qualcuno di loro – ma voi tutti insistete che io veda Greta tre volte alla settimana."

"È rassicurante per i cittadini di San Rimini sapere che vi prendete cura della vostra salute e che il vostro cuore è forte anche dopo l'operazione," disse Sergio. "E poi, a voi piace Greta."

"Non quando mi dice di mantenere la posizione sul fianco, su un braccio solo, per trenta secondi in più. L'ho informata che a San Rimini sono in vigore leggi severe a tutela della persona del monarca."

"Immagino che lei vi abbia ricordato che avete firmato una liberatoria," ribatté Zeno.

Eduardo lanciò un'occhiata al suo addetto stampa. "Lei ha ribadito che non stava recando danno alla mia persona. *Poi* mi ha ricordato che, in ogni caso, avevo firmato una liberatoria."

Eduardo prese posto alla sua scrivania, poi ringraziò Luisa quando questa rientrò nella stanza con una tazza di caffè fumante e la appoggiò su un sottobicchiere vicino alla sua mano. Quando la donna si fu allontanata nuovamente, il re guardò Sergio. L'arrivo della prima tazza di caffè di Eduardo segnalava l'inizio ufficiale della sua giornata di lavoro. "Affrontiamo prima i punti più complessi. Nel fine settimana ha ricevuto una lettera dalla Società Storica per il Distretto Centrale?"

"Sì, Vostra Altezza. Sono preoccupati per il vostro desiderio di riqualificare la Strada il Teatro."

"Me lo aspettavo, ma speravo che avrebbero atteso l'incontro di domani."

"Vogliono assicurarsi di essere ascoltati."

Eduardo resistette all'impulso di fare una smorfia. Tutti volevano essere ascoltati, soprattutto quando si trattava di apportare modifiche al viale più famoso del Paese. La Strada il Teatro si affacciava sulla costa adriatica del Paese e offriva una visuale stupefacente del porto di San Rimini. Ospitava diversi casinò, ristoranti, edifici storici e il Teatro Reale, da cui prendeva il nome. Era il simbolo più riconoscibile del Paese, con l'eccezione del Duomo e del palazzo stesso. Tuttavia, gli ultimi cambiamenti importanti apportati alla Strada – pavimentazione a parte – si erano verificati molto prima che le automobili diventassero di uso comune. Spesso, il traffico scorreva a passo d'uomo e i marciapiedi erano stracolmi di turisti a tutte le ore. Nonostante la palese necessità di rinnovamenti, i sanriminesi erano molto affezionati all'aspetto della via. Era quello il motivo per cui Sergio aveva organizzato un incontro per il giorno dopo, al fine di presentare la proposta del re a coloro che ne sarebbero stati influenzati in maniera più diretta. Aveva invitato rappresentanti della Società Storica per il Distretto Centrale, dell'associazione dei proprietari di casinò, del Consiglio Economico di San Rimini e del comitato organizzativo del Gran Premio di San Rimini, oltre al ministro dei trasporti. Sergio aveva coinvolto persino gli incaricati del mantenimento del parco pubblico che si trovava sotto una sezione della Strada. Una volta che Sergio avesse raccolto gli input di tutti, Eduardo aveva intenzione di presentare al Parlamento un piano comprensivo di modernizzazione.

In quanto re di San Rimini, Eduardo godeva di poteri

maggiori rispetto ai monarchi di Paesi come il Giappone o la Svezia. Non aveva diritto di voto in Parlamento, ma poteva presentare proposte di legge ed esprimere il proprio parere riguardo a qualunque argomento fosse in discussione. Nei secoli trascorsi da quando San Rimini era passato da una monarchia assoluta a una monarchia costituzionale, re e regine avevano esercitato il loro potere principalmente per migliorare i rapporti con le altre nazioni o per promuovere cause di beneficenza e umanitarie. Si tenevano ben lontani dalle minuzie della politica e dalle questioni finanziarie.

Quella legge avrebbe provocato molte esitazioni. Tuttavia, Eduardo si rifiutava di affidare la modernizzazione ai suoi successori o a parlamentari che temevano che toccare la Strada il Teatro avrebbe significato perdere i loro seggi. Era responsabilità di Eduardo promuovere il cambiamento a San Rimini.

Eduardo guardò Sergio. "Informi la direzione della Società Storica che il palazzo ha pienamente intenzione di apportare questi miglioramenti – badi a usare proprio questa parola – alla Strada il Teatro, in quanto essi sono il miglior interesse della nazione e di tutti coloro che hanno a cuore il distretto centrale. Ascolteremo il loro parere domani, cioè il giorno per cui abbiamo organizzato l'incontro."

Sergio annuì e prese appunti. Mentre Sergio scriveva, Zeno disse: "Vostra Altezza, è probabile che presenteranno il loro caso alla stampa. Osserveranno che non è consuetudine che il monarca si interessi a questioni del genere."

Eduardo allargò le mani sulla scrivania. "Mi risulta che, in base a un sondaggio pubblicato la settimana scorsa, la famiglia reale goda dell'opinione favorevole di quasi l'ottanta per cento della popolazione."

"Il settantasette, per essere precisi."

"Del settantasette per cento. Sapete quanti parlamentari vorrebbero godere di una simile approvazione? Abbiamo l'opportunità di sfruttare quella percentuale per il bene a lung termine della nazione. La Strada è rimasta fondamentalmente identica a se stessa per centinaia di anni. Il fatto che è stata costruita con un occhio alle parate significa che è più ampia di altre strade della sua epoca, ma comunque inadatta a un utilizzo moderno o all'influsso di turisti nel nostro Paese. Gli spettatori del Gran Premio di San Rimini si ritrovano spesso schiacciati contro le transenne, il che crea problemi di sicurezza. La strada dovrà cambiare, oppure dovremo limitare le dimensioni delle folle. È una scelta che nessuno vuole fare."

"Ognuno ha il suo feudo," osservò Sergio. "I proprietari dei casinò e dei negozi non vogliono che gli ingressi delle loro attività vengano bloccati in attesa del completamento dei lavori. La Società Storica non vuole che l'aspetto della strada venga modificato. E sebbene gli organizzatori del Gran Premio vogliano un percorso più sicuro e una crescita continua, non vogliono correre il rischio che la gara venga sospesa per un anno o più per via dei lavori."

"Sono d'accordo," disse Eduardo. "Approfitti dell'occasione di domani per mostrare loro il nostro piano di sviluppo e faccia appello ai nostri storici ed esperti di trasporti per convincerli che la nostra proposta è sensata. Abbiamo dedicato mesi di ricerca a questo progetto e siamo disposti a condividere tutte le nostre scoperte e ad ascoltare il loro contributo mentre procederemo con i lavori. Il cambiamento è difficile, ma i nostri cittadini hanno bisogno che la Strada funzioni a lungo termine. Se non riusciremo a far passare questa proposta in Parlamento con una percentuale di approvazione del settantasette per cento, non ci riusciremo mai. Ora, quali altre questioni dobbiamo affrontare?"

Zeno passò in rassegna i punti che avrebbe coperto all'incontro settimanale con la stampa, riguardanti principalmente i figli adulti del re. Il principe Antony aveva visitato uno stabilimento di riabilitazione per persone dipendenti da oppiacei nel corso del fine settimana, mentre la principessa Isabella e suo marito, Nick, avevano in programma di visitare tre scuole lungo il confine settentrionale del Paese, per parlare agli studenti della storia medievale sanriminese. Nick, docente di storia medievale presso l'Università di San Rimini, aveva organizzato una serie di incontri con le scuole nelle ultime settimane per stimolare l'interesse dei bambini nell'argomento.

Una volta che Zeno ebbe concluso, Sergio disse: "Domani sera presenzierete a una cena durante la quale la nuova ambasciatrice americana presenterà le sue credenziali. È arrivata ieri."

"Claire Peyton," disse Eduardo, appoggiandosi allo schienale della sedia. "Ho letto il fascicolo ieri sera. In precedenza, era l'ambasciatrice degli Stati Uniti in Uganda, giusto?"

"Sì. Pensavamo che avrebbe mantenuto tale incarico sotto il nuovo presidente, ma è stata riassegnata a San Rimini quando l'ambasciatore Cartwright ha annunciato il suo pensionamento." Sergio fece una pausa. "Non è un segreto che Rich Cartwright abbia trascorso l'ultimo paio d'anni senza smuovere le acque. Ci sarà un cambiamento notevole. Considerato che in molti, al Dipartimento di Stato statunitense, la considerano una promozione, l'ambasciatrice vorrà dimostrare il proprio valore."

"Ho letto del programma scolastico rurale che ha contribuito a istituire in Uganda. Sembrava interessante."

"Sì, Vostra Altezza. Probabilmente, l'ambasciatrice chiederà un incontro, nelle prossime settimane, per presentarvi il programma e chiedere il sostegno di San Rimini. Il presidente americano ha vinto le elezioni con una campagna fortemente incentrata sull'istruzione, per cui essa è prioritaria per la sua amministrazione. Tuttavia, a conti fatti, San Rimini non potrà contribuire. Il Parlamento potrebbe anche approvare un contributo finanziario, ma inviare insegnanti o consulenti sarebbe molto meno probabile, considerati i problemi di sicurezza attuali. E persino ottenere i fondi sarà difficile, dato che stiamo anche cercando di far passare il progetto per la Strada."

Eduardo non ebbe bisogno di tempo per valutare le priorità. Non c'era gara. "Mi pare di aver capito che il Parlamento discuterà dei finanziamenti del Distretto Centrale fra tre mesi. Voglio che la nostra proposta sia al centro del dibattimento. Da ora fino ad allora, sarà su quello che ci concentreremo."

Eduardo bevve un sorso di caffè, poi chiese a Margaret: "A che punto siamo con il programma Casa Nostra?"

"I festeggiamenti dei cinque anni di anniversario si svolgeranno venerdì alla scuola elementare in via Fontana. In quanto padrino, terrete un breve discorso incentrato sulla necessità di interventi tempestivi di sostegno alla salute mentale nelle scuole e sottolineerete il modo in cui Casa Nostra individua e assiste i bambini senza stigmatizzarli. Ho delle statistiche sulla necessità continuativa del programma e sul suo successo. Dovrei avere una bozza di discorso pronta per giovedì; potrete adattarla in base al vostro gradimento."

"Grazie. È una visita che sono ansioso di fare. C'è dell'altro?"

Margaret passò in rassegna gli aggiornamenti riguardanti altre due organizzazioni di beneficenza sostenute dal re, per poi fare rapporto sul riscontro di un evento a cui Eduardo aveva partecipato per un rifugio per animali.

Nel momento in cui Margaret concluse il suo aggiornamento, Luisa entrò nella stanza. "L'autista vi aspetta, Vostra Altezza. La vostra visita al centro di cure per la demenza comincerà fra venti minuti."

Eduardo ringraziò Luisa e si alzò. Sergio, Zeno e Margaret si alzarono a loro volta. "Abbiamo finito?"

"Un'ultima cosa, Vostra Altezza," disse Zeno. "All'incontro con la stampa di oggi ci saranno delle domande riguardanti la vostra visita al Duomo di questo giovedì pomeriggio. Avete deciso se volete tenere un discorso?"

Eduardo sentì l'angolo della sua bocca che guizzava, segno inconfondibile per i suoi collaboratori che l'argomento lo metteva a disagio. Era un tic che di solito lui era in grado di controllare, ma la domanda lo aveva colto alla sprovvista. In qualche modo, fra l'allenamento mattutino e i pensieri riguardanti la Strada, aveva dimenticato la visita annuale al luogo di sepoltura di sua moglie.

"L'anno prossimo sarà il decimo anniversario della morte della regina Aletta. Considerata l'attenzione che attirerà quell'occasione, quest'anno preferirei evitare i discorsi e mantenere la visita discreta."

Prima che Zeno potesse obiettare, Eduardo si rivolse a Luisa e chiese: "Ho del tempo libero da trascorrere con Arturo e Paolo oggi pomeriggio, quando torneranno a casa dalla scuola?"

I ragazzi, figli del principe Federico e della sua defunta moglie Lucrezia, erano sempre contenti quando Eduardo veniva a trovarli nel loro appartamento a palazzo. Eduardo non voleva chiedersi se i loro sorrisi fossero dovuti alla sua sfavillante personalità o ai dolci che spesso portava dalla cucina.

"Oggi no," disse Luisa. "Hanno una gita scolastica all'acquario e non torneranno prima di sera."

"Capisco. E del tempo per vedere Gianluca?" chiese Eduardo. Il figlio neonato del principe Antony e di sua moglie Jennifer era il suo ultimo nipote. "Qualcuno sa quando dorme il bambino?"

Nella stanza si levò un coro di *No* e di *Mai*.

"Beh, in tal caso, la prego di informare Jennifer che, se dovesse esserci un momento buono, sarei felicissimo di andarlo a trovare. Se Gianluca dovesse dormire, mi limiterò a guardarlo."

"Avete quindici minuti liberi attorno alle tre e mezza, Vostra Altezza. Informerò Jennifer della vostra disponibilità."

Eduardo rivolse un cenno del capo a Luisa, ringraziò Margaret per il lavoro che stava svolgendo sul suo discorso, poi si rivolse a Sergio e Zeno. "Sapete cosa fare per quanto riguarda la Strada. Abbiamo novanta giorni. Miglioriamo il Paese."

"Stiamo per conoscere un'icona."

Claire Peyton spostò lo sguardo oltre la sua assistente personale, Karen Hutchinson, per osservare la scena fuori dal finestrino dell'auto. "O suo marito. La seconda ipotesi è più probabile."

Il loro aereo era atterrato due giorni prima, ma Claire non si era ancora abituata del tutto al fatto che ora viveva nella minuscola e ricca nazione sudeuropea di San Rimini e non più nell'eclettico quartiere di Kololo a Kampala.

Claire riportò l'attenzione sulla strada, prendendo nota del tragitto che il conducente seguì dall'ambasciata al palazzo, ma non prima di gesticolare verso gli striscioni di fronte a un museo che proclamavano il ritorno di *Aletta: La mostra* dopo diversi anni di tour. I blu e i viola del sole al tramonto si riflettevano sulle finestre del palazzo, conferendogli una qualità evanescente.

Il che sembrava appropriato, considerato il tema della mostra: una collezione di vestiti, gioielli e altri articoli appartenuti alla defunta regina di San Rimini.

"Non ne sono sicura," rispose Karen. "Quanti di questi turisti, secondo lei, spediranno a casa dei souvenir con le immagini della regina Aletta piuttosto che del re o dei suoi figli? Re Eduardo ha un magnetismo difficile da ignorare."

"Io sceglierei qualunque cosa mostri il paesaggio. È fenomenale."

Karen emise un verso di assenso, poi cadde in silenzio e osservò il panorama.

La luccicante striscia di casinò e ristoranti che si affacciavano sulla Strada il Teatro, il lungo viale che correva parallelo al porto di San Rimini e al mare Adriatico, sembrava non poter esistere nello stesso mondo delle strade del centro di Kampala. A Kampala, le boda-boda guizzavano dentro e fuori dal traffico dell'ora di punta, i conducenti apparentemente ignari dei rischi costituiti dalle moto messe assieme alla bell'e meglio e del caos che li circondava. Studenti, impiegati e venditori ambulanti ingombravano i marciapiedi e occasionalmente attraversavano a casaccio. Il rumore dei clacson era costante.

A San Rimini, tuttavia, auto costose camminavano a passo d'uomo lungo il viale o se ne stavano ferme lungo il marciapiede, facendo scendere i passeggeri di fronte ai casinò. Coppie in abito da sera passeggiavano dagli alberghi verso il Teatro Reale, dove il cartellone annunciava lo spettacolo serale della *Traviata*. Non lontano dal teatro, l'alta cupola della cattedrale nazionale di San Rimini, il Duomo, si stagliava a dominare il fianco della collina.

Fascino da Vecchio Mondo e un'atmosfera romantica permeavano il distretto, come una favola che aveva preso vita.

A Claire tornò in mente un ricordo di quando aveva quattordici o quindici anni. Lei e le sue amiche si erano radunate attorno alla televisione nel salotto dei genitori di Claire mentre il futuro re di San Rimini sposava lady Aletta Masciaretti. Avevano praticamente lasciato chiazze di bava sulla moquette quando Eduardo aveva ammiccato alla sua sposa mentre le infilava l'anello al dito e Aletta aveva cercato di nascondere un sorriso. Claire trovava surreale il pensiero che si sarebbe ritrovata faccia a faccia con re Eduardo diTalora in meno di un'ora, in occasione di una cerimonia formale nel corso della quale avrebbe presentato le sue credenziali diplomatiche.

Cercò di dire a se stessa che per quanto potesse essere popolare sua altezza, la sua defunta moglie era la vera icona. Biblioteche, scuole e un'ala del dell'Ospedale Commemorativo Reale erano dedicate alla regina Aletta.

Claire sarebbe rimasta nel Paese finché il Presidente non avrebbe desiderato altrimenti, per rappresentare gli Stati Uniti e i loro interessi al meglio delle sue capacità. Per farlo, doveva concentrarsi sul ruolo del re come politico e volto del suo ricco

Paese, non sulla sua celebrità o sul modo in cui lei e le sue amiche avevano sbavato mentre guardavano il suo matrimonio tanti anni prima.

L'auto oltrepassò un capannello di turisti ben vestiti che attendevano di attraversare a un incrocio. Diversi avevano con loro acquisti fatti in boutique trendy, mentre altri avevano delle borse con il logo dell'acquario sul mare del Paese. Finalmente, il conducente raggiunse la loro uscita, quindi procedette lentamente lungo le stradine acciottolate, seguendo i cartelli che indicavano la Rocca.

"La Rocca di Zaffiro," disse Karen, guardando il cartello. "*The Sapphire Rock* in inglese."

"Ho trascorso buona parte della serata di ieri leggendo la sua storia," disse Claire. "La sezione più antica, la fortezza, è stata costruita all'inizio della Prima Crociata, per proteggere il porto. La pietra venne scelta per confondersi con il paesaggio e rendere difficile individuare la fortezza dall'acqua. Ma da quando la struttura è stata ampliata, un gioco di luci a certe ore del giorno fa sì che la pietra nuova sembri di un azzurro splendente vista dall'acqua."

"Mi chiedevo da cosa derivasse il nome. Non avevo mai pensato che potesse essere blu." Karen allungò il collo, ma era impossibile vedere il palazzo da quella posizione.

"La maggior parte del palazzo attuale è stata costruita nel Sedicesimo e Diciassettesimo secolo, in una pietra grigia completamente diversa dall'originale. Ma a quanto pare, se si osserva la fortezza dall'alto delle montagne, si riesce ancora a intravedere il blu."

"Due minuti al cancello," disse il conducente, voltandosi per farsi sentire dal sedile posteriore.

Claire lo ringraziò. *Si balla.*

Senza che nessuno glielo chiedesse, Karen tirò fuori uno specchietto in modo che Claire potesse controllarsi velocemente il trucco. Avendo intravisto una sbavatura all'angolo di un occhio marrone scuro, Claire usò il mignolo per dare una ripassata all'eyeliner; poi, soddisfatta, restituì lo specchietto. Sistemò il tessuto della gonna di seta rossa per evitare che si spiegazzasse prima dell'arrivo, poi abbassò lo sguardo per assicurarsi che i bottoni ad anello del top di seta bianca rimanessero ben chiusi.

No, quello era completamente diverso dal vivere in Uganda. Si passò una mano sui capelli un'ultima volta, per far sì che nessuna ciocca scorgesse dai lati del taglio corto, quindi trasse un respiro profondo.

Come se le avesse letto nel pensiero, Karen disse: "Il suo lavoro qui sarà diverso da quello che ha svolto negli ultimi cinque anni. Dovrà usare davvero lo spray per capelli e indossare abiti formali più di un paio di volte all'anno. Lavorerà a stretto contatto con la famiglia reale e con il Parlamento."

Claire non riuscì a nascondere del tutto il sorriso. Cercava sempre di avere un aspetto professionale, ma non riusciva a ricordare di essersi mai preoccupata così tanto delle apparenze nel periodo trascorso in Africa. Naturalmente, all'epoca non aveva avuto così tante macchine fotografiche puntate addosso, mentre i paparazzi erano parte del paesaggio di San Rimini. "Mi sono fatta spedire dei vestiti dal mio deposito negli States. Dovrebbero arrivare fra qualche giorno. Spero che riuscirò a svolgere un lavoro efficace come in Uganda. Laggiù, quello che dovevamo fare era molto più evidente."

"Certo che può. Ha una reputazione impeccabile e il peso del governo degli Stati Uniti alle sue spalle. Ed è *lei*. Nessuno si mette sulla strada dell'ambasciatrice Claire Peyton."

Claire sorrise. Karen sapeva sempre come dire la cosa giusta. "Grazie per la fiducia."

Karen sollevò la mano, il palmo rivolto verso l'esterno. "È la pura verità."

L'auto rallentò fuori da un paio di enormi cancelli in ferro battuto. Dopo che una guardia in uniforme ebbe fatto il giro del veicolo per ispezionarlo e parlato con il conducente, rivolse un cenno a un'altra guardia. I cancelli si aprirono, permettendo loro di entrare nel cortile del palazzo. La ghiaia scricchiolò sotto le gomme mentre percorrevano il confine di un ampio giardino, per poi fare il giro fino all'ingresso posteriore del palazzo.

Mentre il conducente apriva loro la portiera, una donna snella con i capelli castano chiaro lunghi fino alle spalle si avvicinò dall'ampia scalinata di pietra. Il suo elegante abito beige e la sicurezza con cui camminava l'avrebbero identificata come membro della famiglia reale anche se il suo volto familiare non lo avesse fatto.

"Signora ambasciatrice." La giovane donna salutò Claire con un limpido accento americano che richiamava la sua educazione nei pressi di Washington. Sorrise prima a Claire e poi a Karen. "Sono Amanda diTalora. È un piacere darle il benvenuto a San Rimini. Mio marito, il principe Marco, è ansioso di conoscerla quando presenterà le sue credenziali a re Eduardo questa sera."

"Anch'io sono ansiosa di conoscere il principe Marco." Claire gesticolò alla sua destra. "Lei è Karen Hutchinson, la mia assistente personale."

"Piacere di conoscerla, signora Hutchinson. Se volete accompagnarmi, sarebbe un onore per me mostrarvi brevemente le zone pubbliche del palazzo prima dell'inizio della cena."

Claire ringraziò Amanda e, mentre sollevava la lunga gonna di seta per salire i gradini di pietra, aggiunse: "Spero che non vi impedirò di prepararvi per la cena. Mi hanno detto che era richiesto un abbigliamento formale."

"È così, ma posso cambiarmi molto in fretta." Amanda gesticolò verso un gruppo di dipendenti del palazzo nelle vicinanze e disse: "Il palazzo ha un personale numeroso che governa praticamente la mia vita, in modo che io non debba farlo. Il mio abito e le mie scarpe stanno venendo preparati proprio in questo momento. Io non devo fare altro che infilare gambe e braccia nelle aperture giuste."

Amanda abbassò la voce in modo che solo Claire e Karen potessero sentire. "Ci vuole un po' ad abituarsi. Ho lavorato con figli di dignitari prima di sposare il principe Marco, per cui, nonostante abbia trascorso parecchio tempo con persone ricche, vivevo in un minuscolo appartamento vicino a Dupont Circle e avevo a malapena di che vivere. I ramen e la zuppa di pomodoro erano due dei gruppi alimentari principali, per me."

Claire rivolse ad Amanda un sorriso carico di comprensione. "Non avete idea di quanto ciò mi suoni familiare. Quando frequentavo il college in New Mexico, ogni volta che il supermercato locale metteva in saldo i ramen, la voce si diffondeva come il fulmine. Ci vivevo, di quella roba… beh, di quella e del tonno in scatola. Non voglio pensare a quanto sodio avrò consumato. Ma quando mi sono trasferita a Georgetown per la scuola di specializzazione, ero così stanca dei ramen che ho accettato di traslocare in un appartamento da tre camere con cinque altre persone. Ho preferito il cibo alla privacy."

"Ah. Georgetown è un luogo meraviglioso, ma è difficile potersela permettere con il reddito di uno studente."

Amanda guidò con calma Claire e Karen attraverso il primo piano della Rocca, soffermandosi a indicare ciascuna delle stanze di valore storico e mostrando il tragitto migliore per raggiungere l'ufficio ufficiale del re, dato che era probabile che Claire gli avrebbe fatto visita nel corso del suo mandato. Il modo di fare di Amanda la mise subito a suo agio. Aveva il sospetto che la facilità con cui l'altra donna stabiliva legami con le altre persone spiegasse perché era divenuta così popolare fra il popolo di San Rimini, nonostante fosse americana.

Mentre tornavano indietro verso la Sala da Ballo Imperiale, dove si sarebbero tenuti la cena e il ricevimento, un uomo che indossava un completo nero di sartoria e una semplice cravatta grigia si avvicinò e chiese di poter parlare un momento con Claire di questioni ufficiali.

Amanda annuì, poi controllò l'ora e ammise che era giunto il momento di prepararsi per la cena. Spiegò a Claire: "Sergio Ribisi è il consigliere politico principale di re Eduardo. Lascerò che si presenti da solo, dopodiché coprirà il programma per la serata e la accompagnerà alla sala da ballo. Ci vedremo fra poco."

Claire ringraziò Amanda per il tempo che le aveva dedicato mostrandole il palazzo. Sergio Ribisi strinse la mano sua e di Karen mentre si presentavano. A Claire, disse: "È un piacere per me darle il benvenuto a San Rimini, signora ambasciatrice. Mi aspetto che porteremo avanti il solido rapporto che l'ambasciatore Cartwright ha costruito fra le nostre due nazioni. Era molto popolare qui e in Parlamento. Parlava molto bene di lei."

Claire lo ringraziò per il complimento, mentre Karen colse l'occasione per recarsi a una finestra a una discreta distanza lungo il corridoio, guardando il giardino in modo che Claire parlasse in privato con il consigliere del re.

"Come posso aiutarla, signor Ribisi?"

"Mi dia del tu, per favore."

"Sergio, allora. Hai detto che volevi parlare di questioni ufficiali?"

"Sì, anche prima vorrei rivedere con lei il programma della serata." L'uomo molto magro procedette a elencare in ordine gli eventi della serata. Tutto coincideva con il riassunto che le aveva fatto Karen in precedenza.

Mentre Sergio parlava, Claire lo guardò in viso. C'erano alcune rughe agli angoli della sua bocca, come se contenesse lo stress nella mascella. Ma i suoi occhi erano lucidi, i suoi denti bianchi e diritti e aveva la testa piena di folti capelli nerissimi. A occhio e croce, doveva avere circa trentacinque anni. Claire si chiese da quanto tempo lavorasse per il re. Era giovane per appartenere alla cerchia più stretta di re Eduardo.

"Mi sembra tutto piuttosto chiaro," disse Claire mentre l'uomo concludeva l'elenco. "C'è dell'altro?"

"Sì, signora ambasciatrice." L'uomo esitò per un momento, poi disse: "Prima del suo arrivo, il suo ufficio ha inviato una lettera al mio, per delineare alcune questioni che lei sperava di affrontare nei suoi primi giorni di permanenza qui. Sebbene la maggior parte dei punti prevedesse di portare avanti iniziative diplomatiche già discusse dal suo predecessore e da re Eduardo, c'è una novità di cui gradirei discutere."

Claire se l'era aspettato. Mantenne un sorriso cortese sul viso nonostante l'ondata di delusione che avvertì.

"Mentre lei era in Uganda, ha lavorato con il governo per creare un programma scolastico nazionale a favore dei bambini svantaggiati. Mi pare di capire che abbia trasferito degli insegnanti dagli Stati Uniti a diverse altre nazioni perché lavorassero con i bambini."

"Quello è il cuore del programma, sì. È cominciato in Uganda, ma da allora si è espanso ai vicini bisognosi di Tanzania, Ruanda e Burundi. Il mio successore ha intenzione di portarlo avanti. È mia convinzione – e convinzione del Presidente – che quando i bambini di zone rurali o povere hanno accesso alle stesse risorse educative di quelli delle zone urbane più ampie, hanno maggiori possibilità di contribuire alle loro economie una volta conclusa la scuola. Aspirano a carriere un tempo considerate al di fuori della loro portata, magari nei settori della finanza, della legge o della medicina. Ci piacerebbe rivedere alcuni di quei bambini tornare al programma nelle vesti di insegnanti."

"Ho letto il riassunto; era piuttosto notevole. Ha creato dei sodalizi importanti. Nella sua lettera, ha indicato di aver intenzione di continuare a sostenere il programma, per quanto possibile, anche nel suo nuovo ruolo, e che sperava di discuterne con re Eduardo."

Claire scelse con cura le parole. "San Rimini ha un ottimo

sistema scolastico e, per tradizione, fornisce assistenza ai suoi vicini. Credo che il suo coinvolgimento in questo programma porterebbe grandi benefici. Anche se fossi rimasta in Uganda, prima o poi avrei contattato il tuo governo per una potenziale collaborazione. L'Austria e l'Italia hanno già contribuito con dei finanziamenti e inviando insegnanti."

"Sì, ne aveva accennato nella lettera." Il giovanotto raddrizzò leggermente la schiena, come se avesse bisogno di farsi coraggio prima di proseguire. "Il re ha esaminato la proposta e, sebbene comprenda i benefici a lungo termine del programma, non ritiene fattibile per San Rimini offrire sostegno finanziario o fornire insegnanti in questo momento. Volevo farglielo sapere prima dell'inizio della cerimonia…"

"In modo che io non infastidissi il re durante la cena?" chiese Claire, inarcando un sopracciglio. "Senza il suo sostegno, è improbabile che la proposta riceva l'approvazione del Parlamento."

"Sì."

"In altre parole, il re non vuole dire di no in un contesto pubblico, sotto gli occhi delle telecamere."

Claire soppesò la reazione silenziosa dell'uomo alle sue parole. Avrebbe voluto obiettare, spiegare che non aveva intenzione di approcciare il re con nessuna delle sue proposte quella sera, tantomeno con il programma scolastico, ma si rese conto che quelli non erano né il momento né la persona giusta.

Sorrise, ma era un sorriso freddo. "Grazie, Sergio. Apprezzo il consiglio."

CAPITOLO 2

Sergio Ribisi esitò, visibilmente incerto se ciò significasse che Claire avrebbe evitato l'argomento. Prima che l'uomo potesse sollevare ulteriori obiezioni, lei aggiunse: "Sono sicura che, negli anni a venire, discuteremo di parecchi progetti da cui entrambe le nostre nazioni trarranno beneficio. La mia assistente, Karen, gode della mia fiducia e conosce molto bene queste faccende. Potrete contattarla per qualunque motivo; il messaggio verrà trasmesso a me o a un membro appropriato del mio personale."

Karen apparve al fianco di Claire nello stesso momento in cui delle voci giunsero dal corridoio, dalla direzione verso cui le aveva accompagnate Amanda. Sergio colse l'antifona e tese il braccio nella direzione della Sala da Ballo Imperiale. "Credo che sia giunto il momento di unirci alla festa. Andiamo?"

Mentre si recavano verso la rotonda di fronte alla sala da ballo, Claire cercò di contenere il fastidio per il fatto che re Eduardo aveva bocciato la sua idea senza prendersi il disturbo di parlarne con lei. Il programma scolastico rurale era il più grande risultato umanitario da lei ottenuto durante il periodo in Uganda. Era sicura che il suo successo fosse il motivo principale per cui il Presidente le aveva assegnato l'ambito incarico a San Rimini. La campagna elettorale del Presidente si era basata sulla proposta di migliorare l'economia mondiale tramite educazione e diplomazia ovunque possibile, piuttosto che con strategie commerciali basate sulla forza bruta. Il programma era troppo importante per Claire – e per il nuovo presidente – perché lei potesse permettere a un potenziale nuovo partner di smarcarsi senza dedicare al progetto la sua piena considerazione.

Il tintinnio dei bicchieri le raggiunse le orecchie. Svoltarono un angolo e videro degli ospiti che venivano condotti dalla rotonda alla sala da ballo. Dalla parte opposta rispetto alle porte della sala da ballo, una maestosa scalinata scendeva nella rotonda. Una guardia sostava con discrezione vicino alla base, mentre altre due occupavano posizioni alla sommità. Claire si chiese se le scale conducessero agli appartamenti privati della famiglia.

Sergio si fermò. "Sua altezza ci raggiungerà presto."

Lei annuì. Il piano prevedeva che Claire entrasse nella sala da ballo assieme al re, per poi recarsi alla bassa piattaforma nella parte anteriore della stanza, dove si sarebbero seduti a cenare. Re Eduardo avrebbe preso posto al centro del tavolo, con Claire accanto. Il principe Antony, il maggiore dei quattro figli del re, si sarebbe seduto all'altro fianco di Claire. Il presidente del Parlamento e il ministro degli esteri di San Rimini avrebbero anche loro preso posto in cima alla stanza.

"Grazie, Sergio," disse Claire. "Sono certa che sarà una serata memorabile."

"Anch'io, signora ambasciatrice." Nel pronunciare quelle parole, Sergio spostò lo sguardo verso una porticina laterale. Un uomo robusto entrò nel corridoio. Era palesemente un membro della sicurezza, anche se il suo completo era di buona fattura quanto quello di un invitato. Lo seguiva il re. Quando il sovrano vide Claire, le rivolse un sorriso di circostanza, ma caloroso.

Sergio chinò leggermente la testa all'avvicinarsi del re.

"Vostra Altezza, permettetemi di presentarvi l'onorevole Claire Peyton, ambasciatrice degli Stati Uniti. Signora ambasciatrice, mi permetta di presentarle sua altezza re Eduardo di San Rimini."

Claire strinse la mano del re mentre il consigliere politico si spostava in disparte. Presentò Karen, che salutò il re prima di accompagnare Sergio nella sala da ballo. Una volta che Claire e il re furono rimasti soli con la guardia, lei disse: "La Rocca è bellissima, Vostra Altezza. È un onore presentare le mie credenziali in un contesto simile."

In Uganda, Claire aveva incontrato il Presidente nell'ufficio di lui, presentato le sue credenziali a lui e al ministro degli esteri e posato per qualche foto. Aveva indossato un completo e delle scarpe col tacco professionali, aveva rilasciato un paio di dichiarazioni alla stampa di Kampala e si era recata all'ambasciata per cominciare a svolgere il suo ruolo quello stesso giorno.

La situazione a San Rimini era completamente diversa. Non solo i lampadari di cristallo e i pavimenti di marmo della Rocca aggiungevano uno sfarzo inesistente nei palazzi governativi dell'Uganda, ma la cerimonia di presentazione delle credenziali di San Rimini era molto più formale. Prevedeva la presenza di numerosi VIP e dei loro coniugi, oltre che del monarca famoso a livello mondiale.

"Siamo lieti di averla a palazzo, signora ambasciatrice. Sono certo che i nostri Paesi proseguiranno la loro profonda amicizia sotto la sua tutela." Negli occhi del re brillava la sincerità, ma Claire continuava a chiedersi quanto del suo sorriso fosse per lei e quanto derivasse dall'abitudine, considerata la massa di fotografi che li attendeva. Ma quando il re le strizzò delicatamente la mano, lei si ritrovò incapace di distogliere lo sguardo dai limpidi occhi azzurri di lui.

Eduardo di Talora poteva anche essere un nonno, ma aveva il portamento di un uomo molto più giovane. Nonostante si fosse sottoposto a un'importante operazione al cuore alcuni anni prima, era in forma e attraente come quando lei aveva guardato il suo matrimonio in televisione. Il suo stomaco fece una lenta giravolta, proprio come aveva fatto quando Claire era una ragazzina che portava l'apparecchio.

Forse non proprio allo stesso modo. Quando il re le lasciò la mano, lei prese nota dei dettagli che la stampa non era mai riuscita a catturare del tutto: il taglio raffinato dello smoking, le rughe del sorriso che partivano dagli angoli esterni degli occhi e le sfumature sottili dai capelli sale e pepe. E poi c'era il carisma. Il re lo irradiava.

La cacofonia delle voci che giungeva dalla sala da ballo si zittì in previsione del loro ingresso. Claire prese fiato e ricordò a se stessa che re Eduardo era semplicemente un uomo che rappresentava un Paese. Non era un supereroe; non era un'icona.

Il re gesticolò verso la sala da ballo. "Andiamo?"

Claire camminò al suo fianco; quello dei loro passi sul pavimento di marmo era l'unico suono nel corridoio. La guardia del re li seguiva a diversi passi di distanza. Quando raggiunsero le porte della sala da ballo, un uomo in smoking in piedi poco oltre la soglia annunciò: "Sua Altezza re Eduardo di San Rimini e l'onorevole Claire Peyton, ambasciatrice degli Stati Uniti."

All'interno della sala da ballo, tutti si alzarono. Vi fu una breve pausa, poi, da un lato della sala da ballo, un gruppo di musicisti dell'Orchestra Reale cominciò a suonare *Guardiano dell'Adriatico*. Claire aveva ascoltato quella canzone alcune ore prima, per acquisire familiarità con la musica. Il testo parlava della bellezza di San Rimini e della forza del suo popolo, unito per uno scopo comune sotto un vigile monarca.

"È una splendida melodia," bisbigliò Claire mentre attendevano la nota che avrebbe segnalato loro di farsi avanti.

"Ho sempre pensato la stessa cosa," rispose Eduardo. "La maggior parte dell'Europa ha copiato *Dio salvi la regina*, che a sua volta è copiata da una canzone francese. I nostri compositori hanno fatto una scelta diversa."

Se Claire aveva pensato che il re fosse carismatico mentre aspettavano in corridoio, il carisma del monarca raddoppiò di intensità quando la musica si alzò e loro entrarono nella stanza. E Claire non fu l'unica ad accorgersene. Gli sguardi di tutti si fissarono sull'uomo accanto a lei.

Eduardo lanciò un sorriso di benvenuto ai suoi ospiti e subito l'atmosfera si fece più festosa, nonostante la formalità dell'evento. Claire si stupì del talento dell'uomo di far sì che ciascuno dei duecento ospiti si sentisse come se quel sorriso fosse dedicato esclusivamente a lui. Palesemente, l'uomo aveva una vita di ingressi trionfali alle spalle.

"In suo onore, l'orchestra passerà a un brano patriottico americano," disse il monarca, avvicinandosi a lei e parlando sottovoce mentre attraversavano la stanza. "Cosa di cui sono grato. Per quanto sia bello il nostro inno, lo sento così spesso che mi sono stancato."

"Ne dubito," rispose lei. "*Hail to the Chief* non sembra mai perdere il favore dei presidenti o delle orchestre militari americane."

"Il vostro presidente rimane in carica per un massimo di otto anni. Un tempo sufficiente perché la canzone gli entri e gli esca dalla testa. Per contrasto, immagino che prima o poi tutti i monarchi britannici abbiano pensato 'Per favore, smettetela di chiedere a Dio di salvarmi. Ha ricevuto il messaggio.'"

"Ma il vostro inno è un equilibrio perfetto di orecchiabilità e maestosità. Ed è molto sanriminese."

"Questo è vero."

Claire avanzò lentamente, sorridendo agli invitati mentre lei e il re si muovevano in cerchio verso la piattaforma. Riconobbe diversi dipendenti dell'ambasciata. Altre persone erano membri di importanti settori del governo o occupavano seggi nel Parlamento di San Rimini. Incrociò lo sguardo di Karen, che le rivolse un discreto cenno di approvazione che la mise a suo agio. Era grata di avere dalla sua parte una donna tanto affidabile e capace. Con il procedere della serata, Karen si sarebbe mossa per la stanza, individuando le persone che Claire avrebbe dovuto salutare personalmente. Si sarebbe presentata, avrebbe acquisito familiarità con i loro problemi e si sarebbe assicurata che i vari dipartimenti dell'ambasciata venissero informati dell'esistenza di chiunque volesse discutere approfonditamente degli interessi commerciali, dei programmi o delle politiche governative americane.

Era una serata festiva, ma anche di lavoro.

Nel giro di qualche minuto, tutti si sedettero e si godettero una selezione di specialità locali. Il principe Antony si rivelò dotato di un senso dell'umorismo asciutto, che divertì Claire mentre mangiavano. Quando la cena fu quasi finita, il principe ereditario si alzò per chiedere silenzio e ringraziare tutti per aver condiviso la serata; poi ebbe inizio la cerimonia. Claire presentò la lettera credenziale firmata dal Presidente, quindi re Eduardo fece un breve discorso riguardo al piacere di conoscere una nuova ambasciatrice prima di dichiarare il proprio entusiasmo alla prospettiva di rafforzare i rapporti fra gli Stati Uniti e San Rimini.

Poi venne il turno di Claire. Lei ringraziò gli invitati per il caloroso benvenuto che le avevano offerto, osservando che il Paese sarebbe stato una casa magnifica e che lei era ansiosa di imparare tutto il possibile riguardo ai suoi abitanti e alle loro tradizioni. Mentre il suo sguardo passava sul discorso che aveva scritto qualche giorno prima e le raccontava tutte le solite piacevolezze riguardo al suo desiderio di migliorare i rapporti commerciali, affrontare le preoccupazioni ambientali e potenziare il turismo fra le due nazioni, il suo sguardo si posò su una singola parola: istruzione. Era tutto ciò che aveva scritto; una sola parola. All'improvviso, quella parola non le parve sufficiente.

Sollevò lo sguardo dal leggio, osservando i volti della folla. "Infine, come molti di voi sanno, sono venuta qui dopo aver trascorso due anni presso l'ambasciata americana del Cairo, seguiti da cinque anni di lavoro a Kampala, in Uganda." Alcuni mormorii si levarono nella stanza e lei aggiunse: "Sì, è un cambiamento notevole. Molte persone, al mondo, affrontano una povertà che per noi può essere difficile immaginare mentre mangiamo in questo splendido edificio o ci godiamo le nostre vite quotidiane con il beneficio di un governo stabile, che voi di San Rimini avete lavorato per secoli per creare e conservare."

Permise al suo sguardo di passare su diversi parlamentari, quindi si voltò a guardare re Eduardo. Negli occhi del re c'era una sfida inaspettata e lei dovette costringersi a non distogliere lo sguardo. Che cosa c'era di tanto speciale in quell'uomo? Il suo titolo? La sua reputazione? Claire, in vita sua, non si era mai sentita intimidita da nessuno. Sua madre era stata cresciuta in una casa con la corrente che andava e veniva, in una zona dove la possibilità di ricevere un'educazione completa era fuori dalle possibilità di molte famiglie, e tuttavia aveva avuto successo nella vita e aveva sempre detto ai suoi figli che dovevano approfittare di qualunque occasione si presentasse loro e lottare duro per perseguire i loro sogni.

Beh, quello era il sogno di Claire.

Con voce pacata, lei disse: "L'istruzione è alla base di tutto ciò che San Rimini è oggi. Re Eduardo ha sempre sostenuto con grande impegno l'accesso universale all'istruzione, così come i suoi predecessori. Questo sostegno si è tradotto in un alto standard di vita per tutti i sanriminesi."

Si rivolse poi al pubblico in generale. "Anche i vostri funzionari elettivi hanno sostenuto con entusiasmo il vostro sistema scolastico. Avete programmi solidi a cominciare dagli studenti più giovani, mentre l'Università di San Rimini è famosa in tutto il mondo per la ricerca avanzata e gli studi di ampio respiro. Le opportunità che offre sono fonte di orgoglio per molti dei vostri cittadini. Spero che gli Stati Uniti potranno lavorare fianco a fianco con San Rimini per rendere simili opportunità accessibili anche ai meno fortunati."

Claire fece una pausa. Moriva dalla voglia di aggiungere altro, pur sapendo che si trattava di una reazione istintiva all'ordine, da parte di Sergio Ribisi, di non insistere sull'argomento. Ma mentre lei parlava, il re le aveva dato l'impressione che sarebbe stato meglio fermarsi ora, avendo detto abbastanza da comunicare il messaggio, ma senza spingersi al punto da far sospettare il pubblico che ci fossero già degli attriti fra il monarca e la nuova ambasciatrice americana.

Claire abbassò lo sguardo sugli appunti, trovò il paragrafo di chiusura sui benefici dell'amicizia e della collaborazione internazionale e vi concluse il discorso. Tornò al suo posto fra scrosci di applausi, anche da parte di re Eduardo. Tuttavia, il linguaggio corporeo del monarca diceva chiaramente che Claire aveva fatto bene ad approfittare dell'occasione, perché non ne avrebbe avuta un'altra.

E con un po' di fortuna, non si sarebbe data la zappa sui piedi.

***

Sergio Ribisi aveva un guizzo nella mascella quando si sporse verso Eduardo e abbassò la voce per non farsi sentire dagli altri. "Ho parlato con l'ambasciatrice Peyton prima della cena, Vostra Altezza. A quanto pare, non sono riuscito a comunicare con lei. L'ambasciatore Cartwright avrebbe capito. La prossima volta, sarò diretto."

Re Eduardo scosse la testa. "Non c'è alcun problema, Sergio. Il discorso dell'ambasciatrice era preparato. Può darsi che non fosse a suo agio a deviare dal copione all'ultimo momento. Non è successo nulla."

Eduardo lanciò un'occhiata dall'altra parte della stanza, dove

Claire Peyton stava parlando con un gruppetto che comprendeva sua figlia Isabella e suo figlio Marco, oltre a diversi parlamentari e a un dirigente americano del settore delle telecomunicazioni. La donna sembrava sicura di sé, ma rilassata. Eduardo non poteva che ammirarla per essersi attenuta alle proprie convinzioni, anche se in fin dei conti non avrebbe ottenuto quello che voleva.

Sebbene Eduardo avesse apprezzato a livello personale l'ambasciatore Cartwright, l'uomo non aveva voluto smuovere le acque, vicino com'era al pensionamento, per cui il suo lavoro si era incentrato su questioni che non erano oggetto di controversie. Aveva apprezzato il suo prestigioso incarico e non aveva voluto correre il rischio di perderlo o di vedersi riassegnato in un Paese privo di belle e storiche residenze dagli ambasciatori come quella di San Rimini, dove aveva facile accesso a teatri, ristoranti di lusso e una scena sociale attiva.

Un Paese come l'Uganda.

"L'orchestra si sta preparando a suonare," proseguì Sergio. "Vorrei concludere una discussione con il ministro dei trasporti prima che abbiano inizio le danze e diventi difficile parlare."

"So che domani informerà tutti sull'esito della riunione, ma in generale com'è andata?"

"Ci attende una sfida, ma sono ottimista."

Era musica per le orecchie di Eduardo. Sergio non esprimeva ottimismo, a meno che esso non fosse fondato. "In tal caso, auguri con il ministro dei trasporti."

Sergio si congedò ed Eduardo colse l'occasione per parlare con un parlamentare che conosceva da quasi vent'anni. Alle spalle del politico, uno dei musicisti dell'Orchestra Reale indicò al principe Antony che erano pronti a cominciare. Eduardo era grato che sarebbero stati Antony e Jennifer a condurre gli ospiti sulla pista da ballo. Negli ultimi anni, lui faceva del suo meglio per evitare le danze che ci si aspettava a numerosi degli eventi formali. In quanto vedovo e re del suo Paese, doveva stare attento a chi sceglieva come partner in occasioni del genere. Una persona single e in alto nella scala sociale avrebbe spinto i tabloid a postulare l'esistenza una relazione romantica. Se la donna in questione aveva mai avuto anche solo un'ombra di scandalo nel passato, anche quella sarebbe finita sui tabloid, assieme a sottili frecciate riguardo alla capacità di giudizio di Eduardo. I media erano in grado di prendere dei frammenti della vita di una persona e tesserli per creare una storia che era l'esatto opposto della realtà. Era insopportabile come un breve ballo e una conversazione rilassata potessero distogliere l'attenzione da tutto il lavoro utile che lui o la sua compagna di ballo potevano aver svolto.

Quando la musica ebbe inizio, il principe ereditario condusse la moglie sulla pista da ballo. Un attimo dopo, Marco e sua moglie Amanda li raggiunsero, portando con loro un'imprenditrice americana e suo marito.

La luce brusca del riflettore dei media si alternava fra Eduardo e i suoi quattro figli, ma sembrava sempre tornare su di lui e sulla questione del suo stato di ricco vedovo reale. Serate come quella, dove la stampa zampettava per la stanza alla ricerca più di pettegolezzi che di notizie vere e proprie, Eduardo si diceva sempre che sarebbe potuta andare peggio. Avrebbe potuto essere uno Windsor. L'attenzione suscitata dall'arrivo di un nuovo ambasciatore a San Rimini non era nulla rispetto agli eventi formali di Buckingham Palace.

Eduardo concluse la discussione con il parlamentare, quindi si voltò per accettare un bicchiere di acqua frizzante da un cameriere di passaggio.

Il suo Paese era in pace, lui era felicemente produttivo e, sebbene ciascuno dei suoi quattro figli adulti avesse una vita propria, tutti avevano scelto di restare sotto lo stesso tetto alla Rocca, permettendo a Eduardo di trascorrere a piacimento tempo con loro e con i suoi tre nipoti.

Doversi prestare a sala da ballo e danze ogni tanto era un piccolo prezzo.

"Qualcosa vi diverte, Vostra Altezza? Oppure c'è qualcosa di buffo nella scelta della musica?"

Eduardo si voltò e vide che Claire Peyton era accanto a lui con un bicchiere di vino in mano. La sommità della testa scura della donna gli arrivava alla spalla. A quanto pareva, lei lo aveva sorpreso mentre sorrideva fra sé, perso in un momento di contemplazione. "A dire il vero, stavo pensando ai miei figli. Capita di rado che partecipiamo tutti allo stesso evento."

"Capisco perché la cosa vi fa sorridere." La donna spostò lo sguardo sul centro della pista, dove la principessa Isabella e suo marito avevano raggiunto gli altri. "Da quello che ho visto, voi e vostra moglie avete cresciuto quattro ottime persone. Deve essere stato difficile, considerate le attenzioni mediatiche."

"Abbiamo avuto i nostri momenti di difficoltà, ma i miei figli sono felici e questa è l'unica cosa importante. E lei? Ha un compagno? Dei figli?"

"No. Molto tempo fa, ho avuto un breve matrimonio seguito da un divorzio."

La donna rispose con semplicità, come se le avessero fatto quella domanda un migliaio di volte. E probabilmente era successo davvero. Lei non sembrava infastidita.

Eduardo non riuscì a trattenersi dal sorriderle. Claire Peyton costituiva un notevole cambiamento rispetto all'ambasciatore precedente. Mentre parlava, le brillavano gli occhi, come se fosse completamente coinvolta in tutte le conversazioni, non solo con lui, ma anche con gli altri. Il suo discorso era stato eloquente, della lunghezza perfetta e, sospettava Eduardo, parzialmente improvvisato, nonostante ciò che lui aveva detto a Sergio. I capelli castano scuro della donna erano tagliati corti e in maniera professionale, anche se si arricciavano attorno alle orecchie in un modo che Eduardo trovava sexy. D'altra parte, Rich Cartwright era arrivato a sfiorare i settantacinque anni durante il suo mandato di ambasciatore, indossava completi perennemente spiegazzati e aveva i capelli grigi tagliati corti. E sebbene Rich avesse posseduto capacità diplomatiche eccezionali, Eduardo sospettava che Claire si sarebbe lasciata coinvolgere molto di più.

"Cosa c'è?"

Eduardo avvampò. Era stato sorpreso a fissare. Impiegò qualche istante a riprendersi. "Oh, nulla. Mi chiedevo perché pensasse che avrei potuto trovare divertente la selezione dell'orchestra."

A quelle parole, la donna inarcò le sopracciglia. "Non la conoscete?"

Eduardo tese l'orecchio, poi scosse la testa. "L'ho già sentita, ma non so come si chiama. È molto piacevole."

"Si intitola *Let The Rest of the World Go By*. Willie Nelson ne ha cantata una versione di grande successo. Ma questa è diversa: un arrangiamento di John Barry incluso nella colonna sonora del film *La mia Africa*."

Eduardo la guardò sorpreso. "Ah. Ecco perché le sembrava buffo. Dubito che chiunque altro abbia scovato il collegamento con il suo ultimo incarico."

"Sarebbe un po' stiracchiato. Ma sì, l'ho trovato buffo." Un vago sorriso rimase sospeso sulle labbra della donna mentre guardava i musicisti. "A dire il vero, è uno dei miei brani preferiti. Voi avete mai visto il film?"

"Anni fa. Temo di non ricordare molto."

L'ambasciatrice bevve lentamente un sorso di vino, poi disse: "C'è una scena del film in cui la protagonista, Karen Blixen, è costretta a vendere tutto ciò che possiede. I mobili, le opere d'arte, persino i piatti di sua madre. Tutto ciò che aveva raccolto nel corso di una vita in Danimarca e in Kenya. Una sera, tutto è accumulato fuori dalla sua fattoria, pronto per essere messo in vendita il giorno dopo. Karen è seduta nella sua casa vuota, che cena con il piatto appoggiato su una cassa." Claire sollevò una mano, gesticolando a indicare una casa immaginaria mentre parlava. "Si sente la sua tristezza e il senso del fallimento, si avverte che questa donna che ha lavorato duro sta per perdere tutto ciò che ha ottenuto nel corso della vita. Il personaggio di Robert Redford, Denys, entra in casa. Vederlo la distrugge. Lei gli dice che, quando le cose vanno male, lei cerca di immaginare che vadano peggio. In questo modo, sa di poter affrontare qualunque cosa. Gli chiede di aiutarla. Quando lui annuisce, Karen accende il grammofono, appoggiato lì vicino, e mette questa canzone. I due ballano nella casa vuota, poi nel cortile, in mezzo a tutte le cose di Karen. Alla fine, sorridono entrambi." Il sorriso di Claire si allargò a sua volta leggermente. "È un messaggio sull'importanza delle esperienze delle persone, che valgono più delle cose. Sull'importanza di concentrarsi sul presente e ignorare il resto del mondo. O almeno, questo è quello che ci ho visto io."

"Lei mi fa venire voglia di riguardare il film prestando maggiore attenzione."

"È uno di quei rari film che vale la pena di essere rivisto." L'ambasciatrice bevve un ultimo sorso di vino mentre la canzone finiva e l'orchestra passava a una melodia diversa. Apparve un cameriere, che le prese il bicchiere e gliene offrì un altro. Lei rifiutò, per poi lisciarsi con discrezione la gonna rosso acceso. Aveva un aspetto unico. I suoi occhi grandi erano incorniciati da ciglia scure e sopracciglia folte. Aveva una liscia pelle olivastra e quel genere di labbra piene per imitare le quali altre donne pagavano cifre scandalose ai chirurghi plastici. Eduardo si chiese quali potessero essere le sue esperienze pregresse – se parlasse altre lingue oltre all'inglese, quali fossero le sue opinioni politiche, se avesse degli hobby – e si ripromise di chiedere l'indomani a Sergio. Sergio sembrava sempre avere quel genere di informazioni a portata di mano ed Eduardo si scoprì a voler conoscere meglio Claire rispetto a ciò che derivava dal materiale che gli era stato offerto.

"Vostra Altezza, probabilmente violerò l'etichetta in maniera spaventosa – anzi, lo so per certo – ma vorrei chiedervi una cosa."

"Ma certo. Qualunque cosa." Eduardo posò il bicchiere d'acqua su un tavolo vicino mentre spostava lo sguardo su Isabella e Nick, che in quel momento stavano lasciando la pista da ballo per parlare con un gruppo di invitati.

In quel momento, lui capì cosa lei voleva chiedergli. Parlò prima che la donna potesse farlo. "Signora ambasciatrice, voleva chiedermi di ballare?"

CAPITOLO 3

IL RE non poteva aver detto quello che lei pensava di aver sentito. O sì?

"Vostra Altezza?" Claire si costrinse a non fare un passo indietro e a non permettere che lo spazio fra le sue sopracciglia si corrugasse, come sapeva succedeva spesso quando sentiva qualcosa di incredibile.

L'uomo le offrì il braccio. "Gradisce ballare?"

Dunque, l'aveva detto davvero. Palesemente, Claire aveva molto da imparare sul funzionamento delle cose a San Rimini.

"Sarebbe un onore."

La bocca del re si sollevò in un bizzarro mezzo sorriso quando lei gli mise una mano sul braccio e gli permise di condurla verso il centro della stanza, dove la maggior parte degli altri ospiti volteggiava ora sotto i lampadari di cristallo.

Probabilmente, la cosa aveva senso. Di solito, il padrone di casa ballava con l'ospite d'onore o con il suo coniuge. Ma in qualche modo, non le era mai venuto in mente che ci si sarebbe aspettato che lei ballasse con il re. Karen non vi aveva mai accennato. Né lo aveva fatto Sergio Ribisi quando aveva esaminato con lei il calendario degli eventi, e l'uomo era sceso molto nel dettaglio.

Da qualche parte nelle profondità della sua mente, Claire si chiese se la sua famiglia avrebbe letto la notizia sui giornali, l'indomani. Erano sempre stati orgogliosi di lei e sapevano che lavorava sodo, ma era la prima volta in cui lei si trovava tra le celebrità dell'Europa meridionale, per non parlare di una famiglia reale, e sapeva che i suoi genitori si sarebbero entusiasmati.

Claire sorrise fra sé, divertita dal percorso che la sua mente aveva imboccato per autodifesa. Concentrarsi sulla sua famiglia distoglieva la sua attenzione da quello che stava facendo: ballare con un re. Un re molto attraente e tecnicamente libero da impegni. Un re con brillanti occhi azzurri, una personalità più calorosa di quanto lei si era aspettata e un sorriso capace di affascinare un'intera sala... e che lo avrebbe fatto anche se lui non fosse stato re.

Ma Eduardo *era* un re, con il quale Claire avrebbe dovuto trattare regolarmente nei mesi e negli anni a venire. Un re che avrebbe potuto frapporsi fra lei e i suoi obiettivi... o aiutare tali obiettivi a spiccare il volo.

L'uomo la fece voltare gentilmente, poi le posò una mano in fondo alla schiena e la guidò sulla pista. I suoi passi erano agili e sicuri e lei si chiese quanto tempo avesse trascorso da bambino imparando come comportarsi in occasioni formali – come ballare, cosa dire, come mangiare – in una maniera adeguata a un re.

"Non sono sicuro che la scelta de *La mia Africa* sia puramente incidentale," disse Eduardo, lanciando un'occhiata nella direzione dei musicisti. "Questa canzone non ha un significato profondo. È solo un numero. La composizione numero cinque, o la numero nove, o quello che è. Sono sicuro di averla dovuta identificare a beneficio di un insegnante di musica, quando ero giovane, ma in seguito ho permesso a quella conoscenza di sfuggirmi."

"Io non riesco nemmeno a identificarla, per cui voi siete più bravo di me."

Claire si aspettava che il re continuasse con le piacevolezze. Invece, una breve smorfia gli apparve sul viso. "Lei non voleva chiedermi di ballare, vero, signora ambasciatrice?"

"No." La sincerità della risposta di Claire la stupì; al tempo stesso, si sentì in imbarazzo per il fatto che Eduardo lo aveva dato per scontato e poi l'aveva invitata a ballare per evitarle un passo falso. "E… ho il sospetto di aver appena creato una situazione imbarazzante."

La risata del re fu pronta e genuina. "Affrontandola, ha appena cancellato l'imbarazzo. Ben fatto."

"Sono una diplomatica. È il mio lavoro. Almeno quando lo svolgo in maniera corretta."

"Capisco." Fecero qualche altro passo attorno al centro della pista prima che Eduardo chiedesse: "Allora cosa aveva in mente di chiedermi che pensava costituisse un'infrazione dell'etichetta?"

Claire si prese un momento per riflettere sulle sue parole mentre volteggiavano vicino a Antony e a Jennifer, per poi allontanarsi di nuovo e avvicinarsi a una delle guardie del re, che si muoveva lungo il limitare della zona delle danze e osservava con discrezione la folla. "So che non siamo qui per parlare di politica e di politiche specifiche…"

"Questo è vero."

"Ma volevo chiedervi di una cosa che il vostro consigliere, Sergio Ribisi, mi ha riferito all'inizio della serata."

Le rughe delicate sulla fronte di Eduardo si accentuarono considerevolmente. "Ha detto qualcosa di offensivo?"

"No, ma mi ha colta alla sprovvista." Claire incrociò lo sguardo incuriosito del re. "Non mi aspettavo di sentirmi dire di quali argomenti avrei dovuto parlare o meno con voi nel corso della serata."

L'uomo si prese un momento per decifrare il messaggio. "Si

riferisce al programma scolastico sul quale ha lavorato in Uganda?"

"Sì."

Si zittirono brevemente quando una fotografa di palazzo si avvicinò per scattare una foto. Una volta che la donna si fu allontanata, Claire disse: "Vostra Altezza, non avevo intenzione di discutere del progetto – né di nulla di simile – nel dettaglio, questa sera. L'obiettivo di questa serata è la cerimonia in sé e l'opportunità, per me, di conoscere voi e alcuni dei vostri collaboratori e dei parlamentari più importanti. Ed è anche la possibilità, per i vostri funzionari, di valutare che genere di ambasciatrice sarò e quale sarebbe il modo migliore per collaborare."

"Allora temo di essere stato io a offendervi, non Sergio."

"Assolutamente no, Vostra Altezza. Forse sono leggermente contrariata, ma non sono il tipo che si offende quando manca l'intenzione di offendere."

Claire angolò la testa per guardarlo meglio. Il re era più alto di quanto lei si era aspettata, e Claire indossava i tacchi. "Tuttavia, al nostro primo incontro ufficiale, gradirei discutere del programma scolastico, assieme ad altre iniziative di politica sociale ed economica rilevanti per San Rimini. I nostri Paesi hanno una lunga storia di collaborazione alle spalle e io credo che collaborare a questi progetti non farà che approfondire il nostro rapporto."

Il rapporto fra le nostre nazioni, precisò mentalmente. La prossima volta, avrebbe scelto con più cura le parole.

"Sono certo che troveremo un punto di incontro, signora ambasciatrice."

La mano di Eduardo si spostò leggermente sulla schiena di Claire, ma il punto dove si trovava prima rimase caldo. Claire aveva ballato più di una volta con dignitari stranieri, ma per qualche motivo, ballare con re Eduardo le dava una sensazione diversa. C'era una gravità, in quel momento, che lei non sapeva esattamente come interpretare.

"Vi siete già trasferita nella residenza dell'ambasciatore?"

"La settimana prossima. Gli effetti personali dell'ambasciatore Cartwright dovrebbero essere spediti dopodomani."

"Dopodiché, immagino che la residenza verrà ripulita e sottoposta a una nuova verifica di sicurezza?"

"Il protocollo è questo. I miei effetti personali sono ancora in transito dall'Uganda, per cui non c'è fretta."

"Scoprirà che la comunità diplomatica è molto coesa, da queste parti. La maggior parte delle ambasciate si trova a pochi isolati di distanza, così come le residenze degli ambasciatori. Richard Cartwright adorava il senso di cameratismo che veniva a crearsi. In più di un'occasione, ha anche accennato a quanto gli sarebbe mancata la casa in sé. Ha posticipato il pensionamento per diversi anni per accettare la posizione a San Rimini, nonostante i suoi figli e nipoti vivano in California."

"Non sono arrivata in tempo per la festa di addio, ma ho sentito dire che è stato un evento memorabile. L'ambasciatore mi ha detto che partire dopo una serata così incredibile aveva un che di dolceamaro."

Eduardo sorrise a quelle parole. "Io non ho presenziato, ma mia figlia Isabella sì. L'ambasciatore le ha detto la stessa cosa."

La musica aumentò di volume per un istante mentre la canzone raggiungeva il crescendo. Il re attese che il volume si abbassasse, poi disse: "Isabella non entrava nella residenza da prima del restauro. Mi ha riferito che è stato fatto un bellissimo lavoro."

"Sì. L'ambasciatore Cartwright me l'ha fatta visitare e mi ha mostrato le foto di com'era prima. Il contrasto è davvero incredibile. L'architetto e i muratori hanno badato a onorare la storia della casa. Hanno aggiornato l'impianto idraulico e quello elettrico secondo gli standard moderni, ma usando plafoniere d'epoca. Entrando, si ha la sensazione di trovarsi nella casa originale."

"È una delle più antiche della zona, giusto?"

Lei annuì. "È stata costruita dal proprietario di una compagnia di navigazione all'inizio del diciassettesimo secolo. Il suo pro-pronipote non aveva figli, per cui la lasciò in eredità a un'insegnante, che nel tardo Settecento vi aprì una scuola femminile. La donna viveva all'ultimo piano e le ragazze al pianterreno. La scuola ha operato in quella casa per quasi cento anni; poi si sono resi disponibili altri spazi e la scuola è stata chiusa. Circa un decennio più tardi, il governo degli Stati Uniti l'ha acquistata e restaurata. Questo è stato il suo primo rinnovo importante da allora. Sono ansiosa di esplorarne tutti gli angoli. Chissà quali segreti contiene?"

Il re rise, cosa che attirò l'attenzione di diverse persone nelle vicinanze. Claire era stupita dal fatto che la sua risata suonava così… così *umana*. Non era la risata di una celebrità che sapeva che ogni sua parola e frase era oggetto di grande attenzione. Piuttosto, era il genere di risata che si udiva fra amici. Una risata di apprezzamento.

Da quando l'uomo l'aveva salutata nella rotonda, aveva perso quella patina di formalità. Considerata la posizione di Eduardo, ciò era probabilmente temporaneo, ma a lei piaceva vederlo in quel modo.

"In tal caso, ho la sensazione che la casa le piacerà per motivi diversi da quelli dell'ambasciatore Cartwright. Credo che lui ne stimasse la posizione più di ogni altra cosa. È vicina alla Strada il Teatro e alla vita notturna."

"Comprendo il fascino del teatro, ma sono una giocatrice terribile. La vicinanza dei casinò è sprecata per me."

"Nessuno potrebbe raggiungere la sua posizione senza saper giocare d'azzardo. Ma concordo riguardo alla casa. Ho sempre avuto la passione per i libri antichi e la collezione nella residenza dell'ambasciatore è notevole." Una scintilla – forse di divertimento, forse un riflesso dei lampadari – illuminò gli occhi del re. "Ho il sospetto che voi siate il genere di persona che ama leggere."

"Lo sono. Sono ansiosa di vedere cosa troverò sugli scaffali." La mano del re cambiò posizione sulla sua schiena, provocandole un'altra scossa di calore e distraendola, anche se lei si riprese a sufficienza da dire: "Sembrerebbe che conosciate bene l'interno della casa."

"Ho partecipato a una cena laggiù poco dopo l'arrivo dell'ambasciatore Cartwright a San Rimini e ci siamo incontrati nella biblioteca in alcune occasioni. Era più facile che incontrarsi all'ambasciata o qui a palazzo, se avevamo argomenti sensibili di cui discutere. Ma non la vedo dal restauro."

Claire cercò di concentrarsi sulle parole dell'uomo, piuttosto che sul modo in cui la sua voce calda e il suo accento sanriminese la avvolgevano. Sfortunatamente, ciò non le fu d'aiuto. Le si impresse nella mente un'immagine di re Eduardo seduto vicino al caminetto di quella che ora era la biblioteca di Claire, i piedi sulla morbida ottomana, che chiacchierava delle questioni del giorno. Si chiese se il re sarebbe stato più rilassato fuori dal palazzo, lontano dallo sguardo del pubblico.

La canzone stava per finire, per cui Claire colse l'occasione. "In tal caso, dovrete venire a vederla e farmi sapere cosa ne pensate dei cambiamenti. Magari, quando ci incontreremo per discutere dei nostri rispettivi obiettivi."

"Mi piacerebbe." Claire avvertì la serietà calare sull'uomo prima che questi continuasse a parlare. "Ho dedicato qualche minuto a informarmi sul suo programma scolastico. Ne ammiro il successo. Tuttavia, non ritengo che sia fattibile per San Rimini contribuire, in questo momento."

Un'altra coppia si avvicinò a portata di orecchio. Claire attese di avere la certezza che non stessero ascoltando prima di parlare. "Apprezzo la vostra sincerità. Tuttavia, non potreste almeno permettermi di presentarvi il programma personalmente? Credo che meriti più di qualche minuto di considerazione. Il Presidente apprezzerebbe se voi mi prestaste orecchio, che decidiate poi di sostenerlo o meno."

La musica rallentò e la canzone sfumò mentre un'altra aveva inizio. Il re la guidò lontano dalla pista da ballo e verso i tavoli. Un uomo sui trentacinque anni, che indossava un completo color blu navy e una cravatta azzurro cielo, si avvicinò; il suo modo di fare suggeriva che avesse qualcosa da dire. Ma prima di congedarsi, Eduardo si rivolse a Claire. "Lo prenderò in considerazione, signora ambasciatrice. E la ringrazio per non avermi chiesto di ballare."

Il re accompagnò all'ultima frase un rapido ammiccamento che colse Claire alla sprovvista. Prima che lei potesse rispondere, il re venne preso in disparte, poi diretto verso un gruppetto in piedi vicino alla porta, che comprendeva due membri di alto rango del Parlamento. Senza dubbio, era emersa qualche questione urgente, anche se Claire sospettava che non si trattasse di un'emergenza. Non sembrava che il re avrebbe dovuto andarsene.

"È stato interessante." Karen si materializzò al fianco di Claire. Aveva un bicchiere di acqua frizzante in ciascuna mano e ne offrì uno a Claire. "Mi avevano detto che il re danza di rado a questi eventi. Deve aver fatto la sua magia."

Una risata sfuggì a Claire mentre accettava il bicchiere. "Ho fatto un disastro, invece. Il re mi ha chiesto di ballare perché ha frainteso una mia affermazione."

La bocca di Karen si contorse. "E questo è bene o male?"

"Non ne sono ancora sicura." Karen lanciò un'occhiata nella direzione del re e notò che la discussione in cui era impegnato si stava già concludendo.

"Il tizio di bell'aspetto con la cravatta azzurra e i capelli scuri è l'intermediario del re con il ministro della difesa," disse Karen, seguendo lo sguardo di Claire. "C'è stato un incidente stradale di fronte a uno dei casinò che si affacciano sulla Strada il Teatro.

Il Parlamento e il re vengono informati ogni qualvolta un evento del genere si verifica in un luogo chiave, in modo che sappiano che si è trattato davvero di un incidente e non di un attentato."

"Deve essere qualcosa di grave."

"A quanto pare, un conducente ha sterzato per evitare un pedone, provocando tamponamenti a catena. Che io sappia, non ci sono feriti gravi, ma la strada e il marciapiedi sono bloccati per diversi isolati. Dovremmo fare un percorso diverso al ritorno."

Claire bevve un lungo sorso della sua bevanda, grata per la pausa negli eventi della serata. Per quanto le piacesse il suo lavoro, non era abituata a socializzare al livello che le era richiesto ora che si trovava a San Rimini. Cominciava a dolerle la testa.

"Sono stata avvicinata da due dei consiglieri economici di re Eduardo," disse Karen. "Hanno chiesto un incontro con lei, preferibilmente nelle prossime due o tre settimane, in modo che possiate discutere delle iniziative commerciali su cui stava lavorando Rich Cartwright. Ho detto loro che sarò felice di prendere accordi, ma non mi sono impegnata per una data specifica. Dato che lei stava ballando con sua altezza, in quel momento, e che sembrava che voi due steste avendo una conversazione interessante, speravo..."

Se non ci fosse stata gente a guardarle, Claire si sarebbe accigliata. "Cosa speravi?"

"Vorrei lasciare del tempo libero nel suo calendario, nel caso avesse l'occasione di presentare il suo programma scolastico." Una luce maliziosa comparve negli occhi di Karen. "Lo ha pressato mentre ballavate, vero?"

"Gli ho detto che avrei apprezzato l'occasione di presentargli il progetto prima che lui lo bocciasse. Ma non tratterei il fiato. Per quanto io voglia il suo sostegno, non è l'unica cosa che abbiamo da fare. Se è possibile organizzare altri incontri, fai pure."

"D'accordo."

Claire lanciò un'occhiata nella direzione del re e si rese conto che anche lui la stava guardando. I brillanti occhi azzurri dell'uomo guardavano fisso nei suoi e lei trattenne l'impulso a voltarsi e fingere di non averlo visto che la guardava.

"Ripensandoci, forse dovrei lasciare un paio di spazi liberi," disse Karen, nascondendo le parole dietro il bicchiere che si portò alle labbra. "Vedo che continua a fare la sua magia."

"È lavoro, Karen. Non pensare nemmeno di accennare che possa essere altro."

"Non me lo sognerei mai, signora ambasciatrice."

"Parla la donna che ha usato l'espressione 'di bell'aspetto' per descrivere un intermediario con il ministro della difesa prima di usare 'cravatta azzurra' o 'capelli scuri.'"

"Il bell'aspetto è una caratteristica riconoscibile," protestò Karen.

"Una cravatta blu è identica agli occhi di tutti. La bellezza è negli occhi di chi guarda."

"In questo caso, era una descrizione precisa."

Un membro del Dipartimento di Stato di San Rimini si avvicinò e loro passarono ad argomenti professionali, ma mentre Karen guardava Claire da sopra l'orlo del bicchiere, un sorriso diabolico le rimase negli occhi.

CAPITOLO 4

Eduardo non riusciva a credere di aver ammiccato a Claire Peyton alla fine del ballo. Non solo era inappropriato, ma era il primo gesto apertamente civettuolo che lui aveva fatto da anni. Non era stato calcolato; lo aveva fatto e basta.

Aveva ammiccato a un'ambasciatrice.

Per fortuna, in quel momento si trovava a un'angolazione che aveva impedito ad altri di assistere quel momento di debolezza, o le avrebbe sentite su dal suo principale consigliere politico.

Sergio occupava uno dei due divani di seta a righe di fronte alla scrivania di Eduardo nell'ufficio del palazzo. Eduardo era seduto alla scrivania, chino sull'ampia superficie da lavoro in mogano mentre apportava gli ultimi ritocchi a un discorso che avrebbe tenuto quella sera al Museo della Guerra di San Rimini. Quando si ritrovò a correggere una riga con la matita rossa e al tempo stesso a decidere che era perfetta così com'era, si tolse gli occhiali da lettura e sollevò lo sguardo. Era abituato a lavorare ai discorsi con Sergio nella stanza, ma per qualche motivo, quel giorno la presenza del consigliere lo distraeva.

No, era l'occhiolino a distrarlo. Avrebbe preferito incolpare

Sergio. O Zeno. L'addetto stampa era entrato e uscito tre volte dall'ufficio negli ultimi quaranta minuti, per verificare i loro progressi. Quell'uomo era fissato come un leone che cacciava la sua preda quando si trattava di conoscere i contenuti dei discorsi di Eduardo. Ma d'altra parte, quello faceva parte della sua routine.

Eduardo imprecò dentro di sé. Ammiccare alla nuova ambasciatrice era solo parte del problema. L'aveva anche offesa facendo sì che Sergio interferisse con il suo progetto scolastico, anche se lei sosteneva di non essersi offesa. Claire Peyton aveva ragione: Eduardo avrebbe dovuto ascoltarla prima di cassare completamente il piano.

Ma lo avrebbe cassato. Completamente. L'incidente della sera prima lungo la Strada il Teatro era l'ennesimo promemoria dell'importanza del progetto. Tre persone avevano necessitato di essere trasportate in ospedale dopo l'impatto iniziale e un edificio vecchio di cinquecento anni era rimasto danneggiato quando un guidatore in coda all'incidente aveva sterzato per evitare le auto danneggiate di fronte a lui. Era un miracolo che nessuno, sul marciapiedi, fosse rimasto travolto. Era un secondo miracolo che tutti i feriti fossero stati dimessi dall'ospedale prima del sorgere del sole.

D'altro canto, l'incidente in sé non aveva sorpreso nessuno. Troppi pedoni e troppi conducenti in una zona ristretta rendevano costantemente dubbia la sicurezza. Ciò era peggiorato dal fatto che l'attenzione veniva distratta dalle luci dei casinò, dalle guglie del Duomo e dal paesaggio del porto di San Rimini.

Eduardo doveva convincere tanto le forze politiche della sua nazione quanto i guardiani della sua storia per ottenere il suo scopo. Era il momento.

"Qualcosa non va, Vostra Altezza?"

Eduardo scosse la testa, poi spinse il discorso attraverso la scrivania. "Opterò per questa versione. La sezione riguardo al mio dovere di conservare la storia del Paese è migliore rispetto alla bozza originale."

Sergio prese il documento, lo consultò ed emise un basso mormorio di approvazione. "Ottima idea. Dirò a Luisa di fare una bella copia per voi e un'altra per Zeno, in modo che lui sia pronto a eventuali domande dei media."

"Quando parlerà con Luisa, potrebbe chiederle di venire qui, per favore?"

Sergio annuì, poi lasciò l'ufficio con il discorso in mano. Eduardo controllò rapidamente i messaggi sul cellulare, poi scrisse un breve appunto a sua figlia riguardo a una foto che aveva visto della visita scolastica fatta da lei e Nick il giorno prima. Un attimo dopo, Luisa entrò con l'agenda elettronica in mano.

"Vostra Altezza?"

Eduardo accennò al dispositivo mentre lei digitava sullo schermo. "Quello non serve, Luisa. Sarò breve. Ho bisogno che lei invii un mazzo di fiori all'ufficio di Claire Peyton."

Luisa esitò, ma a suo credito, si riprese subito. "È la nuova ambasciatrice americana, giusto?"

"Sì. Ora che le formalità sono state completate, dovrebbe essere nel suo ufficio all'ambasciata. Potrebbe fare in modo che il mazzo venga recapitato oggi pomeriggio?"

Di fronte all'occhiata perplessa di Luisa, Eduardo aggiunse: "Ah, già, il biglietto. Lascio a lei le piacevolezze: benvenuta a San Rimini, è stato un piacere accogliere lei e la sua assistente personale alla Rocca... qualunque cosa le sembri adatta. Poi, aggiunga che sarei felice di organizzare un incontro secondo la sua disponibilità per discutere dei suoi obiettivi."

Luisa prese un breve appunto. "Quando il suo ufficio chiamerà, dove devo organizzare l'appuntamento? Qui o all'ambasciata? E di quanto tempo avrete bisogno? Trenta minuti?"

"Va bene qui. Aspetta, no, ripensandoci, è meglio di no." Eduardo si acciglià. Aveva bisogno di scegliere il luogo giusto, in modo che l'ambasciatrice non si sentisse ignorata. Tuttavia, non voleva ritrovarsi intrappolato ad ascoltare una lunga presentazione di un progetto che non poteva prendere seriamente in considerazione.

Luisa interruppe il suo dibattito interiore. "Parlerò con l'ufficio dell'ambasciatrice Peyton per organizzare l'incontro da loro. Immagino che stiano riorganizzando gli uffici dell'ambasciata, dopo la partenza dell'ambasciatore Cartwright, ma dovrebbe esserci una sala disponibile–"

"Aspetti." Eduardo sollevò una mano per chiedere silenziosamente del tempo per riflettere. Non avrebbe dovuto essere una faccenda complicata. Aveva commesso un piccolo errore politico interrompendo la proposta dell'ambasciatrice. Quel genere di gaffe capitava tanto spesso a lui quanto a qualunque altro funzionario. Rimediare sarebbe stato piuttosto facile. Era semplicemente questione di scoprire la personalità della donna e trovare il ritmo del loro rapporto politico.

E di non ammiccare.

"Lascia perdere il biglietto, Luisa. Lo scriverò personalmente. Immagino di essere ancora libero domani dopo le sei?"

"Al momento sì, Vostra Altezza."

"Perfetto. Segna a matita il nome dell'ambasciatrice; includerò un invito a cena nel biglietto. Nel caso lei non fosse disponibile, dato lo scarso preavviso, apprezzerei se tu prendessi accordi con il suo ufficio."

Un lampo di sorpresa apparve sul volto di Luisa, che tuttavia lo nascose subito consultando l'agenda… quella di cui Eduardo le aveva detto non ci sarebbe stato bisogno. "Domani sera, il principe Marco darà un evento nella sala da pranzo formale. Potremmo usare la terrazza sul giardino, ma verso le sette è prevista pioggia. Lasciate che verifichi cos'altro potrebbe essere disponibile."

"Il mio appartamento dovrebbe andare bene. Richard Cartwright è stato mio ospite, l'anno scorso. Affiderò i preparativi a Samuel e ai suoi sottoposti. È di turno domani?"

Gli occhi di Luisa si spalancarono brevemente, ma lei si concentrò sull'agenda. "Sì. Avete richieste particolari?"

"Mi affiderò a Samuel." Samuel Barden, chef privato di lungo corso di Eduardo, era più contento quando aveva la possibilità di stendere il menu sulla base di quello che trovava al mercato. Eduardo aveva imparato molto tempo prima a lasciar fare a lui.

"Sì, Vostra Altezza. Lo faccio subito."

"Grazie. Se potesse anche confermare lo spostamento al Museo della Guerra per questa sera, dovrei essere a posto."

Eduardo si aspettava che la donna se ne andasse; invece, lei chiese: "Già che devo telefonare al fiorista, cosa gradite per il Duomo?"

Eduardo impiegò un istante a capire. Ancora una volta, la visita gli era sfuggita di mente. "Una dozzina di rose bianche, se sono disponibili. Erano le sue preferite. Altrimenti, rosse."

"Volete che le faccia recapitare al santuario o che ve le faccia trovare in auto?"

"In auto, per favore. Vorrei portarle dentro e deporle io stesso."

Luisa annuì e fece per andarsene proprio mentre Zeno entrava nell'ufficio, provocando un mezzo incidente sulla soglia. Una volta che lui e Luisa si furono scusati a vicenda, Zeno chiese: "Stavate parlando della visita al Duomo, Vostra Altezza?"

"Sì."

"So che preferireste non fare discorsi, ma potrebbe essere opportuno un breve intervento."

Eduardo si appoggiò allo schienale della sedia e rivolse una lunga occhiata al suo addetto stampa. "Mi faccia indovinare. Ha ricevuto una richiesta di intervista?"

"Ne ho ricevute diverse, ma due riguardavano nello specifico l'anniversario. Una proviene da *San Rimini Oggi* e l'altra da Val

Dempsey di *Notizie Reali*. L'ultima si può anche evitare. Quella donna cerca sempre un'intervista e, qualunque cosa voi diciate, darà al pezzo l'angolo che desidera. *San Rimini Oggi* va trattato con più tatto."

"Qualche parola sui gradini del Duomo sarà sufficiente?"

"Se volete rilasciare una breve dichiarazione, posso dire senza alcun problema a entrambe le testate – e a chiunque altro chieda un'intervista – che si tratta di un'occasione personale e che preferirete limitare le vostre dichiarazioni a quello che direte all'esterno del Duomo."

"I miei figli hanno ricevuto delle richieste?"

"Sì, tutti. I loro uffici si sono rivolti a me. Preferiscono seguire il vostro esempio."

"D'accordo. Rimanda il possibile fino a domani. Preparerò qualcosa da dire per quando lascerò il Duomo."

"Se gradite che io riveda le vostre dichiarazioni, sono libero, Vostra Altezza."

"Non sarà necessario." Di fronte all'espressione costernata dell'uomo robusto, Eduardo aggiunse: "Lo so, lo so. Ogni parola verrà messa sotto una lente di ingrandimento. Sarò breve e farò in modo di non ripetere quello che ho detto gli anni scorsi."

Eduardo si alzò, si infilò un fascicolo sottobraccio, quindi accompagnò Zeno fuori dall'ufficio. "Sergio e io abbiamo concluso le correzioni al discorso che terrò questa sera al Museo della Guerra. Luisa dovrebbe procurarvi presto una coppia."

Tranquillizzato, Zeno augurò buona fortuna a Eduardo per il Museo della Guerra prima di tornare nel proprio ufficio.

Luisa era al telefono quando Eduardo raggiunse la sua scrivania, ma sembrava impegnata. Abbassò il ricevitore e lo guardò. "Se qualcuno dovesse avere bisogno di me, nelle prossime ore lavorerò dal mio appartamento."

"Mi farete avere presto il biglietto?"

Quando Eduardo annuì, la donna disse: "Vi chiamerò nel

caso dovessero esserci urgenze," quindi spostò il ricevitore quando la persona all'altro capo della linea fece ritorno.

Qualche minuto dopo, Eduardo entrò nel suo appartamento, si recò al suo studio privato e si tolse le scarpe. Era stata una giornata lunga e aveva diverse cose da fare prima dell'intervento al Museo della Guerra. Nei tardi pomeriggi in cui le energie gli venivano meno, era lì che si ritirava, quando possibile. Traeva un senso di pace e ordine dai ricordi familiari nella stanza e dal profumo delle sue librerie e del pavimento. Meglio ancora, poche persone lo interrompevano lì, il che gli permetteva di concentrarsi.

Il fascicolo che aveva con sé conteneva del materiale informativo sul suo imminente viaggio in Sudamerica. Invece di aprirlo, lo lasciò cadere sulla scrivania e si sporse in avanti, appoggiando le nocche su entrambi i lati del fascicolo e chiudendo gli occhi. Si concesse cinque lunghi respiri, poi si raddrizzò, deciso a mettersi a lavorare.

Prima che potesse sedersi, il suo sguardo ricadde sulla foto incorniciata di Aletta che teneva all'angolo della scrivania. Era stata scattata mentre uscivano dal Duomo dopo la cerimonia nuziale.

"Riesci a credere che sono trascorsi nove anni?" chiese all'immagine di sua moglie. "Odieresti come la stampa piange lacrime di coccodrillo tutte le volte. Chissà che battute faresti. Qualcosa di macabro, divertente e del tutto inadatto alla pubblicazione."

Eduardo allungò una mano dietro la foto per prenderne una più piccola, che aveva scattato nel corso di una visita di Stato in Spagna l'anno prima che Aletta venisse a mancare, prima che tutti si rendessero conto che il suo affaticamento non era semplicemente dovuto agli impegni. Avevano goduto di qualche minuto da soli nel parco di Campo del Moro a Madrid. Aletta camminava di fronte a Eduardo e si era fermata per guardare una foglia arricciata su un albero. Lui aveva catturato quell'immagine proprio mentre sua moglie si protendeva verso la foglia, un sorriso che le illuminava il volto dopo aver scoperto che essa conteneva un bruco.

Da un certo punto di vista, era come se avessero fatto quel viaggio appena qualche settimana prima. Eduardo ricordava ancora in modo in cui Aletta era sobbalzata quando il bruco si era mosso dalla foglia alla sua mano. Sotto altri punti di vista, sembrava un evento accaduto in un'altra vita, come se Eduardo avesse guardato da lontano due persone che vivevano quell'esperienza.

La salute di Aletta si era deteriorata rapidamente e la fine era giunta prima di quanto entrambi si fossero aspettati. La notte in cui se n'era andata, Antony era in Africa in missione diplomatica. Federico e Lucrezia si erano appena sposati ed erano in Nuova Zelanda, durante la loro prima visita di Stato. Isabella stava frequentando l'ultimo semestre di università a Londra. Avrebbe voluto tornare a casa, ma era rimasta per laurearsi dietro insistenza di Aletta, sebbene avesse telefonato quasi tutte le sere e fosse tornata a casa in aereo più fine settimana che no.

Solo Eduardo e Marco erano presenti a palazzo in quell'ultima, dolorosa notte. Marco aveva iniziato a frequentare Princeton l'autunno precedente. Era stato ammesso con diversi crediti e aveva dato molti esami del primo semestre, per poi riprendersi il semestre primaverile libero per restare a San Rimini. La situazione non era facile per nessuno di loro ed Eduardo non era ancora sicuro se considerare il rapido declino di Aletta un bene o un male. A volte, si era chiesto come avessero fatto lui e i suoi figli a superare quei giorni così intensi e l'enorme funerale di Stato che era seguito.

In qualche modo, ci erano riusciti. Ora, tutti e quattro i figli erano cresciuti e prosperavano nei loro ruoli reali. Federico ed Antony avevano a loro volta dei figli. Eduardo sospettava che anche Isabella e Marco, entrambi sposati da poco, avessero intenzione di crearsi presto delle famiglie.

Le vite dei suoi figli erano cambiate in maniera drastica in nove anni. E tuttavia, lui era rimasto lo stesso. Al lavoro per migliorare l'economia del suo Paese, per promuovere cause benefiche, partecipando fino a tarda notte a eventi per poi alzarsi all'alba per andare a correre – o per allenarsi con la crudele Greta – in modo da poter tornare in ufficio subito dopo colazione per ricominciare.

Oppure… Forse non era lo stesso.

Non riusciva a guardare la foto di Aletta in Spagna senza aver la sensazione che lei fosse rimasta ferma a quell'età. La donna bellissima e luminosa che sorrideva al bruco non gli dava più l'impressione di una persona con cui lui potesse scherzare alla fine di una giornata lunga, una persona con la saggezza e la maturità necessarie a comprendere le complessità della vita di Eduardo. Quasi, ma non del tutto. Si erano sposati da giovani e per molti anni erano cresciuti e avevano imparato insieme.

Poi, non più.

Una fitta di senso di colpa lo afferrò allo stomaco di fronte al pensiero stupefacente che, nell'ultimo decennio, lui era diventato più maturo di sua moglie.

Nel profondo di sé, lo sapeva da tempo, ma in quel momento, il pensiero lo colpì con una chiarezza maggiore. Eduardo lo allontanò da sé e rimise a posto la foto. "Saresti orgogliosa di tutti loro," disse all'immagine di sua moglie. "Adoreresti le persone che hanno sposato, soprattutto per quanto riguarda Isabella. Nick è un esperto di storia medievale, una materia che ti stava molto a cuore."

Lasciò che la sua mente vagasse per qualche minuto, ricordando di come Aletta gli aveva raccontato a lungo dei musei che aveva visitato durante il suo tour reale e di quanto aveva apprezzato l'arte del Paese. In seguito, aveva girato per i negozi di Madrid, scoprendo mode che non aveva mai visto a San Rimini. Al ricordo di lei che gli aveva mostrato un abito rosa che Aletta pensava adatto alla sua carnagione, Eduardo rise fragorosamente.

"Probabilmente, se tu fossi qui, mi diresti che devo tingermi i capelli. Non ti piacerebbero così grigi. Diresti che danno l'impressione che tu sia sposata con un vecchio."

Anche se, negli ultimi tempi, nonostante la sicurezza nata dall'età dall'esperienza, Eduardo si sentiva più giovane che mai. Ora che i suoi figli erano felicemente sposati e che lui si era ripreso dall'operazione al cuore, aveva più energia e un aspetto migliore di quanti ne avesse da anni. Aveva sentito il suo staff fare commenti al riguardo quando pensavano che lui non sentisse e aveva letto le stesse cose nei tabloid, quando nessuno sorvegliava le sue letture.

E per la prima volta da anni, aveva degnato un'altra donna di una seconda occhiata. Perché Claire Peyton e perché ora, non avrebbe saputo dirlo. Forse era merito della sua spina dorsale. O del modo in cui sapeva raccontare una storia. Quando aveva citato quella scena da *La mia Africa* e la storia della casa dell'ambasciatore, Eduardo era rimasto folgorato. Altri avrebbero potuto trovare noiosi quegli argomenti, ma lei era parsa percepire il suo interesse. D'altra parte, forse ciò non significava nulla. Forse la mente di Eduardo lo ingannava, considerata la prossimità dell'anniversario della morte di Aletta e della sua visita annuale alla cripta di famiglia nel Duomo.

Negli ultimi tre o quattro anni, Eduardo era arrivato a temere le visite ad Aletta. Non per via di lei, ma perché l'intera giornata gli sembrava orchestrata. I media si posizionavano dall'altra parte della strada, uno sbarramento di telecamere puntate sui gradini del Duomo con l'obiettivo di catturare una momentanea espressione di angoscia e mostrare al mondo che il re piangeva ancora la sua bella regina. Ma Eduardo non provava più angoscia quando pensava ad Aletta, solo un dolore sordo e pesante. E quello solo quando condivideva un momento di gioia con uno dei suoi figli – come la nascita di un nipote – e rimpiangeva che Aletta non potesse viverlo con lui.

In qualche modo, nel corso degli anni, Aletta era cambiata nella mente di Eduardo quasi quanto nei pensieri del pubblico. Era diventata un'immagine attorno a cui radunarsi, una persona da mostrare al mondo come un simbolo del romanticismo della bellezza di San Rimini, proprio come la defunta principessa Grace era divenuta un simbolo di Monaco.

Era diventata qualcuno – qualcosa – di diverso dalla donna che era entrata nella vita di Eduardo tanto tempo prima.

Il telefono sulla sua scrivania squillò, facendolo sobbalzare. Eduardo si chinò e premette il pulsante del vivavoce.

"Vostra Altezza," disse la voce limpida di Luisa, "mi dispiace interrompervi, ma la fiorista vorrebbe sapere se avete qualche composizione particolare in mente."

Eduardo si accigliò. "Solo delle rose bianche, come l'anno scorso. Vanno bene sciolte. Non serve un vaso."

"Vi chiedo scusa. Mi sono espressa male. Mi riferivo alla composizione per l'ambasciatrice Peyton."

Eduardo si passò una mano sul viso. Non perdeva mai la concentrazione in quel modo; non si soffermava mai sull'aspetto personale della sua vita. Il suo Paese esigeva la sua piena attenzione e a lui andava bene così.

"Chiedo scusa, Luisa. Avrei dovuto precisarlo. Dica pure alla fiorista di usare dei fiori di stagione. Qualcosa di allegro e locale. Vogliamo che l'ambasciatrice si senta la benvenuta a San Rimini."

Eduardo udì una voce familiare in sottofondo e si fermò. "Il conte Giovanni Sozzani, suppongo."

Luisa emise un suono affermativo. "È venuto a portarvi... che cos'è? Ah, sì. È venuto a portarvi un libro che gli avevate prestato."

"Avrebbe potuto portarmelo domenica."

Luisa riferì, poi Eduardo udì una voce maschile dire: "Ero di passaggio e lo avevo con me. Perché volete mandare dei fiori all'ambasciata, Vostra Altezza? Avete già offeso la nuova ambasciatrice?"

Eduardo sapeva che il suo amico lo stava prendendo in giro a beneficio del personale, ma dato che non erano nella stessa stanza e non potevano guardarsi negli occhi, Giovanni non aveva idea che il suo commento avesse fatto centro.

"Luisa, riferisca per favore al conte di lasciare a me la diplomazia, quindi lo informi che sono ansioso di batterlo a cribbage questa domenica."

"Sì, Vostra Altezza." Luisa riferì il messaggio, dopodiché Eduardo udì la robusta risata di Giovanni mentre questi salutava il personale. Luisa tornò subito a lui e disse: "Chiederò alla fiorista quali fiori locali ha a disposizione. E dovrei riuscire a farli consegnare nel pomeriggio, purché il biglietto sia pronto."

"Lo sto scrivendo in questo momento." Era un bene che la consegna si potesse fare in giornata. La stampa avrebbe avuto la bava alla bocca se avesse visto un fiorista fare una consegna all'ambasciata lo stesso giorno della presenza di Eduardo al Duomo. Che i fiori venissero inviati o meno a titolo ufficiale, sicuramente qualche testata avrebbe pubblicato un titolo fuorviante nel quale si sarebbe chiesta se il re avesse un qualche interesse romantico.

Quel pensiero fece sì che Eduardo si rendesse conto di cosa aveva fatto. Si premette una mano contro la fronte, stupito dall'errore che aveva quasi commesso. "Luisa, potrebbe verificare una cosa? Ho delle cene in programma per venerdì?"

"No, ma avete il ricevimento di Casa Nostra dalle sei alle otto. In seguito, avrete trenta minuti con Sergio per discutere del progetto per la Strada il Teatro, quindi tre telefonate per congratularvi con i vincitori del concorso nazionale di temi sulle biblioteche."

Ora Eduardo se lo ricordava. "D'accordo. E sabato?"

"Sabato avete una colazione con il principe Marco nel suo

appartamento a palazzo. Seguirà qualche breve riunione, poi un pranzo all'acquario per celebrare la nuova iniziativa di conservazione. Siete libero la sera."

"D'accordo. Se per Samuel non è un problema, spostiamo la cena con l'ambasciatrice Peyton da giovedì a sabato. Così, le daremo maggior preavviso." Per non parlare del fatto che ciò avrebbe separato la cena dalla visita di Eduardo al Duomo. Il che non avrebbe dovuto essere necessario, ma era meglio non correre rischi.

"Ne parlerò con Samuel, ma non prevedo problemi."

"Grazie, Luisa. Le farò avere subito il biglietto."

Dopo aver messo giù, Eduardo allontanò il fascicolo con la documentazione, aprì il cassetto della scrivania e prese un cartoncino goffrato. Nonostante inviasse diversi messaggi personali tutte le settimane, fissò il biglietto per un momento, senza parole.

Era arrivato a *Cara signora ambasciatrice* quando il grido felice di un bambino riecheggiò all'esterno.

Approfittando della scusa, Eduardo si alzò, uscì dallo studio e si recò alla parete di fondo della sala grande, dove una delle finestre dava sul giardino del palazzo. Eduardo si sporse dalla finestra aperta appena in tempo per vedere i due figli del principe Federico, Paolo e Arturo, che correvano verso il prato privato che si trovava dalla parte opposta rispetto al giardino delle rose. Ai ragazzi piaceva fare la lotta nell'erba, giocare a pallone e arrampicarsi sugli alberi ogni qual volta era possibile. Eduardo sorrise fra sé mentre i ragazzi correvano lungo il sentiero ghiaioso per poi svanire alla vista.

Non si stupì nel vedere che Federico cominciava a correre per raggiungere i due figli, nonostante indossasse un completo e scarpe formali. Quello era un Federico completamente diverso dall'uomo meditabondo e ligio al dovere che era stato per la maggior parte della sua vita. Dopo essersi ritrovato improvvisamente vedovo alcuni anni prima, Federico aveva faticato a trovare un senso nel suo dovere reale mentre cresceva due bambini piccoli profondamente addolorati dalla morte della madre.

Ma gli ultimi cambiamenti verificatisi in Federico erano positivi. Aveva trovato la forza per voltare pagina e si era innamorato di una donna meravigliosa. Pia Renati rendeva Federico più vivace e contento di quanto Eduardo avrebbe mai potuto immaginare nelle settimane e nei mesi seguenti alla scomparsa di Lucrezia, madre dei ragazzi. Sebbene il principe lavorasse sodo come sempre e rimanesse, in cuor suo, ligio alle regole, Pia aveva aiutato Federico a trovare una leggerezza dell'essere che aveva attenuato le rughe da stress che si erano stabilite attorno ai suoi occhi. I due avevano persino programmato un'escursione in Colombia per il mese a venire… senza i bambini e senza un singolo impegno pubblico o incontro politico in agenda. Federico non avrebbe mai fatto una cosa del genere prima che Pia entrasse nella sua vita.

E non avrebbe mai sorriso così tanto mentre attraversava di corsa il giardino.

Eduardo chiuse la finestra e tornò al suo studio. Forse era giunto anche per lui il momento di voltare pagina. Di smettere di rivivere mentalmente il passato, di smettere di comportarsi come uno stoico vedovo e di cominciare a permettersi di prendere in considerazione le possibilità: come sarebbe stata la vita se lui si fosse concesso di pensare al di fuori di quell'esistenza da boccia di vetro del Palazzo Reale?

Si sedette, sistemò il cartoncino di fronte a sé e – dopo l'ennesima telefonata a Luisa per aggiornare l'ordine – cominciò a scrivere.

CAPITOLO 5

CLAIRE CHIUSE IL RUBINETTO, si asciugò le mani e diede una rapida occhiata al pavimento sotto le porte delle cabine per assicurarsi di essere sola nel bagno. Sicura di avere finalmente un momento di solitudine, appoggiò le mani su entrambi i lati del lavandino e permise alle sue spalle di piegarsi.

La giornata era quasi finita. O almeno, il lavoro all'ambasciata era quasi finito. Claire aveva avuto un totale di sette riunioni dopo la colazione, se un caffè e una fetta di pane tostato al volo mentre usciva dall'albergo contavano come colazioni. E c'era stato un briefing per un progetto congiunto fra le agenzie antidroga degli Stati Uniti e di San Rimini, discussioni su diversi programmi di scambio, rapporti sui progressi delle imprese americane che si coordinavano con l'ambasciata per quanto riguardava le opportunità commerciali e persino un incontro con il responsabile del protocollo dell'ambasciata, il cui compito consisteva nell'assicurarsi che le apparizioni in pubblico di Claire si svolgessero senza passi falsi.

Durante tutto ciò, Claire aveva continuato a ripetersi i nomi dei membri del personale per impararli a memoria.

Quella sera, aveva intenzione di indossare il suo pigiama più morbido, accoccolarsi sull'amorino del suo albergo e concedersi una bottiglia di lussuoso vino sanriminese. Dopodiché, avrebbe dormito come un sasso. Ne aveva bisogno. L'indomani era in programma una lunga sessione con John Oglethorpe, addetto alle relazioni esterne, per la presentazione all'ufficio stampa. Dopodiché, Claire avrebbe preso possesso della residenza dell'ambasciatore. Gli effetti personali di Rich Cartwright erano stati imballati e ispezionati, e i traslocatori sarebbero arrivati al sorgere del sole per trasportare tutto in California.

"Mezz'ora," si disse Claire. Trenta minuti con Karen sarebbero dovuti bastare per assicurarsi che i suoi appunti dalle riunioni mattutine venissero riordinati e che gli impegni risultanti venissero registrati nel calendario; poi, Claire avrebbe potuto godersi il vino e chiudere gli occhi.

Le prime settimane di un nuovo incarico erano sempre le più pesanti, ricordò a se stessa. In quel caso, la situazione era particolarmente difficile, perché l'ambasciata aveva un personale numeroso, la quasi totalità del quale era arrivata durante il mandato di Richard Cartwright. Era naturale che fossero scettici di fronte al cambiamento e che tenessero d'occhio Claire per vedere quale fosse il suo modo di lavorare.

"Diventerà più facile," mormorò rivolta allo specchio. Si passò una mano sui capelli, controllò denti e rossetto, quindi si diresse verso il suo ufficio. Raggiunta la soglia, vide un giovanotto che parlava di fuori con Karen, il volto parzialmente bloccato dalla grande pianta che trasportava. Il grosso vaso in cui la pianta cresceva era stampato con i colori della bandiera sanriminese e legato con un grande nastro bianco.

Karen la sentì arrivare e si voltò. "Signora ambasciatrice, c'è un regalo per lei."

"Lo vedo." Claire ringraziò l'uomo e lo invitò a portare il vaso nell'ufficio. Liberò una sezione della sua scrivania e – dato che l'uomo aveva la visuale praticamente bloccata dalla pianta – lo guidò mentre questi la posava.

Una volta che il corriere se ne fu andato, Karen disse: "Beh, deve esserci una storia dietro a questa cosa."

"Non ho idea di quale sia." Claire si chinò e guardò le foglie. "È un olivo."

"Un olivo? Nel senso dell'albero?"

Claire lanciò un'occhiata verso il corridoio. C'erano diversi membri del personale a portata d'orecchi, per cui parlò con una voce modulata esclusivamente per le orecchie di Karen. "Una volta, avevi detto che per fare il mio lavoro avrei avuto bisogno di una vanga. Beh, questa volta ne ho bisogno davvero." Con voce un po' più alta, a beneficio delle persone in corridoio, disse: "Devo trovare un posto dove piantarla."

"La residenza ha un piccolo giardino."

"Già. Sarà una bella aggiunta." Claire girò attorno alla scrivania fino a quando non trovò il biglietto. Mentre lo staccava dal vaso, disse: "Chi lo manda?"

"Arriva dal palazzo."

Il tono di Karen era assolutamente formale, ma la donna dava le spalle alla porta e rivolse a Claire un'espressione con gli occhi spalancati che ostentava innocenza.

"Che benvenuto gentile," disse Claire, imitando il tono ufficiale di Karen. Aprì il biglietto, poi cominciò a ridere. Non riusciva a trattenersi.

"Signora ambasciatrice?"

Claire faticava a parlare. Alzò una mano fino a quando non ebbe finito di leggere. Una volta che si fu ripresa, disse: "È di re Eduardo. Qui dice che è un olivo Banduzzi, una pianta nativa di San Rimini. Sebbene le olive Banduzzi siano rinomate per l'olio che se ne ricava, vengono anche servite come olive da tavola dopo essere state stagionate."

"Ha riso per una lezione di orticoltura?"

"Assolutamente," disse sorridendo Claire. "Il re osserva anche che l'ulivo è un segno di pace e che sarebbe onorato se io volessi partecipare a una cena informale a palazzo questo sabato. Promette che ci saranno delle olive Banduzzi disponibili, nel caso io volessi assaggiarne una. Sono inoltre invitata a presentare le mie idee sull'istruzione o su qualunque altro argomento desideri affrontare."

"Sta scherzando."

"No. Immagino di avere tempo, sabato, per un incontro con re Eduardo?"

Karen esitò. "Sì, certo. In teoria, dovrei ritirare le chiavi del mio nuovo appartamento e firmare il contratto alle cinque. Sono sicura di poter rinviare–"

"Non preoccuparti. L'invito sembrerebbe rivolto a una persona sola. Vai pure a ritirare le chiavi."

Karen si accigliò. "È sicura? Posso contattare l'ufficio di re Eduardo per verificare."

"Nessun problema."

Karen esitò per un momento, poi disse: "Non ha ancora avuto modo di conoscerlo, ma Mark Rosenburg dirige i programmi di istruzione e cultura dell'ambasciata. Al momento si trova ad Atlanta, ad accompagnare un gruppo di studenti di salute pubblica sanriminesi in una visita alla Emory University e al Centro per il Controllo delle Malattie, e non tornerà prima di lunedì. Se re Eduardo accetterà di sostenere il suo programma, Mark sarà coinvolto. Non riesco a immaginare che il re non abbia intenzione di includerlo."

"Lo contatterò questa sera per informarlo dell'invito. Che esso fosse esteso a lui o meno, considerato l'atteggiamento del principale consigliere politico del re, è meglio battere il ferro finché è caldo. Riferirò tutto a Mark quando lui tornerà, e lo coinvolgerò negli incontri futuri."

Quando Karen annuì, Claire proseguì: "A proposito di incontri, vorrei rivedere gli appunti di oggi e aggiornare il calendario."

Nei venti minuti successivi, passarono in rassegna i riassunti delle riunioni a cui Claire aveva partecipato nel corso della giornata, quindi discussero dei suoi impegni futuri. Mentre parlavano, i dipendenti in corridoio si diradarono gradualmente. Le luci sulle scrivanie si spensero e i computer vennero arrestati. Finalmente, Claire mise da parte il taccuino e bevve un lungo sorso d'acqua. Aveva il cervello fritto. "Dimmi che abbiamo finito."

"Abbiamo finito."

"Grazie al cielo. Fatti una bella dormita, Karen. Domani è un altro giorno."

"Sì, e sarà bello lungo."

Claire sorrise mentre entrambe si alzavano. "Hai trovato un appartamento, allora?"

"Sì. Non c'è balcone e questa è la vista sul mare." Karen allargò le mani alla larghezza delle spalle, i palmi rivolti l'uno verso l'altro. "Ma si trova a quindici minuti a piedi da qui e la cucina è magnifica. Si dice che i mercati di San Rimini siano fantastici. Ho intenzione di cucinare parecchio."

"Fantastico: io ho intenzione di mangiare parecchio."

Il sorriso di Karen si allargò per un momento; poi il suo sguardo si spostò sull'olivo e lei si fece seria. Non c'era nessuno nelle vicinanze, ma la donna abbassò comunque la voce. "Signora, quello era un biglietto scritto a mano. Dal re in persona. Mi risulta che non lo faccia spesso. Voglio dire, lo fa per i messaggi personali, ma non per una cosa del genere, per una cosa ufficiale."

"Cosa intendi?"

Karen esitò.

"Puoi essere schietta, Karen. Siamo sole."

Avevano lavorato insieme per anni e Claire considerava Karen un'amica. E tuttavia, Karen impiegò diversi istanti a rispondere. "Il re non avrebbe mandato quel biglietto a Rich Cartwright."

"Non possiamo saperlo." Claire non dovette nemmeno

osservare la reazione di Karen prima di correggersi. "D'accordo, lo sappiamo benissimo."

"Anche quel ballo non era da lui. Potrebbe significare più di quello che lei pensa. O più di quello che è disposta ad ammettere."

"Beh, ti ho chiesto di essere schietta."

"Chiedo scusa, signora ambasciatrice–"

"No, non ce n'è bisogno." Claire sospirò. "Ho chiesto la tua opinione perché ti stimo, ma non credo che il biglietto scritto a mano sia dovuto al ballo. Sospetto che si tratti di un'abitudine sanriminese. Qui, le donne sono trattate alla pari per quanto riguarda stipendi e opportunità, ma quando si tratta di piacevolezze sociali, il Paese si attiene ancora alle tradizioni del Vecchio Mondo. Doni e piccole gentilezze sono considerati normali. Gli uomini si sentono ancora in dovere di aprire le porte alle donne. Quando camminano sul marciapiedi con una donna, si tengono sul lato della strada e, durante i pasti, attendono che sia la donna la prima a bere."

Claire lanciò un'occhiata all'ulivo. "Sembrerebbe che abbia prestato molta attenzione durante l'incontro sul protocollo di oggi."

"Questo è vero." Claire cominciò a raccogliere le sue cose. "Prendiamo il gesto per quello che è. Manda una risposta al palazzo, informando il re che sarò lieta di partecipare alla cena sabato. Fra ora e allora, preparerò un'argomentazione. Sappiamo, grazie a Sergio Ribisi, che il re è riluttante a sostenere il progetto. Quello che non sappiamo è il motivo. Pensiamo ad approcci diversi. Diamo un'occhiata ai programmi scolastici che lui ha sostenuto in passato e vediamo se riusciamo a trovare dei punti in comune. Chiederò a Mark Rosenburg il suo parere quando gli parlerò."

"Perfetto."

"Ah, e dobbiamo scoprire se c'è una marca o una tipologia particolare di alcolici che il re preferisce."

Karen esitò. "Non suggerirei di farlo ubriacare."

"Come dono. Non come strategia."

"Le procurerò una bottiglia di qualcosa da offrire in dono. Troverò qualcosa di tradizionalmente americano per accompagnarla."

"Ottimo." Claire si fermò. "Ripensandoci, scopri quello che piace al re e fammelo sapere. Potrei avere un'idea."

"Va bene."

Seguì Karen fuori dall'ufficio, poi si diresse verso l'uscita dell'ambasciata. Voltando la testa, disse: "Dicevo sul serio, Karen. Cerca di dormire."

Claire si ripromise che, dopo un bicchiere di vino e qualche ora di ozio in pigiama, avrebbe dormito anche lei. Se l'era guadagnato.

C'ERA QUALCOSA, nell'udire il suono dei suoi passi sulla pietra secolare, che dava pace a Eduardo.

Raggiunta che ebbe la cripta di famiglia, il fastidio per lo spettacolo a cui aveva assistito fuori dalle pareti del Duomo era già cessato. L'enorme cattedrale era identica a sempre: gloriosa, cavernosa e fresca. Era anche silenziosa, con l'eccezione del rumore sommesso dei turisti che bisbigliavano dalla parte opposta della navata, dove si erano radunati per entrare in una piccola cappella che conteneva quadri di Tintoretto e Raffaello. Sebbene il personale del Duomo si offrisse tutti gli anni di chiudere l'edificio per un'ora, in modo che Eduardo potesse fare la sua vita in pace, lui rifiutava sempre. Solo la zona circostante alla cripta della famiglia diTalora veniva cordonata e solo per il tempo necessario al re a concludere la sua visita.

La sua responsabile della sicurezza, Chiara Ascardi, gli aveva detto ancora una volta che sarebbe stato più semplice chiudere l'intero edificio.

"L'anno prossimo, per il decimo anniversario," le aveva promesso Eduardo. "I media renderanno comunque impossibile l'ingresso ai turisti e ai fedeli. Ma per il momento, preferirei che il Duomo rimanesse aperto. Potrebbe essere l'unica occasione, per alcuni, di visitare la cattedrale. Non voglio che nessuno che abbia intenzione di vedere la struttura se la perda."

Ora, Chiara si trovava a una ventina di passi da lui, a dargli le spalle e a sorvegliare la zona con lo sguardo per assicurarsi che non si avvicinasse nessuno. Altri membri della sicurezza si erano mescolati sullo sfondo, spacciandosi per turisti o per membri del personale del Duomo.

Eduardo sollevò il mento e si beò della visione della magnifica vetrata colorata sopra la cripta. "I restauri ti sarebbero piaciuti molto," bisbigliò ad Aletta. "Gli artigiani ingaggiati per il progetto hanno svolto un lavoro incredibile."

Raccogliere fondi per ripulire e restaurare le vetrate del Duomo, che si erano deteriorate grazie a secoli di sporcizia, era stato uno dei progetti personali di Aletta. All'epoca della sua morte, circa metà dei fondi era stata trovata. In onore della regina, re Carlo e la regina Fabrizia di Sarcaccia avevano donato il resto della cifra attingendo alle proprie finanze personali.

Era un dono a cui Eduardo ripensava tutte le volte che entrava in quello spazio sacro. Aletta era stata amata da milioni di persone che non la conoscevano personalmente. Ma era stata profondamente amata da coloro che la conoscevano, compresi Carlo e Fabrizia. Fabrizia, in particolare, era divenuta una sorta di mentore per Aletta dopo che lei ed Eduardo si erano fidanzati, facendole da guida per affrontare le sfide di una vita vissuta sotto gli occhi del pubblico.

Eduardo sorrise al ricordo di Fabrizia e Aletta sedute l'una accanto all'altra durante il Gran Premio di San Rimini. Mentre lui e Carlo osservavano i piloti accelerare lungo il rettilineo dove si trovava il palco reale, le due regine se ne stavano a capo chino, nel tentativo di sostenere una conversazione nonostante il frastuono dei motori e della folla. Aletta aveva dato alla luce Antony, il loro primo figlio, poco prima, e quella era stata la prima occasione in cui lo aveva lasciato solo per partecipare a un evento in pubblico.

Quel giorno, Fabrizia era stata la persona perfetta per accompagnare la moglie di Eduardo.

Eduardo distolse lo sguardo dalle vetrate, quindi si inginocchiò per posare le rose bianche che aveva con sé sulla lapide che onorava sua moglie.

Dieci minuti più tardi era di fronte all'enorme portale della cattedrale, in attesa del segnale di Chiara che gli avrebbe comunicato che la sua auto lo aspettava di fuori e che la situazione era sicura. Quando la donna annuì, Eduardo uscì, ritrovandosi in mezzo a una cacofonia di scatti e giornalisti. Mantenne un'espressione severa, come si addiceva all'occasione, e soppresse mentalmente il fastidio per il fatto di essere costretto a parlare.

Ignorando le domande urlate, disse: "Vi ringrazio per essere venuti. La regina Aletta sarebbe profondamente commossa dall'amore che i cittadini di San Rimini – che cittadini del mondo intero – le portano ancora nel cuore."

Eduardo fece una pausa, aspettando che la stampa si quietasse, poi proseguì. "La regina Aletta è profondamente compianta dai suoi amici e dalla sua famiglia, perché ha reso il mondo un posto migliore. Oggi, piuttosto che piangere la sua morte, avrebbe preferito che noi onorassimo la sua memoria prendendoci un momento per fare quello che avrebbe fatto lei. A tale scopo, questa mattina ho visitato uno dei suoi luoghi preferiti, l'Ospedale Commemorativo Reale, e ho dedicato del tempo a parlare con il personale e con i pazienti. Inoltre, ho effettuato delle donazioni per conto della famiglia reale a diverse delle sue organizzazioni benefiche preferite, in modo che possano continuare a svolgere il loro buon lavoro. Invito coloro fra di voi che desiderano onorarla a fare lo stesso. Donate il vostro tempo, il vostro denaro o la vostra voce a queste grandi cause. Ancora una volta, vi ringrazio. Io e la mia famiglia apprezziamo il vostro operato."

I piedi di Eduardo si misero in movimento nel momento in cui le ultime parole gli uscirono di bocca. Era nell'auto e lontano dal Duomo meno di un minuto dopo.

Oh, Aletta, pensò. *La prossima volta, verrò a trovarti senza le macchine fotografiche. E ti prometto che sarà una visita più significativa.*

CAPITOLO 6

Eduardo cercò di ignorare le occhiate discrete dei sottoposti di Samuel Barden mentre questi si davano da fare a preparare il suo appartamento per l'arrivo dell'ambasciatrice. Sebbene Luisa gli avesse riferito che diversi ambienti di palazzo erano disponibili quella sera, Eduardo aveva deciso di attenersi al piano originale e dare la cena per Claire Peyton nella sua residenza. Il vento avrebbe potuto recare fastidio, se avessero cenato nella veranda posteriore; la sala da pranzo di famiglia era soggetta a interruzioni nel fine settimana; e persino Sergio concordava che la sala da pranzo di Stato era troppo formale per una cena a due.

Eduardo aveva organizzato diverse piccole cene lì, in passato. Quando erano attesi degli ospiti, alcuni membri del personale avevano il permesso di entrare e uscire con poco più di una rapida bussata, il che dava alla residenza un'atmosfera più pubblica che privata. Ma quella sera c'era qualcosa di diverso e persino il personale sembrava averlo percepito. Eduardo non avrebbe saputo dire perché. Forse, la selezione di tovagliato e composizioni floreali rallegrava la stanza più del consueto.

Eduardo si sedette e digitò alcuni appunti al telefono per ignorare quello che stava succedendo attorno a lui.

"Vostra Altezza?"

L'arrivo di Luisa lo colse alla sprovvista, sebbene la donna avesse chiamato meno di cinque minuti prima per chiedere se potesse passare dalla residenza. Eduardo le fece cenno di prendere posto su una poltrona accanto al divano e prese il fascio di carte che lei gli offrì. "La copertura del discorso di ieri sera per Casa Nostra?"

"Sì, signore." Luisa aspettò mentre Eduardo sfogliava le pagine. Quando lui fu arrivato quasi alla fine, la donna disse: "Sembrerebbe che sia andata bene. Ci sono stati molti riscontri positivi, da parte della stampa, per l'anniversario quinquennale del programma."

"Beh, era ora che la smettessero di calcare la mano sull'anniversario della regina Aletta."

Eduardo udì il suono di quelle parole nell'istante in cui gli uscirono di bocca e inorridì. Sospirò pesantemente. "Mi dispiace, Luisa. Non avrei dovuto dirlo. Le mie affermazioni non riflettono in alcun modo il mio sentire."

"Lo riflettono, invece, ma non il vostro sentire riguardo alla regina," mormorò la donna, offrendogli un sorriso comprensivo. "I media sono stati spietati per tutta la settimana. Voi siete stato incredibilmente paziente e discreto."

"Grazie. Gliene sono grato." Eduardo inclinò la testa e osservò la donna. "Non mi fraintenda, ma cosa ci fa al lavoro oggi? Non dovrebbe godersi il fine settimana?" Mostrò i documenti che l'assistente gli aveva appena consegnato. "Questi avrebbero potuto aspettare lunedì."

"Dovevo mettermi in pari con la corrispondenza e non avevo nulla da fare a casa, per cui ho deciso di venire. Anche Magart Galaby era in ufficio e mi ha lasciato il riepilogo mediatico sulla scrivania. Quando ho visto l'ottimo riscontro dell'evento, sapevo che avreste voluto vederlo anche voi."

"E voleva vedere la residenza."

La donna fece per negare, ma il suo sguardo si spostò alla parete di fondo della stanza, dove il personale stava continuando a sistemare la tavola.

"È troppo romantico." Era un'affermazione, non una domanda, ma una rara smorfia comparve sul volto di Luisa.

"Vostra Altezza, spero che mi perdonerete, ma–"

"No, no. Non serve dirlo ad alta voce. La sua espressione è sufficiente. Chiederò di apportare delle modifiche. Non so cosa Samuel credesse che io avessi in mente quando gli ho detto che avevo invitato la nuova ambasciatrice degli Stati Uniti a cena, ma questi fiori mi sembrano più del solito."

"I fiori in sé andrebbero anche bene, ma forse dovreste chiedere ai collaboratori di Samuel di rimuovere le candele e di alzare la luminosità." Luisa fece una pausa, poi aggiunse: "Se credete comunque che i fiori rosa siano eccessivi, li si potrebbe sostituire con la composizione sul tavolo nel corridoio fuori dall'appartamento del principe Antony. Si adatterebbe alle tovaglie, ma è più piccola e bianca."

"Farò così." Eduardo lanciò un'occhiata alla borsetta che Luisa portava sottobraccio. "Sta andando a casa?"

"Sì, anche se volevo sapere com'è andato il pranzo all'acquario. E la colazione con il principe Marco."

"La colazione è stata rimandata a domani. Amanda era indisposta. Ma l'acquario è stato meraviglioso. Ci è stata di recente?" Quando Luisa scosse la testa, Eduardo le descrisse gli ultimi arrivi e le suggerì di portarci presto suo nipote adolescente. "Trasmettono un nuovo documentario sulla conservazione marina che lui adorerebbe. È affascinante. Mi sarebbe piaciuto potermi fermare per tutta la durata."

"Mia nipote trascorrerà un fine settimana con me il mese prossimo, quando mia sorella e suo marito saranno a un matrimonio in Svizzera. Prenoterò i biglietti; sarà una bella giornata di svago." Il re e Luisa chiacchierarono ancora per un minuto, poi lei gli augurò la buona notte e gli disse che si sarebbero rivisti lunedì.

"Si goda il resto del fine settimana, Luisa. Grazie per il rapporto e l'aiuto con la cena."

Eduardo accompagnò Luisa alla porta, poi usò l'interruttore regolabile per aggiustare le luci della sala grande a un livello più appropriato a un incontro di lavoro. Lasciò cadere i documenti sulla scrivania nel suo studio, poi si presentò a Emilia, la giovane donna che stava disponendo le posate. Si complimentò per la presentazione, ma le chiese di rimuovere le candele e di cambiare il centrotavola con quello suggerito da Luisa. Soddisfatto per lo smorzamento dell'atmosfera romantica, si recò nella sua suite per rinfrescarsi.

Che strano. Samuel aveva supervisionato dozzine di allestimenti per cena nel corso degli ultimi anni, ma nessuno di essi aveva mai avuto quell'aspetto. Ed Eduardo non ricordava l'ultima volta in cui Luisa era venuta in ufficio durante un fine settimana. Lui lavorava sette giorni la settimana, ma si rifiutava di esaurire il suo staff chiedendo loro di fare lo stesso.

Il che lo spinse a chiedersi: perché Margaret Halaby era passata dal suo ufficio per consegnare il rapporto sulla copertura mediatica del suo intervento per Casa Nostra? Di solito, quel genere di materiale veniva discusso durante gli incontri regolari del lunedì mattina.

Eduardo si guardò allo specchio mentre si lavava i denti. L'intero palazzo credeva che stesse avendo una crisi di mezza età? Perché aveva ballato con un'ambasciatrice e l'aveva invitata a cena?

Sputò nel lavandino, quindi si sciacquò la bocca.

No, decise, si stava lasciando sopraffare dall'immaginazione. Samuel aveva accennato che di recente c'era stato un ricambio generazionale in cucina, in seguito al pensionamento di diversi dipendenti di lunga data. Se i membri del personale che stavano apparecchiando la tavola lo guardavano di sottecchi o disponevano la tavola in modo diverso, quella era la spiegazione più probabile. Dovevano ancora abituarsi ai loro nuovi ruoli.

Quel periodo dell'anno cominciava a renderlo paranoico. La stampa non era la sola a sensazionalizzare la sua relazione con Aletta. Tutti i negozi di souvenir del Paese vendevano foto del loro matrimonio. I ristoranti pubblicavano immagini delle loro vite in vetrina e sui loro siti. Persino una spiaggia locale che era stata lo sfondo del loro primo appuntamento – un'uscita di gruppo con degli amici all'epoca in cui Eduardo e Aletta erano adolescenti – se ne vantava spesso per attirare visitatori.

E poi, c'erano le storie. Una versione romanzata della relazione fra Eduardo e Aletta era apparsa in televisione nel Regno Unito e due miniserie erano state trasmesse negli Stati Uniti meno di due anni dopo la morte di Aletta. I diritti di una delle miniserie americane erano stati acquistati da diverse emittenti europee e la serie veniva trasmessa tutti gli anni in quel periodo.

A quanto pareva, un altro film per la televisione sulla vita di Aletta era in produzione in Egitto, anche se Eduardo ne sapeva solo per sentito dire. Gli avevano detto che i produttori avevano intenzione di farlo trasmettere in occasione del decimo anniversario della morte.

Per quanto a volte sembrasse ridicola, l'ossessione mondiale per Aletta Masciaretti non voleva saperne di cessare. Eduardo doveva fidarsi del fatto che i suoi collaboratori lo conoscevano meglio dei media. Non aveva un appuntamento, né avrebbe dovuto preoccuparsi che gli altri lo credessero.

E poi, conosceva a malapena Claire Peyton. La donna era intelligente, naturalmente – doveva esserlo per svolgere il suo lavoro – ed era al tempo stesso attraente e single. Ma Eduardo conosceva dozzine, probabilmente centinaia di donne vicine alla sua età che corrispondevano a quella descrizione. E mai un suo collaboratore aveva espresso la preoccupazione che lui comprasse una Ferrari rossa e corresse a gran velocità lungo la costa con una donna diversa sul sedile del passeggero ogni fine settimana.

Controllò i denti e i capelli per un'ultima volta, poi uscì dal bagno. *Non* stava avendo una crisi di mezza età.

Concluse i preparativi e uscì nella sala grande proprio mentre Miroslav Vulin, un gigante serbo che lavorava a stretto contatto con Chiara Ascardi alla sicurezza del palazzo, bussava ed entrava. "Vostra Altezza, l'auto dell'ambasciatrice Peyton è appena entrata dal cancello posteriore. Se siete pronto, la accompagnerò qui."

"Ti ringrazio, Miroslav."

Poco dopo, Eduardo udì lo scatto della maniglia del vestibolo, poi un battere di tacchi sul legno e il passo più pesante di Miroslav.

Miroslav entrò, per poi fare cenno a Claire di seguirlo nella sala grande. "Vostra Altezza, l'ambasciatrice Peyton è venuta alla cena."

Eduardo attraversò la stanza all'ingresso di Claire. A Miroslav, disse "Grazie." A Claire... beh, a Claire disse: "Benvenuta," nonostante fosse rimasto improvvisamente senza parole.

La donna ringraziò Miroslav per averla accompagnata mentre il serbo si allontanava, poi voltò le spalle alla porta e rivolse a Eduardo un sorriso che lui sentì fino alle ossa.

In quel momento, Eduardo giunse alla conclusione che, se esisteva una persona che aveva il potenziale di provocargli una crisi di mezza età, quella era Claire Peyton. La donna aveva un aspetto magnifico. Eduardo non avrebbe dovuto notare una cosa del genere in un'ambasciatrice, ma lo fece. Lo sguardo della donna era caldo e vivace, le sue labbra curvate in un delicato sorriso rosa, e sebbene il suo completo color panna e la camicetta azzurra fossero perfettamente adeguati a un incontro di lavoro, erano anche perfettamente adeguati alla sua silhouette.

Eduardo non era mai stato così agitato di trovarsi da solo in presenza di una donna da quando era uscito per la prima volta da solo con Aletta, all'epoca in cui entrambi avevano sedici anni.

"La residenza è molto bella," disse Claire mentre avanzava e gli stringeva la mano. "Apprezzo l'invito a cenare qui."

Eduardo la ringraziò e, grato per l'opportunità di aggrapparsi a un argomento che lo avrebbe aiutato a schiarirsi i pensieri, aggiunse: "La stanza è stata rinnovata di recente. Non veniva restaurata da ben prima della nascita di mio padre. Tutte le pareti erano coperte di una pesante carta da parati di broccato. Ora che è stata rimossa, la differenza è notevole."

L'ambasciatrice diede una lunga occhiata nella stanza, ora coperta da vernice grigio perla. I battiscopa erano stati ripuliti da anni di cera accumulata, poi rifiniti con l'originale colore scuro. Il contrasto dava un che di luminoso alla stanza, soprattutto a quell'ora del giorno, mentre il sole tramontava.

"Doveva essere piuttosto buio qui, considerato che ci sono poche finestre," disse la donna. "Mi stupisce che non sia stata rimodernata prima. Voi mi sembrate il genere d'uomo che preferisce circondarsi di luce e colore, piuttosto che chiudersi in una stanza buia."

Eduardo sorrise a quella descrizione. La maggior parte dei visitatori della residenza faceva commenti sul colore, piuttosto che sulle sensazioni che esso evocava. "Cerco di non nascondermi da nessuna parte."

"Di certo, persino un re ha bisogno di riposarsi dal mondo, ogni tanto."

"Ogni tanto, ma per me riposare non vuol dire nascondersi." Eduardo inclinò la testa. "Come ambasciatrice, lei è spesso al centro dell'attenzione. Quando ha bisogno di tempo per sé, lo considera nascondersi?"

"No, ma quando ho il telefono spento, i miei collaboratori lo considerano tale."

"Quanto spesso spegne il telefono?"

L'ambasciatrice rise e lui adorò il suono di quella risata. "Quasi mai."

"Dunque, nemmeno lei si nasconde." Eduardo gesticolò verso il bar, posizionato in un punto discreto contro la parete vicino all'ingresso dello studio. "Posso offrirle un aperitivo?"

"Mi piacerebbe molto, grazie." Claire si guardò attorno mentre Eduardo attraversava la stanza e apriva le porte dell'armadietto. "Versate voi?"

"Al contrario di quanto crede la maggior parte delle persone, noi reali siamo perfettamente capaci di versarci da bere da soli. O di farlo per i nostri ospiti." Eduardo diede un'occhiata alle bottiglie, poi disse: "Credo che lo chef abbia intenzione di servire vino rosso con la cena, ma ho gli ingredienti per un Negroni o uno sprizt Aperol e il personale ha avuto la previdenza di lasciare del ghiaccio fresco. So anche preparare un discreto Manhattan. Cosa gradisce?"

"Voi cosa prendete?"

"Di questi tempi, quando bevo, di solito si tratta di whiskey. Ma in onore alla luce e al colore, prenderò un Negroni."

"Allora facciamo due."

Mentre Eduardo apriva il gin e ne versava un misurino in uno shaker per cocktail, Claire chiese: "Avete detto 'di questi tempi.' In che senso?"

Eduardo tappò la bottiglia di gin, poi si diede un colpetto sul petto con due dita. "Alcuni anni fa, mi sono sottoposto a un'operazione chirurgica per riparare un difetto al cuore. Sto bene, ma cerco di essere prudente."

"Mi sembrava di aver letto qualcosa. Sono lieta di sapere che siete in buona salute."

Eduardo le lanciò un'occhiata ironica mentre raggiungeva il Campari nello shaker. "Non l'hanno informata?"

"Sì, ma mi hanno anche riferito una serie di informazioni su numerosi parlamentari, sul presidente della corte suprema e su diversi altri cittadini importanti. Dopo un po', si mescola tutto."

Dopo aver versato tutti gli ingredienti, Eduardo chiuse lo shaker e lo agitò diverse volte, osservando l'espressione di Claire mentre lo faceva.

"Non credo che le capiti spesso. Ho la sensazione che, quando si tratta del suo lavoro, lei sia capace di grande lucidità."

"Cosa ve lo fa pensare?"

Eduardo versò, quindi porse il bicchiere a Claire. "Il Presidente non l'avrebbe assegnata a San Rimini se lei non fosse intelligente. Inoltre, lei ha carattere. La maggior parte dei suoi colleghi avrebbe taciuto se Sergio avesse intimato loro di non sollevare un determinato argomento con me. Lei mi ha rimproverato per il suo avvertimento, ma lo ha fatto con grazia."

"È la grazia a essermi valsa l'invito di questa sera? O il senso di colpa?"

Eduardo incrociò lo sguardo della donna. L'energia sfrigolò fra di loro, così forte da essere quasi palpabile. Nessuno dei due distolse lo sguardo. Ciascuna era troppo preparato per il suo lavoro per distogliere mai lo sguardo. Ma in quel caso, la tensione non aveva nulla a che vedere con il lavoro.

Eduardo impiegò qualche istante a rispondere. "L'invito è stato inviato perché lei merita di essere ascoltata. Nonostante le obiezioni di Sergio, potrei aggiungere."

"È il suo lavoro guardarvi le spalle, politicamente parlando."

"Sì."

"Lo svolge bene. Il vostro tasso di approvazione è molto alto."

"Mi piace credere che ciò sia dovuto alla mia personalità irresistibile e al mio sfavillante senso dell'umorismo piuttosto che all'acume politico di Sergio, ma non diciamoglielo."

"Non ho intenzione di farlo." L'ambasciatrice bevve un sorso di Negroni e alzò le sopracciglia in un'espressione di approvazione. "Siete davvero abile a preparare da bere, Vostra Altezza."

"Se mai fossi costretto ad abdicare, terrò presente la possibilità di diventare barista."

Quelle parole la fecero sorridere. "Beh, a tal proposito, mi risulta che non ci si presenti mai a mani vuote a una cena a San Rimini."

La donna si mosse verso il vestibolo, dove Eduardo notò una borsa che non aveva notato prima. La donna doveva averla posata mentre Miroslav la faceva entrare. Claire si chinò ad afferrare le maniglie, poi fece ritorno e gliela offrì. Eduardo le rivolse un'occhiata interrogativa prima di infilare una mano all'interno ed estrarre parzialmente una grossa bottiglia di whiskey.

"Colkegan Single Malt," lesse ad alta voce.

"Un prodotto del New Mexico. Non ve lo dimenticate. È il mio Stato natio."

"Non avevo idea che il New Mexico producesse whiskey."

"Ci sono alcune piccole distillerie artigianali. Pensavo che avreste gradito provare un whiskey americano."

"Sì. Grazie." Eduardo rimise la bottiglia nella borsa e stava per appoggiarla sul bar quando Claire disse: "C'è dell'altro."

Incuriosito, Eduardo diede una seconda occhiata. Come previsto, in fondo c'era anche un piccolo contenitore di vetro. Quando lesse l'etichetta ad alta voce, non riuscì a nascondere il divertimento. "Marmellata di pere piccante?"

"Prodotta con peperoncini verdi del New Mexico. È buona, ma non posso garantire che sia più leggera per il cuore del whiskey."

"Sta cercando di farmi prendere un colpo? La avverto che, se dovesse ledere alla persona del monarca, l'immunità diplomatica non la proteggerebbe."

"Per nulla. Anzi, sarebbe piuttosto sgradevole se vi venisse un colpo, considerato che mi avete invitata qui per discutere della partecipazione di San Rimini a un programma che mi sta molto a cuore. Consideratela un'offerta di pace."

Eduardo guardò nuovamente l'etichetta. "Pere piccanti? E dopo che io vi ho mandato un olivo. Una delle due offerte mi sembra più pacifica dell'altra. In realtà, avrei voluto mandarvi dei fiori; qualcosa di locale, per darvi il benvenuto a San Rimini. Ma poi ho pensato: 'Cosa c'è di più locale di un olivo Banduzzi?'"

"È una splendida pianta," ammise l'ambasciatrice. "Dovreste concentrarvi sulle pere piuttosto che sul piccante."

"Sono pere piccanti pacifiche?"

"È un po' uno scioglilingua."

Eduardo rise mentre appoggiava il sacchetto con i doni sul bar. "Facciamo così: considererò il whiskey un'offerta di pace. È buono per addolcire l'anima."

"Su questo siamo d'accordo, Vostra Altezza."

Bussarono alla porta. Eduardo disse a Claire: "Credo che sia arrivata la cena." Poi esclamò: "Venite pure avanti."

Emilia entrò con un carrello. Samuel Barden la seguiva a pochi passi di distanza.

Eduardo guardò stupito lo chef. "Samuel, non mi aspettavo la sua presenza."

"Vostra Altezza," disse lo chef, chinando leggermente il capo, "volevo assicurarmi che fosse tutto a posto. Spero che la serata sia stata piacevole, fino a questo momento."

"Sì, grazie. Signora ambasciatrice, mi permetta di presentarle Samuel Barden. È il mio chef personale e progetta il menu ogni volta che do una cena come questa. E oggi avrebbe dovuto essere di riposo."

"È un onore, signora ambasciatrice," disse l'uomo, stringendo la mano di Claire.

"L'onore è mio. Qualunque cosa ci sia in quel carrello, ha un profumo divino."

"La ringrazio, signora. Se qualcosa non dovesse essere di suo gradimento, la prego di farmelo sapere. È mio dovere assicurarmi che chiunque entri nella residenza del re ne esca ben nutrito."

"Non mancherò."

Eduardo accompagnò Claire fino al tavolo e presentò Emilia; poi, Samuel presentò loro un pinot noir mentre Emilia riempiva il bicchiere di acqua e serviva loro la cena.

Una volta che fu tutto sistemato, Eduardo ringraziò Samuel ed Emilia, quindi assicurò loro che andava tutto bene e che li avrebbe chiamati quando lui e Claire sarebbero stati pronti per il dolce.

Dopo che i due se ne furono andati, Claire disse: "Lo chef lavora per voi da parecchio tempo."

"È così. Prima che diventasse il mio chef personale, seguiva il catering per l'intero palazzo. Avreste dovuto vedere il ricevimento che organizzò quando i sovrani di Spagna vennero qui per una visita di Stato. C'erano oltre quattrocento invitati, ma ciascun piatto aveva l'aspetto e il gusto di una vivanda cucinata da un maestro chef per un tavolo privato."

In seguito, la conversazione si spostò su argomenti di lavoro. Eduardo raccontò a Claire di un paventato sciopero dei pescatori che il suo ufficio stava monitorando e lei gli diede la notizia di un'iniziativa che un'importante compagnia tecnologica americana sperava di attuare a San Rimini. Il discorso sfociò in un dibattito sull'effetto che l'ultimo accordo commerciale degli Stati Uniti con l'Unione Europea avrebbe avuto sui Paesi che si affacciavano sull'Adriatico ed Eduardo si ritrovò a scivolare nel consueto ritmo di tutti i suoi incontri di lavoro.

E tuttavia, nonostante la serietà degli argomenti, quella non sembrava una serata di lavoro. Nella conversazione c'era una leggerezza che lo metteva a suo agio. Il buon cibo e il buon vino contribuivano, così come l'ambientazione.

"Allora, re Eduardo," disse Claire, guardando ciò che restava della sua insalata e dei manicotti dal condimento elaborato che Samuel aveva servito, "spero sinceramente che questo sia il vostro cibo preferito."

Lui sorrise al suo tono leggermente punzecchiante. "Come mai?"

"Perché mi avete invitata qui per discutere del programma scolastico e io sto per fare proprio quello. Vi voglio di buonumore."

Eduardo usò la forchetta per mostrare l'abbondanza di spinaci nella sua porzione di manicotti. "Preferirei un bel cheeseburger americano con patatine, ma dato che il mio chef teme che un cibo del genere mi provocherebbe un arresto cardiaco, devo accontentarmi."

E diceva sul serio. Sebbene Samuel facesse del proprio meglio per creare pietanze deliziose, Eduardo non ricordava l'ultima volta in cui aveva mangiato qualcosa che contenesse anche solo una frazione della razione quotidiana consigliata di grasso o di sodio. Disse a Claire: "Il personale non sembra capire che non ho mai avuto problemi di colesterolo. Era una questione strutturale."

"Tengono a voi."

"È vero e io ne sono grato, il che è la ragione per cui mangio tutto quello che prepara Samuel, anche quando ci sono di mezzo i semi di lino o montagne di verdura. Inoltre, vedo un'allenatrice tre volte la settimana, la quale per puro caso è cugina di primo grado della mia assistente personale, Luisa. In questo modo, tutti sono contenti."

"Tutti, tranne voi?"

"Se gli altri sono contenti, la mia vita è considerevolmente più facile. Ne vale la pena."

Claire inclinò la testa, osservando apertamente il completo blu navy di Eduardo. "Siete vestito un po' troppo bene per un Big Mac. Ma riferirò il vostro apprezzamento per la nostra industria del manzo al Presidente e vedrò quello che posso fare, nel caso dobbiate partecipare a una cena all'ambasciata."

"Pur essendo lei vegetariana? Rappresenta bene il suo Paese e gli interessi di quest'ultimo. Dovrà tenerlo presente."

I morbidi occhi marroni di Claire si spalancarono per la sorpresa. "Come fate a saperlo?"

"Ho tirato a indovinare. Ho notato che avete mangiato l'insalata e il riso durante la cerimonia delle credenziali, ma non avete toccato il cordon bleu. A quanto pare, il personale non era stato informato."

"È tutta colpa mia. Mi sono concentrata sul discorso sull'etichetta dell'occasione e non ho comunicato le mie preferenze alimentari. Ma terrò presente che voi guardate quello che mangia una donna."

"Solo per valutarne i gusti," ammise Eduardo. "Mi hanno insegnato la cortesia sin dal giorno in cui sono nato, sapete."

Eduardo bevve un sorso di vino, quindi posò il bicchiere vicino alla punta del coltello. "Per esempio, signora ambasciatrice, questa sera è vestita molto bene."

Un sorriso caloroso si allargò sul volto della donna, rendendo palese che il loro scambio di battute le piaceva. La leggerezza della sua espressione gli fece serrare lo stomaco; Eduardo era abbastanza vecchio e saggio da sapere esattamente cosa significava quella sensazione.

Gli stava venendo una vera e propria cotta per un'ambasciatrice.

CAPITOLO 7

CLAIRE cercò di ignorare la bollicina di attrazione che galleggiava dentro di lei.

Si era chiesta se il re stesse civettando con lei quando avevano ballato alla cerimonia delle credenziali. Quell'occhiolino che lui le aveva fatto era stato devastante.

Ma l'occhiata che le rivolse ora era ben altro. Claire non usciva con nessuno da parecchio tempo, ma quella gli sembrava proprio un'uscita, nonostante gli argomenti della conversazione.

Si appoggiò allo schienale della sedia. "Sperate di distrarmi dalla discussione sul programma scolastico, Vostra Altezza? Vi ricordo che voi stesso lo avete citato nell'invito."

"Sì, e vorrei dedicarvi tutta la mia attenzione. Le faccio una proposta: chiamerò Samuel e chiederò il dessert, in modo che possiamo discutere delle sue idee in dolcezza."

"Sono d'accordo."

Eduardo si scusò, prese un telefono posizionato nei pressi del suo studio e parlò a bassa voce per qualche istante prima di tornare a tavola. Nel giro di qualche minuto, Samuel entrò con Emilia. I due chiesero se il pasto era stato di loro gradimento, sparecchiarono e offrirono tè, caffè e una selezione di cordiali. Claire optò per un caffè decaffeinato, dichiarando che il Negroni e un bicchiere di vino erano la quantità massima di alcol che era solita consumare di sera. Re Eduardo chiese del tè.

Mentre Emilia preparava le bevande, Samuel mise il dolce di fronte a ciascuno di loro. "Spero che lei gradisca il cioccolato, signora ambasciatrice."

"Sì," gli assicurò Claire mentre ammirava il suo piatto, che conteneva una torta al cioccolato fondente a forma di cupola circondata da una composizione di frutti di bosco e un rametto di menta fresca.

"Coltivo personalmente la menta e la frutta e del posto; è stata raccolta ieri," le disse lo chef. Rivolto al re, aggiunse: "Quando sarete pronti, vi prego di chiamare ed Emilia porterà via i piatti. Lascerò dell'altro tè e caffè sul bar."

Il re ringraziò Samuel ed Emilia, quindi aspettò che si allontanassero prima di lasciar cadere una zolletta di zucchero nel tè.

"A me ha dato più frutta e meno torta," brontolò Eduardo.

Claire guardò dall'altra parte del tavolo. Era vero. La sua torta non era grande, ma era visibilmente più grande di quella del re. "Voleva assicurarsi che assumeste la giusta quantità di antiossidanti."

"È un punto di vista ottimista, anche se dovrei osservare che anche il cioccolato è un antiossidante."

"Il cioccolato fondente, sì. Non credo che la torta conti." Di fronte all'espressione costernata del sovrano, Claire aggiunse: "Facciamo così. Voi accettate di sostenere il mio progetto scolastico in Parlamento e io vi darò il mio dessert. Tutto."

"Non voglio la frutta."

"Allora solo la torta."

Eduardo rise. Era una risata profonda, mascolina, che le fece arricciare le dita dei piedi nelle scarpe. Il genere di risata che non avrebbe dovuto farle effetto – soprattutto quando aveva trascorso gli ultimi giorni ad affinare la presentazione del programma scolastico – eppure lo faceva.

"Tenga pure la torta," disse il re. "Se dovessi avere bisogno di cioccolato, posso sempre razziare la cucina dopo che Samuel sarà andato a casa. Ma mi parli del suo programma."

Claire sollevò la forchetta, ma esitò prima di tagliare la torta. "Perché prima non mi dite perché Sergio Ribisi voleva respingere la mia proposta prima ancora che io potessi presentarla?"

"Non è stato Sergio a decidere. Non in maniera unilaterale. Sono stato io."

Claire incrociò di scatto lo sguardo dell'uomo, stupita da quell'ammissione. "Apprezzo l'onestà, Vostra Altezza."

"Ciononostante, la cosa avrebbe dovuto essere gestita in maniera diversa."

"Perché aveva bisogno di essere 'gestita?'"

Eduardo serrò le labbra per un attimo, poi si strinse nelle spalle. "Come re, devo scegliere attentamente le mie battaglie. Ci sono giorni in cui mi piacerebbe essere un monarca assoluto e promulgare leggi nel miglior interesse della nazione, ma non viviamo più nel medioevo. Posso proporre o raccomandare leggi, ma nient'altro. È il Parlamento ad avere il potere, qui a San Rimini. E a differenza del presidente degli Stati Uniti, io non ho nemmeno potere di veto."

"Ma avete influenza. Molta."

"Sì, ma di nuovo, è perché ho scelto con cura le mie battaglie, così come lo hanno fatto i miei predecessori. Tradizionalmente, a San Rimini, il monarca si concentra su progetti liberi da controversie. Si tratta perlopiù di iniziative di beneficenza o della mediazione di trattative di pace, oppure di presiedere incontri internazionali. Al di fuori di questi parametri, il capitale politico che ho da spendere è limitato, per cui devo investirlo saggiamente."

"Lo capisco, re Eduardo. Ma se avete letto del programma su cui ho lavorato in Uganda, sapete che è per il bene comune. È facile pensare che il mondo sia composto da centinaia di economie variegate, ma noi viviamo sempre di più in una singola economia mondiale. Quando un Paese – o una regione – rimane indietro, gli altri ne risentono. L'istruzione è un grande equalizzatore, soprattutto l'istruzione primaria. Quando i Paesi più prosperi, con sistemi scolastici forti, forniscono insegnanti e fondi a quelli in difficoltà, tutti ne traggono beneficio, non credete?"

"Sì."

"Allora perché tutta questa reticenza? L'Italia e l'Austria partecipano già e io so che voi attribuite grande valore ai programmi di intervento precoce, in modo da evitare che i bambini vengano privati di opportunità scolastiche. È per questo che sostenete programmi come Casa Nostra. Quando ieri avete parlato in occasione dei festeggiamenti per il loro anniversario, non lo avete fatto per obbligo. Si vedeva benissimo che siete appassionato del loro lavoro."

Il re si fermò con una forchettata di torta a metà strada per la bocca. "Ha visto l'intervento?"

"Sì."

"Stava indagando su di me."

"Non sarei una buona ambasciatrice se non lo facessi."

Claire non riuscì a trattenere un sorriso mentre lo diceva. Quando aveva chiamato Mark Rosenburg, lo specialista in istruzione e scambi culturali dell'ambasciata, per dirgli dell'invito a cena ricevuto da re Eduardo, lui l'aveva incoraggiata a recuperare un servizio che mostrasse l'intervento del re all'evento. Mark le aveva detto che avrebbe potuto imparare molto riguardo alle convinzioni di re Eduardo sull'istruzione ascoltando il suo discorso, per poi sfruttare quelle informazioni per aggiustare il tiro.

Mark ci aveva visto giusto. Quando Eduardo aveva parlato dell'importanza di Casa Nostra, del suo successo nell'individuare quei bambini che affrontavano problemi di salute mentale e dei metodi utilizzati in modo che le loro difficoltà venissero risolte senza stigmatizzarli, Claire aveva visto quanto lui credesse nel programma.

Eduard inghiottì il boccone di torta, quindi posò la forchetta. "La sera in cui è venuta qui a presentare le sue credenziali, c'è stato un incidente stradale lungo la Strada il Teatro. Probabilmente, l'ha saputo dal notiziario."

"Sì," disse lei, pur non sapendo esattamente cosa ciò avesse a che vedere con Casa Nostra o col suo programma scolastico.

"L'incidente avrebbe potuto essere molto più grave. La Strada è il cuore del centro storico. Tutti i turisti che vengono a San Rimini visitano quella strada. Gli abitanti del posto la frequentano per guardare i passanti o quando desiderano cenare in uno delle dozzine di ristoranti della zona. Inoltre, il traffico è incessante e i parcheggi praticamente inesistenti. È una pessima combinazione."

Eduardo fece una pausa, come per assicurarsi di avere l'attenzione di Claire. Dopo aver tratto un respiro profondo, disse: "Tutti gli abitanti di San Rimini sono a conoscenza del problema e sanno che è necessario un cambiamento, o prima o poi ci sarà una tragedia. Tuttavia, l'aspetto della Strada fa parte della nostra identità nazionale, il che rende difficile cambiare. Per non parlare delle consuete sfide dovute all'attività edile in una zona centrale. Le attività commerciali non vogliono che le impalcature blocchino i loro ingressi, alberghi e ristoranti temono di perdere prenotazioni per il rumore o per le deviazioni del traffico e gli organizzatori del Gran Premio sono preoccupati all'idea che i lavori interferiscano con la gara e gli spettatori. Sono questioni significative. Nessun parlamentare vuole mettere a rischio la propria rielezione per realizzare quei miglioramenti. Contrariare uno di quei gruppi significherebbe probabilmente perdere il lavoro quando gli elettori torneranno alle urne."

Claire osservò il re. Quella non era semplicemente una

questione importante per Eduardo; era una questione che lui sentiva gravare solo sulle sue spalle. "Così, vi siete assunto voi questo compito."

"Sì. Io non sono soggetto a rielezione. D'altra parte, questo non è un settore di cui solitamente si interessa il monarca. Ho bisogno di ogni pizzico della benevolenza che ho accumulato nel corso dei miei anni sul trono per unire quei gruppi dietro a un piano che funzioni. La mia popolarità non è mai stata così alta. Personalmente, non mi interessa essere una persona gradita. Sono abbastanza anziano e ho vissuto abbastanza a lungo sotto gli occhi del pubblico da non derivare il rispetto che ho per me stesso da ciò che pensano gli altri. Ma se la mia popolarità attuale può essere usata per salvare delle vite – e io sono convinto che mettere a posto la Strada il Teatro salverà delle vite – devo approfittare di tale opportunità. Non posso investire il mio capitale politico per spingere il Parlamento a stanziare fondi o fornire insegnanti per un programma scolastico in un altro Paese, soprattutto quando i cittadini di San Rimini non ne vedranno i benefici per anni o decenni."

Claire sentì il corpo tendersi mentre il re parlava e si costrinse a rilassarsi. C'era della convinzione nelle parole di Eduardo, ma lei aveva scoperto, nel corso degli anni, che le convinzioni non erano sempre scritte nella pietra. Non quando la persona con cui si conversava era ragionevole e le venivano offerte prove concrete del fatto che cambiare posizione poteva portare benefici.

Claire bevve un lungo sorso di caffè e considerò le parole successive. Infine, chiese: "Non credete che sia possibile sostenere entrambi i progetti? Sono completamente separati. Considerato il successo di Casa Nostra, sarebbe facile per voi convincere i vostri alleati in Parlamento del fatto che istituire programmi scolastici nelle zone povere e rurali avvii i bambini lungo il percorso giusto."

L'uomo sollevò una mano. "Io credo in quello che lei ha fatto in Uganda. Non c'è bisogno di insistere."

"Lo avete detto voi stesso l'altra sera: avete dato soltanto una lettura veloce."

Il re la stupì allungando una mano sul tavolo e coprendo la sua. "Non perché non sia degno di attenzione. Perché era palese fin dall'inizio che si tratta di una buona causa e che ha aiutato molti bambini. Continuerà ad aiutare molti bambini e a migliorare il loro standard di vita. Non avevo bisogno di leggere fino all'ultimo dettaglio per averne la certezza."

Si immobilizzarono entrambi, come se si fossero resi conto simultaneamente dell'inappropriatezza di quel contatto. Al tempo stesso, nessuno dei due voleva ammettere l'inappropriatezza allontanandosi. Dopo un lungo istante, Eduardo accentuò la presa attorno alle dita di Claire, per poi lasciarle la mano.

Quando l'uomo parlò di nuovo, la sua voce era molto dura. "Il programma è già sostenuto da numerosi governi. Con tutto il rispetto, lei non è più ambasciatrice in Uganda. Il programma non le appartiene più."

"Questo è vero," disse Claire, sollevata nell'udire la fermezza nella voce del re, quando lei non si sentiva per niente ferma. "Tuttavia, il programma è stato il capolavoro del mio mandato e l'ambasciatore attuale desidera ampliarlo. Questo significa aumentare il numero dei sostenitori. San Rimini ha la possibilità di offrire tale sostegno ed è naturale che sia io a chiederlo, tanto per conto degli Stati Uniti quanto del nuovo ambasciatore del mio Paese in Uganda. Francamente, sapere che avrei potuto farlo dopo essere venuta qui mi ha reso più facile lasciare l'Uganda. È stato il tocco finale, per così dire. Ma se voi non sosterrete il programma in Parlamento, sarà difficile che passi."

Il re non disse nulla, ma lei avvertì la sua reticenza. Colse l'occasione e sferrò il suo ultimo colpo. "Se il programma non avrà il sostegno del governo del Paese a cui sono assegnata, non farete bella figura, Vostra Altezza, e francamente, non la farò nemmeno io. Il Presidente è stato eletto sulla base di un programma incentrato sull'istruzione. Essa era l'argomento principale del suo discorso inaugurale. Ha parlato non solo della necessità di un'istruzione di qualità per tutti gli americani, ma ha detto anche che, quando i bambini di tutto il mondo hanno accesso all'istruzione, la qualità della loro vita aumenta. Hanno lavori migliori. Il commercio migliora. Le economie migliorano. Ci sono meno guerre e meno profughi. Tutti vincono."

"Anche io ne sono convinto." Eduardo si raddrizzò. "Non è che io non possa offrire sostegno. Non posso offrirlo in questo momento. Il Parlamento si radunerà fra poco meno di tre mesi per considerare il budget con cui finanziare i miglioramenti al distretto commerciale centrale. Da ora fino ad allora, la Strada dovrà essere la mia priorità. Una volta che il mio progetto sarà approvato, magari potremo riparlare del suo."

La frustrazione crebbe dentro di lei. Sapeva cosa significava "magari." Significava no. Nel migliore dei casi, re Eduardo avrebbe presentato il suo progetto al Parlamento con l'accordo di tutte le parti coinvolte... e ciò sarebbe stato difficile. Ci sarebbero volute settimane, forse mesi prima che il Parlamento lo approvasse – se lo avrebbe approvato – e mesi ancora prima che avessero inizio i lavori. E chissà quanto ci sarebbe voluto per portarli a compimento.

Eduardo non avrebbe certo voluto usare quel tempo per sostenere un altro progetto. Non mentre il Paese se ne stava con il fiato sospeso in attesa di vedere se i cambiamenti alla Strada sarebbero stati positivi. Il re avrebbe fatto tutto il possibile per continuare a sostenere il progetto per la Strada fino a quando l'ultimo cono arancione non fosse stato rimosso dai lavori e il Paese avesse decretato che ne era valsa la pena.

"Il progetto per la Strada richiederà molto tempo, nel caso dovesse passare."

"Sì. Ma i risultati saranno duraturi. Ben oltre la mia singola vita."

Claire annuì. "È necessario. Non sono a San Rimini da molto tempo, ma mi è bastato percorrere una volta la Strada in auto per rendermene conto. Tuttavia, come avete detto voi stesso, tutto il Paese sa che va fatto. I vostri cittadini – e il vostro Parlamento – apprezzeranno che siate voi a impegnarvi in prima persona per portarlo a compimento."

"Lo spero." C'era della prudenza nella voce del re. Claire sapeva che l'uomo aveva giocato a quel gioco abbastanza a lungo da sapere che lei stava per fare un'altra proposta.

"Voi conoscete molto bene i parlamentari. Se il progetto per la Strada non fosse un problema, quali parlamentari credete farebbero muro?"

"È probabile che il vostro personale vi abbia già informata."

Era vero. Mark Rosenburg, in particolare, sapeva chi aveva – e chi non aveva – sostenuto iniziative simili. Ma a Eduardo, lei disse: "Mi piacerebbe conoscere il vostro punto di vista."

"Monica Barrata. Franco Galli. Luciano Testa. Tutti e tre sono molto influenti. Di solito, sollevano obiezioni contro le spese per gli aiuti umanitari. Obietteranno sicuramente al finanziamento del suo programma. Certo, diranno cose meravigliose riguardo ai risultati ottenuti in Uganda, ma aggiungeranno che, in fin dei conti, credono che sia necessario concentrarsi su San Rimini. Diranno che il denaro dovrebbe prima andare ai nostri programmi universitari, ai nostri progetti di ricerca o alle nostre infrastrutture."

"D'accordo."

L'uomo sollevò una mano. "Ma non sarebbero loro i più duri. Quella sarebbe Sonia Selvaggi. Solleverà numerose obiezioni. Pur avendo un solo voto, è un'oratrice molto convincente e attirerà altri alla sua causa quando si tratterà di approvare o respingere."

Mark aveva menzionato Selvaggi. Anche Festa suonava familiare.

Claire usò la forchetta per passare una mora sul piatto e

raccogliere le ultime briciole di torta, quindi se la mise in bocca. Era deliziosa e lei invidiava a Eduardo il suo chef. Quando ebbe finito, posò la forchetta nel piatto. "E se riuscissi a convincere quei quattro?"

"Ne rimarrei colpito. Sarebbe molto difficile."

"In tal caso, vorrei proporvi un accordo. Io convincerò quei quattro e voi a presentare il mio programma in Parlamento."

"Presentare il programma? È ben più che limitarsi a parlare a suo sostegno."

"Avete detto che quei quattro probabilmente faranno muro e che ciascuno di loro gode di grande influenza."

"Sì, ma presentare il programma richiederebbe più capitale politico che limitarsi a parlare in suo favore."

Claire sorrise e allargò le mani. "Se riuscirò a convincere quei quattro che il programma è solido e meritevole di essere sostenuto dal Parlamento, voi correrete molti meno rischi. Potreste permettervi di presentarlo."

Gli occhi azzurri del re la trafissero mentre l'uomo rifletteva. Mentre i secondi passavano e lui rimaneva in silenzio, il cuore di Claire batteva così forte che le venne paura che il re potesse vederle le pulsazioni nella gola. Solo il pensiero che Eduardo non aveva respinto completamente l'idea le impedì di dire "Come non detto" oppure "D'accordo, se io convincerò quei quattro, voi potreste parlare agli altri?"

A ogni ora trascorsa a San Rimini, le erano venute nuove idee riguardo a settori nei quali l'ambasciata avrebbe potuto apportare cambiamenti positivi. Se lei fosse riuscita a far approvare quel programma, ciò avrebbe dato credibilità alle altre iniziative attuate da lei e dal suo staff. Le eminenze grigie di San Rimini avrebbero visto che non solo Claire poteva ricoprire il ruolo che era stato di Rich Cartwright, ma anche espanderlo.

"Va bene," disse Eduardo. "Siamo d'accordo."

Claire riusciva a stento a crederci. Lo udì persino nel tono della sua stessa voce mentre ripeteva: "Io mi procurerò il supporto di quei quattro parlamentari e voi presenterete al Parlamento una legge per finanziare il programma scolastico e appoggerete l'invio di insegnanti da San Rimini. L'accordo è questo?"

"Sì."

Il re si alzò e allungò una mano. Claire non riuscì a lasciare la sedia abbastanza in fretta. "Grazie, Vostra Altezza."

Il sorriso dell'uomo fece spiccare il volo al cuore di Claire. Poi venne il suo tocco, la stretta di mano mantenuta più a lungo del necessario. Chiunque li avesse visti lo avrebbe fatto con gli occhi spalancati e prendendo bruscamente fiato.

Quando l'uomo mollò finalmente la presa, le viscere di Claire fecero una capriola.

Poteva anche aver vinto, quella sera, ma si era ficcata in un guaio bello grosso.

CAPITOLO 8

Un'ammaccata plancia da cribbage era posta fra re Eduardo diTalora e il conte Giovanni Sozzani. Erano seduti allo stesso tavolo dove Eduardo aveva cenato con Claire appena ventiquattro ore prima. Mentre Giovanni apriva un mazzo di carte, Eduardo versò del whiskey in un paio di bicchieri di cristallo.

La plancia da cribbage, un tempo, apparteneva al nonno di Giovanni. Quando Eduardo e Giovanni avevano diciassette anni, al nonno di Giovanni era stato diagnosticato un tumore al pancreas. I ragazzi erano andati a trovarlo in ospedale pochi giorni prima che entrasse nell'hospice. Giovanni aveva accettato la richiesta di suo nonno di giocare una partita a cribbage, pur non essendo minimamente capace.

Quando il nonno di Giovanni era venuto a mancare, due settimane dopo, la plancia era sul suo tavolino assieme a un biglietto: *Giovanni, questa è tua. Gioca con il tuo futuro re. Insegnagli qualcosa. Impara qualcosa da lui.*

E così avevano fatto.

I ragazzi avevano trovato un libro sul cribbage, avevano imparato le basi e avevano giocato qualche partita prima di abbandonare il gioco per attività più interessanti. Ma una sera, nel corso dell'ultimo anno di università, Giovanni si era presentato sulla soglia di Eduardo con la plancia sottobraccio e una bottiglia di whiskey mezza vuota, rubata dall'armadietto dei liquori dei suoi genitori il fine settimana precedente, nell'altra mano.

La ragazza da tre anni di Giovanni lo aveva lasciato per uno spagnolo conosciuto a una festa la sera prima. Giovanni aveva bisogno di distrarsi con qualcosa di leggero.

"Il cribbage non è leggero," aveva riferito Eduardo al suo amico.

Giovanni aveva mostrato la bottiglia. "Può esserlo."

Lui aveva fissato Giovanni. "Lo ha conosciuto a una festa?"

"Dopo cinque minuti di conversazione, si è resa conto che lui era l'uomo giusto per lei e che io non lo ero. Sospetto – anche se non ho avuto conferma – che lei lo abbia portato nel suo appartamento per convalidare quella sua nuova consapevolezza."

Eduardo aveva preso la bottiglia di whiskey. "Il tuo lo faccio doppio. Abbiamo bisogno di un mazzo di carte."

"Ne ho uno in tasca."

Presto, i due erano divenuti dipendenti da quello che i loro amici consideravano un hobby pittoresco. Almeno una volta al mese, di solito la domenica, Eduardo e Giovanni si incontravano per giocare a cribbage. Nonostante fossero passati tanti anni, usavano ancora la stessa plancia, anche se alcuni dei pioli si erano scoloriti e il legno attorno a quasi tutti i buchi era graffiato. Prima di ciascuna partita, brindavano alla memoria del nonno di Giovanni.

Eduardo porse un bicchiere a Giovanni. Sollevarono i bicchieri e sorseggiarono. Il liquido fece immediatamente la sua magia su Eduardo. Lui si rilassò nella sedia, chiuse gli occhi per un attimo e assaporò.

La domenica sera era il suo momento preferito. Era come se l'intero Paese si fermasse per un momento di riflessione settimanale. I musei, i negozi, gli acquari e la maggior parte dei ristoranti chiudevano in anticipo. I turisti sceglievano spesso la domenica come giorno di partenza, per cui i marciapiedi erano relativamente vuoti. Ai riflettori dei casinò era vietato lacerare il cielo notturno e i suoni dominanti erano la brezza del mare, gli uccelli e l'occasionale suono delle campane della chiesa.

Anche il palazzo taceva; tutto il personale non essenziale era a casa. I figli di Eduardo – e i loro figli – trascorrevano di solito la serata nei loro appartamenti.

"Che cos'è?" chiese Giovanni dopo aver inclinato il bicchiere per osservare il whiskey. "È diverso dal solito."

"Nel bene o nel male?"

"Nessuno dei due. È diverso. Come mangiare rotini al pesto un giorno e puttanesca il giorno dopo. Il whiskey ha un gusto più affumicato. Dove lo hai preso?"

"È un dono."

Pescarono per determinare chi avrebbe dato le carte per primo. Eduardo aveva la carta più bassa: un quattro di cuori contro il re di quadri di Giovanni. Prese il mazzo per mescolarlo mentre Giovanni si allungava verso la bottiglia di whiskey. "New Mexico? Non avevo mai sentito parlare di whiskey del New Mexico. Parliamo degli Stati Uniti, non del Messico vero e proprio, giusto?"

"Corretto."

"Mmm." Giovanni si rigirò la bottiglia in mano, finì di leggere l'etichetta e la rimise a posto. Sebbene fosse calato il sole, Eduardo aveva scostato la tenda e socchiuso la finestra per lasciar entrare l'aria della sera; per cui, mentre beveva un altro sorso, Giovanni voltò il viso verso la brezza e inalò profondamente.

"Qualunque cosa tu stia pensando, Giovanni, ti sbagli."

"Parli come mia moglie."

"Non sei sposato."

Trent'anni prima, Giovanni *era* sposato. Ma meno di sei mesi dopo la cerimonia, sua moglie gli aveva improvvisamente chiesto il divorzio. Proprio come la ragazza all'università, si era innamorata di un altro. Giovanni aveva un figlio adulto nato da quella relazione e adorava essere genitore, ma non si era mai risposato, nonostante numerose donne gli avessero fatto il filo nel corso degli anni. Invece, ogni tanto faceva battute sulla moglie che non aveva.

Giovanni sospirò, quindi voltò le spalle alla finestra per guardare Eduardo. "Allora, cosa pensi che io pensi?"

"Dimmelo tu."

Giovanni lo squadrò. "Ricevi molti doni. È impossibile tenerli o usarli tutti."

Eduardo non disse nulla. Diede le carte.

"Mi pare che tu abbia chiesto a Luisa di inviare dei fiori alla nuova ambasciatrice degli Stati Uniti quando sono passato dal tuo ufficio qualche giorno fa. Per caso questa ambasciatrice viene dal New Mexico?"

"Per caso, sì."

"E per caso è la stessa ambasciatrice con cui hai ballato?"

"Era a palazzo per la presentazione delle credenziali. Alla cerimonia è seguita una cena con danze. Cosa che immagino tu già sappia, se mi chiedi del ballo."

"Quello che so è che danzi di rado, e che di rado mandi fiori alle funzionarie."

"Mando fiori più spesso di quello che pensi. E che lo desideri o meno, a volte mi capita di dover ballare a questo genere di eventi."

"Già. Ti capita di *dover* ballare."

Eduardo ignorò l'osservazione. In seguito, si concentrarono sulla partita. Le carte vennero messe in tavola, i punti contati e i pioli mossi sulla plancia. Fra una mano e l'altra, Giovanni riferì a Eduardo che era finalmente riuscito a convincere i suoi genitori a prenotare una crociera lungo le coste della Norvegia e della Svezia. "Sono in pensione da quasi quindici anni, ormai.

Volevano trascorrere il pensionamento viaggiando, ma non lasciano quasi mai la loro villa, figuriamoci il Paese. Continuano ad accampare scuse. Devono prendersi cura del cane. Devono aspettare l'elettricista. Non vogliono perdersi un certo evento locale, e c'è sempre un evento locale. Alla fine, si sono resi conto che non stanno ringiovanendo e che dovrebbero partire finché sono ancora abbastanza indipendenti da potersi divertire."

Eduardo sorrise. Giovanni adorava viaggiare, mentre i suoi genitori si erano sempre innervositi all'idea di allontanarsi dalla familiarità. E tuttavia, sapeva che la crociera che Giovanni aveva trovato per loro sarebbe stata adatta. I due avrebbero apprezzato la sicurezza del trascorrere ogni notte nella stessa cabina, avendo al tempo stesso l'occasione di esplorare posti nuovi.

"Anche io ho delle notizie," disse Eduardo a Giovanni. "Diventerò di nuovo nonno. Marco e Amanda mi hanno invitato a colazione questa mattina e mi hanno detto che Amanda è incinta di sedici settimane. Lo sospettavo già da qualche settimana, ma non ho voluto fare domande. Volevano aspettare il più a lungo possibile prima di annunciare la gravidanza."

"Sedici settimane? È molto avanzata. Qualche membro del personale lo avrà già scoperto."

"A quanto pare, no. Marco ha detto che Amanda si è vestita in maniera 'creativa' nelle ultime settimane per nascondere la gravidanza, ma fra le interazioni con il personale e gli impegni pubblici di Amanda, sta diventando difficile. La settimana scorsa si sono recati a una visita medica e mi hanno detto che è stato difficile entrare nella clinica senza essere visti. Credono di poter rimandare ancora per un paio di settimane, ma non di più. Hanno intenzione di fare un annuncio pubblico mercoledì prossimo." Eduardo sorrise al suo amico. "Avrò una nipotina."

Giovanni sollevò il bicchiere e brindarono di nuovo.

Diverse mani più tardi, quando Giovanni raccolse le carte e cominciò a mescolarle, Eduardo ne approfittò per alzarsi e sgranchirsi le gambe. Prese il whiskey e si offrì di riempire il bicchiere al suo amico.

"Solo se te lo riempi anche tu."

Eduardo sospirò. "Dovrò riempirlo con l'acqua. Così, potrò rispondere onestamente quando Greta mi farà il terzo grado domani mattina. Sa che bevo whiskey quando gioco a cribbage."

Giovanni agitò una mano. "Vai a prendere l'acqua. Il whiskey me lo verso da solo."

Quando Eduardo tornò dal bar, con l'acqua in mano, Giovanni disse: "Visto che sei dell'umore di rispondere onestamente…"

Eduardo inarcò un sopracciglio.

"Sei distratto, questa sera. Io gioco meglio di te, naturalmente, ma non così tanto."

"Tu non giochi meglio di me."

"Allora giustifica la tua performance. Il fatto che stai per diventare di nuovo nonno non c'entra nulla."

Giovanni lo conosceva troppo bene. A volte, la cosa era insopportabile, ma quella sera, Eduardo aveva bisogno di un amico. "Sto pensando di chiedere a una donna di uscire."

La grassa risata di Giovanni colmò la stanza. "Tutto qui?"

Eduardo gli lanciò un'occhiata disgustata. "Non è così semplice."

"Lo è, anche per un re. Ed era ora." Giovanni sollevò una mano prima che Eduardo potesse replicare. "Sai che adoravo Aletta, ma tu meriti di avere una donna nella tua vita. Il pubblico capirà. Prima o poi."

"Non è quello il problema. Beh, anche. Ho altre preoccupazioni."

"A parte la reazione del pubblico? Dubito che i tuoi figli solleverebbero obiezioni; non che questo dovrebbe fermarti." Giovanni si accigliò. "Stai prendendo in considerazione l'idea generica di frequentare una donna, o ce n'è una in particolare che ti interessa?"

"C'è una donna in particolare."

Giovanni non disse nulla. Invece, radunò le carte, quindi passò il mazzo a Eduardo in modo che questi potesse distribuirle.

Eduardo avvertì una punzecchiatura di fastidio mentre mescolava. "Tutto qui. Vorrei chiedere a una donna in particolare di uscire, ma farlo è complicato."

"In che modo? Hai bisogno che io chieda a qualche amica di questa donna se le piaci? Oppure devo passarle un bigliettino con scritto 'Ti piace Eduardo diTalora? Barra la casella giusta.' Mi rendo conto che è così che hai fatto l'ultima volta che eri interessato a una donna che non fosse Aletta, ma ormai non si usa più così. Non è complicato. Basta chiedere a una donna se le piacerebbe uscire con te. Poi, lei ti dice di sì o di no."

"Non avrei dovuto proporre un secondo bicchiere di whiskey."

"Hai fatto benissimo, invece. Sono un consigliere molto migliore dopo il secondo bicchiere."

Eduardo scosse la testa, poi cercò di concentrarsi sul conto. Non aveva importanza: Giovanni raggiunse il punteggio necessario quasi immediatamente, concludendo il gioco.

"Stavo pensando di chiederle di accompagnarmi alla sinfonia," disse. "La stagione comincia la settimana prossima e di solito io assisto a uno dei primi spettacoli."

"Non puoi portare una donna laggiù. *Pensa*, Eduardo."

Eduardo incrociò lo sguardo di Giovanni; poi, capì. "È alla Sala Concerti Regina Aletta."

"I media sarebbero felicissimi, da tanti titoli salaci potrebbero pubblicare. Tu e la tua accompagnatrice, non molto. Questa donna deve essere davvero speciale, perché l'Eduardo che conosco non è incline a compiere certi passi falsi." Giovanni mosse un piolo per segnare i suoi punti, poi sollevò bruscamente lo sguardo. "Aspetta. Stai parlando della nuova ambasciatrice?"

"Sì. Claire Peyton."

"Prima, quando ho parlato dei fiori, ti stavo solo prendendo in giro. Non avevo idea." Giovanni emise un basso suono contrariato. "A quanto pare, sono io quello distratto, questa sera, perché avevo completamente frainteso la tua reazione. Quella donna è molto attraente."

"Sì."

"Ti ha stregato con il whiskey affumicato."

Eduardo lasciò correre. Non intendeva dire a Giovanni che il dono comprendeva anche della marmellata di pere piccanti.

"Ora capisco perché hai detto che la faccenda è complicata, anche se le parole che userei io sono 'conflitto di interessi.'"

"Se fossi un parlamentare o il capo di un ramo dell'esecutivo, sarebbe molto peggio."

"Vero, ma questo non significa che non ci sia un conflitto."

"Il conflitto si può evitare, prestando attenzione." Eduardo osservò il suo amico. "Lei mi piace, Giovanni."

"Questo si vede." Giovanni passò un dito lungo la base del bicchiere con il whiskey. "Se lei è sveglia, dirà di no."

"È sveglia. Ama la storia e i film e tiene al bene collettivo. Inoltre, non è intimidita da me, con la qual cosa intendo tutto questo." Eduardo mosse la mano a indicare il palazzo. "Non teme di mostrarmi la sua arguzia. È per questo che mi piace."

"Ed è pure sexy."

"D'accordo. È sexy," ammise Eduardo. "Se la sinfonia è esclusa, che ne dici del Teatro Reale? L'ultimo spettacolo della *Traviata* costituisce la raccolta fondi annuale per la Fondazione Reale di San Rimini. Di solito, Isabella partecipa con me, ma ora che è sposata, nessuno si stupirebbe se io portassi un'altra persona. È stabilito ormai da tempo che non si tratta di una serata romantica. Claire e io potremmo farne un appuntamento senza rivelarlo al pubblico."

"Dubito che sentirsi dire 'Questo è un appuntamento, ma

non una serata romantica' sia particolarmente lusinghiero, per una donna."

"Ha parlato l'esperto."

Giovanni rivolse a Eduardo una scrollata di spalle soddisfatta.

"Tu sei ricco e attraente, Giovanni. Non è la stessa cosa."

"Se la ricchezza bastasse a conquistare una donna, tu saresti il nostro re."

"*Sono* il vostro re. E hai dimenticato che sono anche attraente."

"Oh, non l'ho dimenticato. Forse è questo il tuo problema. Non sei abbastanza attraente. Dovrai affidarti al corteggiamento, il che significa che dovrai farlo bene." L'espressione di Giovanni si fece diabolica. "A proposito, come va con Greta? Quanti piegamenti sei riuscito a inanellare?"

"Vieni a correre con me e te lo farò vedere quando avrai raggiunto il traguardo."

"Vieni in bicicletta con me e potrà mostrarmelo una volta che avrai finito di trascinare la bici su per la collina."

"Non ho alcun desiderio di fare una gimcana nel traffico cittadino. Sarebbe un suicidio."

"Usciremo presto. Più o meno all'ora in cui sei solito uscire a correre."

Eduardo scosse la testa. Giovanni era un ciclista incallito e cercava sempre di coinvolgerlo nel suo sport preferito. "Quando il mio corpo non sarà più in grado di correre, prenderò in considerazione l'idea di unirmi al lato oscuro. Ma non accadrà presto. Fino ad allora, sarai il benvenuto, se vorrai venire a correre con me."

"Se hai bisogno di un compagno di allenamento, preferirei decisamente unirmi a una delle tue sessioni con Greta."

"È sposata."

"Allora no."

Le carte vennero distribuite e ulteriori mani giocate. I due contarono i punti ad alta voce e spostarono i pioli. Quando Giovanni raggiunse di nuovo l'obiettivo e il gioco ebbe termine, si fece serio. "In via ipotetica, se tu portassi Claire Peyton alla raccolta fondi al Teatro Reale, cosa spereresti di ottenere?"

Eduardo si fermò mentre raccoglieva le carte. "In che senso 'ottenere?'"

"Qual è il tuo scopo? Se desideri frequentare un'ambasciatrice – l'ambasciatrice di una nazione potente che ha molti interessi a San Rimini – bisogna prenderlo in considerazione. Se tu portassi Claire Peyton all'opera, ci sarebbero commenti, tanto nella stampa quanto dietro porte chiuse. Fra i parlamentari. Fra i tuoi collaboratori. Fra tutti i cittadini seduti a cena. Anche se la cosa venisse presentata al mondo come un'uscita diplomatica non romantica, la gente trarrà delle conclusioni. Alcuni commenti potrebbero non essere gentili. Se sei disposto a correre qualche rischio, devi sapere in cosa speri. Qual è il tuo scopo?"

Eduardo mescolò lentamente, poi guardò Giovanni. "Ho avvertito un'affinità con lei. E sono sicuro che l'abbia avvertita anche lei. Voglio trascorrere del tempo con lei e conoscerla meglio. E non voglio dover inventare delle scuse per averla come ospite a palazzo per farlo. Voglio portarla fuori."

"Allora devi essere pronto ad affrontare le conseguenze, che un'eventuale relazione funzioni o no."

"Ne sono consapevole. Sto cercando di capire quali potrebbero essere tali conseguenze. Sono fuori esercizio, da questo punto di vista."

"Che la relazione abbia successo o meno, la tua popolarità ne risentirà."

Eduardo se l'era aspettato. "Fino a che punto?"

"Potresti mettere a rischio il progetto per la Strada."

Eduardo rimase interdetto. Giovanni sapeva, da alcune chiacchierate precedenti, quanto era importante quel progetto, tanto per lui quanto per la nazione. Non avrebbe mai fatto un commento simile alla leggera. "Gli ultimi sondaggi mi attribuiscono un tasso di approvazione fra il settantasette e il settantanove per cento. Ci vorrebbe un calo spaventoso."

"Che potrebbe verificarsi, considerato che dovrai fare i conti tanto con il fattore Aletta quanto con il fattore conflitto di interessi." Giovanni storse la bocca. "Vuoi il mio consiglio da amico? O da parte neutrale?"

"Tu saresti neutrale?"

"Posso fingere."

"Sei il mio migliore amico e il padrino del principe ereditario. Se tu sei in grado di fingerti neutrale nei confronti della mia vita, sono nei guai."

"Sei nei guai comunque." Giovanni sollevò una spalla, poi la lasciò ricadere. "Credo che dovresti chiederglielo. Lasciamo che sia l'ambasciatrice a decidere."

"Sembra un consiglio da amico."

"È passato tanto tempo, Eduardo. Avresti potuto farti scaldare il letto da innumerevoli donne, nel corso degli anni. Oppure, come dici tu, avresti potuto far visitare loro il palazzo sotto altre pretese. Ma non lo hai fatto."

"Non puoi saperlo."

"So che non sei così. Se lo fossi, non saresti l'uomo che sposò Aletta Masciaretti. E non penseresti a una donna come Claire Peyton, in questo momento. Chiediglielo."

La bocca di Eduardo si asciugò. All'improvviso, la prospettiva concreta di chiedere a Claire Peyton di uscire lo innervosiva.

Lui non era un tipo nervoso.

La bocca di Giovanni si allargò in un sorriso e lui sollevò il bicchiere vuoto. "Anzi, è giusto brindare. Abbiamo un ottimo whiskey del New Mexico."

"Greta mi massacrerà, domani."

"Greta ti massacrerà che tu beva o meno."

"Questo è vero." Eduardo guardò il bicchiere. Non avevo la

più pallida idea di come chiedere a Claire di uscire. Chiamare l'ambasciata? No, non avrebbe funzionato. Avrebbe dovuto procurarsi il numero della donna, il che sarebbe stato difficile senza mettere in allerta il personale.

Ma anche se lui fosse riuscito a trovare un modo per chiamarla in maniera discreta, lei avrebbe accettato? Dove sarebbero andati?

Accennò alla bottiglia. "Avanti. Versane uno per ciascuno."

CAPITOLO 9

CLAIRE AVEVA SEMPRE SAPUTO, sin dal momento in cui aveva scelto una carriera diplomatica, che la maggior parte degli americani non pensava quasi mai al Dipartimento di Stato, né tantomeno agli ambasciatori. Al Presidente, ai senatori e deputati, sì. Ma non agli ambasciatori.

Quando la gente pensava agli ambasciatori o al loro lavoro, lo faceva in termini di successo individuale. Erano state stabilite nuove alleanze commerciali? I legami culturali erano stati rafforzati? Il viaggio o gli scambi erano diventati più facili, oppure erano state avviate iniziative a beneficio di salute e istruzione? Il cittadino poteva sintonizzarsi sul notiziario della sera e vedere il Presidente scendere dall'aereo in un Paese straniero ed essere accolto dall'ambasciatore in aeroporto. In seguito, il Presidente partecipava a una conferenza stampa con i leader del Paese e diceva: "Grazie al duro lavoro dell'ambasciatore Tal dei Tali, le nostre due nazioni hanno stretto un legame profondo..."

Claire era abituata al fatto che la maggior parte degli americani aveva quell'immagine in testa quando una nuova conoscenza scopriva che lavoro faceva. Si facevano l'idea che lei stringesse rapporti internazionali. O che fosse la persona che finiva sulla graticola quando scoppiava uno scandalo all'estero.

Entrambe quelle affermazioni erano vere.

La gente non capiva che lei fungeva da volto di una vasta squadra di individui di talento che rappresentava la nazione e i suoi interessi in un determinato Paese. Un successo non era solo un successo di Claire; era un successo della squadra. E quella squadra era formata da diverse divisioni: un gruppo politico, un gruppo economico, un gruppo per la cultura e l'istruzione. C'erano esperti militari ed esperti di agricoltura. Un'intera sezione era dedicata all'assistenza ai cittadini statunitensi che incontravano difficoltà all'estero, che le difficoltà fossero semplici come un passaporto perso o complesse come un arresto per accuse penali.

Il successo di un ambasciatore – e, di conseguenza, della missione – era incentrato attorno alla squadra. Sebbene parte del personale di un'ambasciata cambiasse con l'elezione di un nuovo presidente, un'altra parte era integrata nel tessuto dell'ambasciata e restava per anni. Richard Cartwright le aveva assicurato che l'ambasciata a San Rimini aveva un personale solido. Tuttavia, Claire era sempre più convinta che Richard avesse sottovalutato quella gente.

Il personale dell'ambasciata era di primissimo livello.

Mark Rosenburg era una di quelle persone abili. Quella sera, Claire aveva scoperto quanto egli fosse profondo e dedito al lavoro. Aveva anche un certo senso dell'umorismo. Claire aveva invitato Mark e altri quattro membri della sua squadra in casa sua per una cena di lavoro, durante la quale avevano discusso dei programmi continuativi di scambio culturale dell'ambasciata. Lei li aveva avvertiti che, malgrado la casa avesse un tavolo, delle sedie e altri mobili che facevano parte della proprietà, i piatti e le posate di Claire erano ancora inscatolati e che sarebbe stata una cena informale, a base di pizza.

Mark si era offerto di passare a prendere la pizza in un posto che si chiamava Pizzeria Fassina. Era arrivato con i suoi appunti, due pizze grandi, una quantità di insalata sufficiente per un esercito e una borsa piena di tovaglioli e posate. "Queste cose le ho portate da casa," disse, indicando il borsone mentre lo metteva sul tavolo. "In questo modo, potremo mangiare l'insalata assieme alla pizza. Ma mia moglie vuole che le riporti tutto. Ed è un peccato, perché odio questa decorazione."

Claire, dopo aver squadrato tutto, aveva detto: "Le restituiremo fino all'ultima forchetta. Ma non ricordo di aver ordinato dell'insalata."

"Perché è nuova in città. Imparerà. Se si ordina la pizza da Fassina, non si può non prendere l'insalata."

"Ne prendo atto."

Avevano trascorso la serata rivedendo i programmi di scambio culturale attuali dell'ambasciata, per poi discutere alcune idee che erano state sperimentate in passato, ma che non avevano avuto successo per un motivo o per l'altro. Poi, Claire aveva chiesto quali fossero i pensieri di tutti i suoi programmi o i singoli eventi futuri. Claire aveva scoperto che la gita a Emory e al Centro per il Controllo delle Malattie era il risultato dell'iniziativa di Mark. Dopo aver visitato la Scuola di Salute Pubblica dell'Università di San Rimini e aver appreso delle ricerche svolte laggiù l'anno prima, l'uomo aveva telefonato alla Emory University e al CCM per proporre una settimana di scambio. I dottorandi che avevano partecipato erano tornati a San Rimini pieni di idee. Gli studenti della Emory avevano imparato i metodi sanriminesi per far fronte alle emergenze sanitarie e trovato dei modi per migliorare i protocolli degli Stati Uniti.

Era esattamente il genere di programma che Claire voleva che il personale dell'ambasciata perseguisse.

Era stata una serata rilassante, soprattutto per una cena di lavoro. Nella stanza c'era un'energia che Claire adorava. C'erano state battute, scambi di proposte e complimenti, che le avevano dato l'opportunità di conoscere meglio le personalità dei membri del personale. Era il genere di atmosfera che poteva derivare soltanto dall'avere persone capaci al lavoro su progetti che corrispondevano alle loro passioni.

La pizza deliziosa e un'insalata spettacolare erano state la ciliegina sulla torta.

In seguito, Mark era rimasto per aiutarla a sistemare. Avevano lavato a mano le stoviglie e riposto ciascuna di esse nel contenitore, nonostante le proteste dell'uomo. "Se lei avesse detto a mia moglie che erano state danneggiate irrimediabilmente per via di un difetto della sua lavastoviglie, mia moglie le avrebbe creduto. Così, avrei potuto comprare qualcosa di nuovo. Qualcosa che non sembrasse appartenuto alla sua bisnonna Matilda."

"È così?"

"No. Le abbiamo messe in lista nozze quando ci siamo sposati."

"E lei ha avuto voce in capitolo?"

"Diciamo che la lista nozze è stata la mia prima missione diplomatica."

Claire aveva sorriso. "Ma continua a brontolare dopo… quanti anni?"

"Sei, e mai quando mia moglie può sentirmi." L'uomo aveva fatto una pausa, per poi chiedere: "Quanto durano le stoviglie?"

"Mark? Ci metta una forchetta."

Si erano fatti una bella risata. Poi, Claire aveva introdotto l'argomento dell'iniziativa in Uganda. Aveva aggiornato Mark riguardo all'incontro con il re non appena l'uomo era tornato da Atlanta e gli aveva chiesto di pensare a dei modi di approcciare i quattro parlamentari menzionati da Eduardo.

All'inizio, l'uomo era rimasto stupito dalla titubanza di Eduardo, ma quando lei gli aveva raccontato del progetto per la Strada, Mark si era dondolato sulla sedia e aveva fischiato. "Era da un paio d'anni che si diceva che sarebbe stato re Eduardo a propugnare il progetto. Poi, la settimana scorsa abbiamo saputo che alcuni suoi collaboratori stretti avevano intenzione di incontrarsi con gruppi di interesse chiave del distretto commerciale centrale. Ora che sappiamo che si è impegnato ad apportare quei cambiamenti, la situazione è diversa. Il re sarà prudente."

Claire aveva annuito e insieme avevano concordato che ne avrebbero riparlato la sera della cena, dopo che Mark avrebbe avuto l'occasione di riposare dal viaggio.

Mentre schiacciavano i cartoni della pizza vuoti, Mark disse: "Sonia Selvaggi sarà la più dura a capitolare. Non l'ho mai conosciuta di persona, ma conosco la sua reputazione. È un'ex-pubblico ministero e ha trascorso la prima parte della sua carriera mandando criminali in prigione. Da quando è stata eletta in Parlamento, ha votato per inasprire le pene per tutta una serie di reati ed è il genere di persona che vede il male dappertutto. Il che è comprensibile, considerato che ha dovuto avere a che fare con della brutta gente. Per quanto riguarda il suo programma, ne vedrà i benefici – il potenziamento dell'istruzione tende ad abbassare il tasso di criminalità – ma si preoccuperà per la sicurezza degli insegnanti. Vorrà sapere in che modo verranno protetti i docenti che partecipano a programmi come questo quando si trovano in villaggi rurali. Che genere di accesso hanno ai servizi di emergenza? Com'è la loro situazione abitativa? In che modo tutto questo varia da un villaggio all'altro? Chi si assicura delle loro condizioni?"

Erano buone indicazioni da avere prima di tentare un approccio. Mark era a conoscenza di informazioni sugli altri parlamentari citati da Eduardo, in aggiunta a un quinto, che spesso si lasciava convincere su questioni riguardanti programmi scolastici all'estero. "È meglio avere quel voto, per sicurezza," disse l'uomo.

Poi, Mark la stupì dicendo: "Deve aver fatto un'ottima impressione. L'ambasciatore Cartwright impiegò ben due mesi prima di ottenere un'udienza privata con re Eduardo. E quando ciò accadde, si trattò di un incontro di mezz'ora nell'ufficio del palazzo, alla presenza dei più stretti collaboratori del re. È capitato anche che cenassero insieme e che si incontrassero un paio di volte in maniera informale, ma c'è voluto molto tempo."

Il tono di Mark era neutro, ma Claire colse l'antifona. Mark si chiedeva se ci fosse qualcos'altro in ballo, ma non voleva chiederlo.

"Immagino che il rapporto del re con l'ambasciatore Cartwright mi abbia spianato la strada," disse Claire mentre Mark puliva il tavolo e lei attaccava il piano di lavoro.

"Può darsi, anche se è palese che lei ha fatto qualcosa di giusto la sera della cerimonia delle credenziali. L'obiettivo della cena di sabato era che lei chiedesse un favore, non il contrario, e l'invito è arrivato dal re in persona."

Claire fece una pausa e appoggiò un fianco al piano. "Cosa vuole dire, Mark?"

"Voglio dire che lei è più..." L'uomo esitò, cercando la parola giusta, per poi optare per "affabile di Richard Cartwright agli occhi del palazzo. Beh, agli occhi di una persona in particolare a palazzo."

"E?"

"E, signora ambasciatrice, finora se l'è cavata piuttosto bene."

Claire gli rivolse un sorriso che voleva dire che aveva compreso le sue preoccupazioni, oltre alla sua riluttanza a essere più specifico con il suo nuovo capo. "La ringrazio, Mark. Ne prendo atto."

"Ne prende atto." L'uomo sorrise e mise a posto lo straccio. "Come prenderà atto di ordinare l'insalata alla Pizzeria Fassina?"

"Esatto. Sto cominciando a orientarmi."

Una volta che ebbero finito di parlare e l'uomo fu pronto ad andare, lei lo accompagnò alla porta, gli augurò la buona notte e tornò in cucina a bere una tazza di tè. Di solito leggeva qualcosa prima di andare a letto, ma quella sera il suo cervello era esausto. Invece, decise di passare in rassegna uno scatolone o due delle sue cose e riporle.

"Prima o poi, vi svuoterò tutti," disse ad alta voce alle file di scatoloni in cucina.

Stava cercando di decidere quale scatolone affrontare quando vide la borsa con le stoviglie di Mark sul piano. Prima che potesse cercare il nome dell'uomo sul telefono, udì il distintivo ronzio del cancello esterno. Si recò alla porta e premette il pulsante dell'interfono. Ovviamente, Mark si era allontanato di meno di un isolato quando si era reso conto di aver lasciato le stoviglie.

"Devo essere ancora stanco dopo il viaggio ad Atlanta," disse Mark, una nota imbarazzata nella voce mentre saliva i gradini per recuperare la borsa da Claire. "Sono felice di essermene ricordato prima di arrivare a casa. Mia moglie avrebbe pensato che lo avessi fatto di proposito."

"Quando la conoscerò, non mancherò di dirle che è proprio così."

L'uomo rise a quelle parole. Mentre scendeva i gradini, aggiunse: "Speriamo di non fare un altro isolato per poi rendermi conto che ho dimenticato una forchetta in uno dei cartoni della pizza-"

"In tal caso, saprò che l'ha fatto di proposito, perché le ho contate mentre le riponevamo."

Mark salutò, quindi chiuse di nuovo la porta.

Meno di cinque minuti dopo, suonarono di nuovo al cancello. Claire trattenne una risata. Lanciò un'occhiata al piano della cucina, ma non vide nulla. Tornò alla porta, scrutando la casa mentre l'attraversava, quindi premette il pulsante dell'interfono.

"Gliel'ho detto, Mark: ci metta una forchetta."

"Non sono Mark. Sono qui per conto di re Eduardo."

Claire esitò. "Come, scusi?"

"Sono qui per conto di re Eduardo per porgerle un invito, signora ambasciatrice."

Claire si accigliò. Qualcosa non andava. Se qualcuno da palazzo avesse avuto bisogno di lei, avrebbe comunicato tramite l'ambasciata. Claire avrebbe ricevuto una telefonata, non una persona all'ingresso.

Doveva essere Mark, venuto a prenderla in giro per l'impressione che lei aveva fatto sul re. Claire apprezzava il suo senso dell'umorismo, ma l'uomo stava calcando troppo la mano.

"Mark, se non torna a casa, dirò a sua moglie che ha nascosto un cucchiaio sotto il cuscino del divano."

Dalla linea giunse silenzio. Claire attese. Alla fine, disse: "Mark?"

"Signora ambasciatrice, sono Miroslav Vulin. Sono qui per conto di re Eduardo. L'ho scortata dal suo veicolo alla residenza la sera in cui lei ha cenato con sua altezza. Mi rendo conto che questo non è regolare. Se gradisce telefonare all'ufficio per la sicurezza del palazzo e chiedere della responsabile operativa, la metteranno in contatto con Chiara Ascardi. Lei può confermare la mia identità e la mia posizione attuale. Dopodiché, le sarei grato se potesse venire all'ingresso. Aspetterò."

La comunicazione si chiuse.

Claire si allontanò dall'interfono. Non le capitava spesso di essere colta alla sprovvista, ma la pacata sicurezza della voce maschile l'aveva lasciata scossa.

Si mosse di nuovo verso l'interno della casa. Diverse telecamere coprivano l'esterno e lei era in grado di osservare quello che succedeva da un computer nascosto in un armadio vicino alla porta d'ingresso. Aveva ascoltato con attenzione mentre il personale della sicurezza dell'ambasciata le aveva spiegato come passare da uno schermo all'altro, cambiando la visuale, ma lei non aveva avuto l'opportunità di fare pratica. Impiegò diversi istanti a visualizzare il cancello principale.

C'era un'auto scura ferma sul marciapiedi. Fra l'auto e il

cancello si trovava un uomo simile a un macigno, che indossava un completo immacolato.

Claire chiuse gli occhi. Era l'uomo che l'aveva accompagnata all'appartamento di re Eduardo la sera in cui avevano cenato insieme.

Cosa gli aveva detto? Di metterci una forchetta?

Non aveva certamente bisogno di chiamare il palazzo per chiedere conferma.

Andò alla porta, scese i gradini e aprì il cancello di persona, invece di limitarsi a premere il pulsante come aveva fatto con Mark.

"Signora ambasciatrice," disse Miroslav, "è stata una telefonata molto breve."

"Non ho avuto bisogno di telefonare. Chiedo scusa, Miroslav. Ho avuto ospiti, questa sera, e pensavo che uno di loro fosse tornato."

L'omone aggrottò la fronte. "E lei voleva che lui, ehm, ci mettesse una forchetta? Non conosco questa espressione, ma non mi sembra esattamente cordiale."

"Era una battuta."

Di fronte al silenzio dell'uomo, lei sondò: "Ha detto di essere qui per conto di re Eduardo. Cosa posso fare per lei?"

"Se mi facesse la cortesia di salire sul sedile posteriore dell'auto, le spiegherò tutto."

Claire non era sicura di essere riuscita a nascondere lo stupore. "Lei vuole che io salga su un'auto? In questo momento? Non credo che gli addetti alla sicurezza dell'ambasciata ne sarebbero felici."

"Siamo a San Rimini e io lavoro per sua altezza. Le assicuro che è perfettamente al sicuro."

Claire passò lo sguardo lungo la strada. Le case, la maggior parte delle quali si trovava dietro cancelli simili al suo, erano ben illuminate e occupate, ma il marciapiedi era silenzioso. Era raro non vedere qualcuno che tornava a casa da una cena a uno dei ristoranti vicini o che portava a spasso il cane lungo la strada alberata dopo una lunga giornata di lavoro.

La combinazione del silenzio assoluto che li circondava e della lucentezza e dei finestrini oscurati dell'auto la fece sentire come se fosse finita sul set di un film, nel bel mezzo di una scena in cui alla fiduciosa eroina succedevano cose brutte.

"Dove vuole andare?" chiese Claire. "Se ha bisogno di dirmi qualcosa, perché non può dirlo qui?"

Miroslav si allungò verso la maniglia della portiera. "Per favore, signora ambasciatrice."

Claire fece un passo indietro, ma si fermò quando intravide un paio di lucide scarpe nere e due ginocchia avvolte in pantaloni scuri. Poi, re Eduardo si sporse quanto bastava perché lei potesse vederlo in viso fra le ombre del sedile posteriore.

"Non dobbiamo andare da nessuna parte, signora ambasciatrice," mormorò il re. "Ma se ha un momento, gradirei scambiare due parole."

CAPITOLO 10

D'altro canto, non avrebbe saputo come fare altrimenti. Lo svantaggio più grande della sua posizione era l'assoluta mancanza di riservatezza. Non poteva esattamente chiamare l'ambasciata e chiedere il numero personale dell'ambasciatrice. Non senza che diversi membri del personale di Claire – e del suo – lo sapessero. Dato che Claire era al tempo stesso appena arrivata nel Paese ed era una diplomatica, Eduardo aveva dato per scontato che sarebbe stato quasi impossibile anche per i suoi informatici rintracciare il numero della donna. E non poteva semplicemente prendere un mazzo di chiavi, uscire da palazzo e recarsi in auto alla residenza dell'ambasciatrice come una persona normale.

Coinvolgere Miroslav – e solo lui – era l'approccio più discreto che gli era venuto in mente. Ciononostante, Eduardo aveva la forte sensazione di aver commesso un errore.

Claire spostò lo sguardo da Eduardo a Miroslav, per poi scrutare nuovamente la strada, come se stesse cercando di capire se quello fosse uno scherzo. Alla fine, si fece avanti e si sedette sul sedile accanto a lui. Una volta che Miroslav ebbe chiuso la porta, la donna si voltò verso Eduardo. "Vostra Altezza, perdonatemi. Non mi ero resa conto che foste, beh, *qui*. Avevo invitato diversi membri del personale a una cena di lavoro e se ne sono appena andati. Quando Miroslav ha suonato, pensavo che fosse uno di loro."

"Miroslav aveva parcheggiato in fondo alla strada quando ha visto un'auto che stava per liberare un posto di fronte a casa sua," ammise Eduardo. "Abbiamo aspettato che se ne andasse e stavamo per prendere il suo posto quando l'auto è tornata."

"Era Mark Rosenburg. Aveva dimenticato le stoviglie."

Eduardo esitò. "Le stoviglie?"

"Non ho ancora spacchettato le mie, per cui lui ne ha portate alcune con sé."

"Capisco." Eduardo non capiva, ma non era certo che la cosa fosse importante.

Aveva provato mezza dozzina di discorsi in auto, ma ora le parole gli vennero meno. Nei confini del sedile posteriore, Claire era diventata carne e sangue, piuttosto che la donna che aveva occupato i suoi pensieri per giorni. C'erano dei dettagli – il braccialetto d'argento al polso, il profumo delicato, il fatto che avesse alleggerito l'abbigliamento da ufficio togliendosi la giacca e arrotolando le maniche della camicetta rosa – che non erano presenti nella mente di Eduardo quando lui la sognava a occhi aperti, e quei dettagli gli legarono la lingua.

Era molto più abituato a che ciò accadesse agli altri in sua presenza. La sensazione non gli piaceva.

Peggio ancora, Claire lo stava guardando con aria di attesa, mentre Miroslav se ne stava fuori dall'auto con le mani sui fianchi, sorvegliando la strada come se credesse che un assassino sarebbe potuto sbucare da dietro un albero in qualunque momento.

Se qualcuno dei vicini fosse uscito di casa per portare a spasso il cane o fumare una sigaretta, Miroslav lo avrebbe spaventato a morte, sebbene gli abitanti del posto sapessero che la residenza era quella dell'ambasciatrice degli Stati Uniti e che era costantemente sorvegliata.

Quell'uomo aveva un talento per l'intimidazione.

"Immagino che ci sia un motivo dietro alla vostra visita, Vostra Altezza."

"Sì."

"Non vedo l'ora di scoprire il mistero." La donna sorrideva largamente e il suo tono di voce era leggero, ma nei suoi occhi c'era una nota di trepidazione. "Spero che non siate qui per rinegoziare il nostro accordo. Ho un incontro con Franco Galli, lunedì. Non vorrei che diventasse superfluo."

"No. Il nostro accordo non c'entra nulla. Anche se, quando ne ho parlato con i miei collaboratori al consueto incontro del lunedì, ho temuto una ribellione."

"Sergio Ribisi?"

"È il mio addetto stampa. E qualche altra persona." Sergio aveva convocato altri due consulenti politici quando Eduardo aveva riferito ai suoi collaboratori più esperti quello che era accaduto a cena. Erano arrivati alla conclusione che l'accordo non aveva importanza, perché era improbabile che Claire trovasse appoggi. Poi, il cervello di Eduardo riprodusse ciò che Claire aveva appena detto. "Ha un incontro con Franco Galli? Di già?"

"Convincere quattro parlamentari influenti a sostenere un programma richiede tempo, soprattutto perché loro non mi conoscono. Ho voluto cominciare prima possibile."

"Ha scelto saggiamente. Suppongo che, dei quattro, Franco Galli sarà il meno difficile da convincere."

"Ma non facile."

Eduardo confermò con un cenno del capo. "No, non facile."

"Allora, se non siete qui per annullare il nostro accordo...?"

Eduardo sentì il suo sorriso svanire. Non si sentiva così sbilanciato nemmeno quando le domande della stampa lo prendevano in contropiede. "Ha mai visto *La Traviata?*"

"No, anche se ho notato che è in cartellone al Teatro Reale."

"L'ultimo spettacolo si terrà il prossimo sabato sera. È un evento di raccolta fondi per la Fondazione Reale di San Rimini, che sostiene diverse attività benefiche. Io partecipo tutti gli anni. Di solito, mi accompagna la principessa Isabella, ma ora che è sposata, l'ho incoraggiata trascorrere più tempo con suo marito, piuttosto che accompagnarmi per compassione."

La risata di Claire fu così improvvisa che parve stupire persino lei, dato che si affrettò a voltare la testa.

"Cosa c'è?"

"Vostra Altezza, non riesco a immaginare che qualcuno possa accompagnarvi 'per compassione,' nemmeno vostra figlia."

"Sono lieto che lei la pensi così, perché è per questo che sono venuto qui. Vorrei che fosse lei ad accompagnarmi." Eduardo gesticolò nella direzione di Miroslav. "Non era mia intenzione far mistero di questo invito, ma ci sono diversi ostacoli al comunicare direttamente con lei."

"Volete che venga all'Opera con voi?"

"Sì."

Le labbra di Claire si schiusero, ma per un lungo istante, la donna non disse nulla. Il suo sguardo passò sul vano portaoggetti fra i sedili anteriori, dove l'autista consueto di Eduardo teneva mentine e bottiglie di acqua fredda a portata del re. Poi incrociò il suo sguardo.

"Vostra Altezza, è... Mi state chiedendo..."

"Le sto chiedendo di uscire, signora ambasciatrice, il che è la ragione per cui ho preferito non passare dai centralini del palazzo e dell'ambasciata per raggiungerla."

"Oh." Gli occhi di Claire erano pieni di domande, ma lei non ne fece nessuna.

Eduardo non sapeva esattamente che reazione si aspettasse, ma non un *oh*.

Ritentò. "So che questo potrebbe essere considerato un

conflitto di interessi da parte sua. Considerato che si sta ancora insediando all'ambasciata, uscire con me potrebbe essere ancora più problematico. Se rifiuterà, capirò. Non la prenderò sul personale." Eduardo sentì un angolo della bocca sollevarsi a quella menzogna. "Beh, un po' sì, ma ciò non influenzerà il nostro rapporto di lavoro o il nostro accordo sul programma scolastico."

Ci volle forza di volontà di Eduardo per non muoversi mentre aspettava la risposta di Claire.

"Lo, ehm, lo fate molto spesso, Vostra Altezza?"

"Avere Miroslav che fa la guardia a mentre chiedo a un'ambasciatrice di uscire? No. È la prima volta."

La donna fece una smorfia di fronte a quella risposta evasiva. "Intendo uscire. Uscite spesso? Perché mi chiedo, considerata la vostra posizione, come funzioni un'uscita con voi."

"Beh, probabilmente come con tutti gli altri uomini. Quattro chiacchiere, una cena, un po' di civetteria. Ma no, non esco spesso. Anzi, non esco con una persona da quasi un decennio, e l'ultima volta è stato con mia moglie. Uscire con me significa diventare oggetto delle attenzioni del pubblico. E forse anche dei paparazzi. Non è semplice." Eduardo esalò un lungo respiro. "Se la fa sentire in imbarazzo quanto mi sento io, la prego di attribuire la colpa al fatto che sono fuori esercizio. E lei?"

Claire lanciò un'occhiata nella direzione di Miroslav. Quando vide che l'uomo non si era mosso, si riposizionò sul sedile in modo da dedicarsi completamente a Eduardo. "Essere ambasciatrice rende difficile uscire, ma probabilmente non quanto a voi. Qualche volta, ci sono riuscita. Ma si è trattato perlopiù di primi appuntamenti e non mi è più successo da quando sono arrivata a San Rimini."

"Dunque, siamo entrambi fuori esercizio."

Claire inarcò un sopracciglio come per dire *Parlate per voi.* "*La Traviata* non è la tragica storia d'amore fra una cortigiana e un nobile inetto?"

Eduardo mostrò apertamente sospetto. "Pensavo che non l'aveste vista."

"Infatti, ma ho visto *Moulin Rouge* e mi pare di capire che il film segua la trama dell'opera. Devo dedurne qualcosa?"

"Assolutamente no. L'ho solo invitata a un evento che per puro caso è un'opera. Si tratta di una raccolta di fondi per una causa meravigliosa, che mi sta molto a cuore."

"Sì, immaginavo che voi poteste avere qualcosa a che fare con la parte 'reale' della Fondazione Reale." La donna strinse gli occhi, ma c'era un che di provocatorio nella sua espressione. "Non sono mai stata all'Opera. A nessuna."

"Il Teatro Reale è il posto perfetto per la prima esperienza."

L'ambasciatrice sorrise. "Voi mi piacete, Vostra Altezza. Verrò, ma a una condizione."

"Le uscite hanno delle condizioni?"

"Questa sì."

Eduardo mosse la mano in cerchio in un gesto che significava *sentiamo*, anche se, dopo aver udito la parola *verrò*, era tentato di accettare qualunque cosa.

"Se ci piaceremo ancora alla fine della serata, ci organizzeremo per vedere *La mia Africa*."

Eduardo si chiese se Miroslav potesse avvertire il suo sorriso attraverso il vetro antiproiettile. "Siamo d'accordo."

"A Sergio Ribisi, questo non piacerà più di quanto gli sia piaciuto l'accordo sull'istruzione."

"Probabilmente no, ma dovrà farsene una ragione. A proposito, cosa ne pensa il vostro personale?"

"Appoggia il mio desiderio di coinvolgere San Rimini nel programma e capisce quanto esso è importante per il Presidente. Avere una strada per ottenere quello scopo è un bene."

Eduardo inclinò la testa nell'udire una nota bizzarra nella voce della donna. "Ma?"

"Non so come interpretino il fatto che ho proposto quell'accordo nel corso di una cena privata a palazzo. Non è cosa che avrebbe fatto il mio predecessore."

Eduardo guardò alle spalle di Claire, verso la residenza dell'ambasciatore. Quando incrociò di nuovo lo sguardo della donna, disse: "Immagino che vi siano parecchi cambiamenti da un ambasciatore all'altro. Un buon personale è capace di adattarsi."

"Sono sicuro che lo faranno." Le labbra della donna si curvarono. "Avete mai portato Richard Cartwright all'Opera?"

"Richard si sarebbe addormentato."

"Potrebbe succedere anche a me. Non si può mai sapere."

"Io lo so." Eduardo avrebbe voluto toccarla, ma si trattenne. "Considerate le acrobazie che ho dovuto fare per venire qui senza essere visto, probabilmente sarebbe meglio se avessi il suo numero di telefono."

Lei glielo diede e lui lo registrò in rubrica, quindi fece una smorfia. "Sarebbe un brutto inizio per il nostro appuntamento se le chiedessi di incontrarci al teatro? Potremmo andare un'auto a prendervi. Sarebbe meno probabile attirare l'attenzione che se venissi a prenderla io."

"Sarei felice se ci incontrassimo laggiù."

"La mia assistente personale le verrà incontro alla porta e la accompagnerà al palco reale."

"Il palco reale? Suona molto elegante, persino per l'Opera. Mi comporterò benissimo."

"Non nasconda del whiskey nella borsetta."

"Non oserei mai." Il sorriso della donna gli provocò un brivido. "Ci vediamo."

"Attenderò con ansia."

Claire si contorse per raggiungere la maniglia della porta, ma scivolò sul sedile in pelle e sbatté duramente un ginocchio contro quello di Eduardo. Di riflesso, gli mise una mano sulla coscia, come se così facendo potesse attenuare il colpo. "Oh, mi dispiace, non–"

Un rossore si levò dal suo collo alle sue guance e lei ritrasse la mano come se l'avesse infilata per errore in una fossa di serpenti. "Vostra Altezza, sono–"

Eduardo le prese la mano che stava ritraendo. "Non si preoccupi. Né per avermi toccato né per questo. Sono un essere umano, sa. Come lei. Non prenderà fuoco toccandomi."

Eduardo appoggiò le mani di entrambi sul proprio ginocchio.

Si guardarono per un istante, poi per due, ed Eduardo si rese conto che era lui a rischiare di prendere fuoco.

Si sporse, poi esitò per valutare la reazione della donna. Claire spalancò gli occhi, ma non si ritrasse. Eduardo chiuse la distanza e la baciò. Lentamente, dolcemente, senza forzare. Il pollice dell'ambasciatrice si mosse sul dorso della sua mano, poi lei ricambiò il bacio.

In quel momento, fu come se tutto il corpo di Eduardo esalasse il fiato. Lui mosse la mano per circondare la guancia della donna, ma non approfondì il bacio. Per quanto lo volesse, il momento era sbagliato. Doveva essere gentile. Romantico. E lo era.

Ciononostante, Eduardo capì che Claire stava faticando quanto lui a trattenersi.

A un certo punto, la donna si allontanò, ma le loro fronti rimasero vicine.

"Mi rendo conto che i finestrini sono oscurati, ma Miroslav si farà delle domande," bisbigliò.

"Miroslav è pagato per non farsi domande. E ci riesce molto bene."

"Non ne sarei tanto sicuro. Mi sembra un uomo che vede e assorbe tutto."

Quell'osservazione fece sorridere Eduardo. Diede un ultimo, rapido bacio a Claire, quindi la lasciò andare. "Prima che se ne vada... che significa 'mettici una forchetta'? Quando Miroslav ha suonato al cancello, ho abbassato il finestrino per ascoltare. Non avevo mai sentito quella frase."

Il divertimento illuminò il volto della donna, anche se lui non sapeva se ciò fosse dovuto alla sua domanda o al tentativo di alleggerire l'atmosfera. "Secondo voi?"

Eduardo ci pensò su. L'inglese non era la sua lingua madre, ma lui l'aveva parlata abbastanza a lungo da padroneggiare parecchie frasi idiomatiche. "Conosco 'mettici un calzino', ma non 'mettici una forchetta.' Significano la stessa cosa?"

"Non esattamente. 'Mettici un calzino' è un modo per dire a una persona di smettere di parlare."

"In maniera poco cortese?"

"Esatto. Ma quando si cucina della carne, a volte la si punzecchia con una forchetta per assicurarsi che abbia terminato la cottura."

"Per cui… lei ha detto a Miroslav di aver finito con lui?"

"Pensavo di parlare con Mark Rosenburg. È una battuta relativa a un'affermazione da lui fatta durante la cena, riguardo alle forchette. Solo che, all'interfono, c'era Miroslav invece di Mark."

"Capisco. Immagino che non diciate solitamente ai visitatori di metterci una forchetta."

"Non lo dico a nessuno."

"Sarebbe poco diplomatico," disse Eduardo, fingendosi serio.

"Molto poco diplomatico." Un lato della bocca di Claire si curvò. "A proposito di diplomazia, ora ho uno splendido simbolo di amicizia piantato in una zona soleggiata dietro la casa. Grazie ancora per l'olivo."

"Prego. Sono felice che gli abbia trovato un posto." Eduardo lanciò un'occhiata alla schiena di Miroslav. "Le auguro una buona notte, signora ambasciatrice. Ci vediamo sabato prossimo."

"Grazie per l'invito, Vostra Altezza."

Eduardo avrebbe voluto chiederle di dargli del tu quando

erano soli, ma prima che potesse farlo, lei era scesa dall'auto. Questa volta, senza scivolare sul sedile.

Fu solo dopo che Claire fu scomparsa oltre il cancello che la sua mente registrò la parola *amicizia*. Claire aveva forse voluto dire qualcosa riferendosi all'albero come a un simbolo di amicizia?

Lui non voleva essere suo amico. Se il bacio che avevano condiviso era un bacio di amicizia, lui era spaventosamente fuori esercizio.

Miroslav si allacciò la cintura e avviò il motore, quindi controllò gli specchietti retrovisori. Incrociò lo sguardo di Eduardo e inarcò un sopracciglio.

"Torniamo a palazzo, Vostra Altezza, o dovete andare da qualche altra parte?"

"Alla Rocca, per cortesia."

Miroslav annuì, poi si immise nella circolazione. Eduardo cambiò posizione per guardare fuori dalla finestra, ma non prima di aver intravisto il labbro inferiore dell'omone contrarsi in un sorriso.

CAPITOLO 11

CLAIRE RINGRAZIÒ IL SUO AUTISTA, Fabiano, che le offrì la mano mentre lei scendeva sul marciapiede di fronte al Teatro Reale.

"Mi chiamerà quando avrà bisogno?"

"Sì, grazie." Claire aveva contattato il teatro il giorno prima, per conoscere l'orario di fine dello spettacolo, ma non era sicura di quando avrebbe voluto andarsene. Re Eduardo avrebbe dovuto partecipare a degli eventi dopo la fine? Avrebbe dovuto parlare con il personale della Fondazione Reale o incontrare gli artisti dopo lo spettacolo? Non sarebbe stato un caso eccezionale e lei non sapeva se fosse il caso di accompagnarlo o meno.

Fabiano era un uomo amichevole sulla cinquantina, tracagnotto e muscoloso, che era cresciuto a pochi isolati dalla residenza dell'ambasciatore e che aveva lavorato come membro del personale addetto ai trasporti per quasi trent'anni. Era stato lui a portare Claire e Karen a palazzo la sera della cerimonia delle credenziali e ora assicurò Claire che era abituato a orari incerti. "C'è un bar a due strade di distanza; ci vado sempre quando sono reperibile in questa zona," le aveva spiegato durante il tragitto. "Il proprietario è mio cugino e mi permette di parcheggiare nel vicolo di servizio, purché mi fermi abbastanza a lungo da cenare. Come in questo caso."

Sfortunatamente, richiedere i servigi di Fabiano aveva significato coinvolgere Karen. Martedì sera, Claire aveva aspettato che lei e Karen fossero le ultime due persone rimaste in ufficio prima di accennarle di essere stata invitata all'ultimo spettacolo della *Traviata* e che doveva arrivare venti minuti prima dell'apertura del sipario.

"Perché venti? Dovete incontrare qualcuno? Devo organizzarmi con la sicurezza?"

"Siederò nel palco reale. Devo arrivare esattamente venti minuti prima dell'inizio per incontrare la persona che mi accompagnerà, per motivi di sicurezza."

In quel momento, le due si trovavano a metà strada per l'ascensore. Karen aveva smesso di camminare in mezzo al corridoio. "Lei va all'Opera. Nel palco reale."

"Sì."

Claire non doveva essere riuscita a ostentare noncuranza sufficiente, perché Karen aveva sbattuto lentamente le palpebre con aria incredula. "Io non ne sapevo nulla. Ero via quando è arrivata la comunicazione?"

"Ho ricevuto un invito alla residenza."

Era il modo migliore con cui Claire poteva farla sembrare una cosa ufficiale.

"Che strano. L'invito è arrivato da palazzo? O da re Eduardo?"

Claire aveva gesticolato verso l'ascensore e aveva ricominciato a camminare, tenendosi di qualche passo avanti in modo che Karen non leggesse la sua espressione. "Lo spettacolo è una raccolta di fondi per la Fondazione Reale. A quanto pare, di solito è la principessa Isabella ad accompagnare il re. Dato che lei non ha intenzione di partecipare quest'anno, il re mi ha chiesto se volessi farlo io."

Era tutto vero, ma non era tutta la storia. Karen parve

rendersene conto. Mentre aspettavano l'ascensore, Karen aveva cambiato approccio per chiederle se Claire avesse fatto spacchettare un vestito adeguato.

"Ho l'abito verde che ho indossato ai Kennedy Center Honors qualche anno fa. Dovrebbe andare bene."

"Oh, l'ho visto in fotografia. Sarà perfetto." Erano rimaste in silenzio fino a quando non erano salite sull'ascensore, al che Karen aveva chiesto: "Immagino che non abbia condiviso la novità con altri membri del personale."

Claire aveva fatto un gesto di indifferenza, come a dire che non vedeva la necessità.

"Questa sera chiamerò e organizzerò il trasporto."

"Va bene anche domani. Devo solo andare dalla residenza al Teatro Reale e viceversa."

Il mattino dopo, Karen aveva detto a Claire a che ora aspettare Fabiano alla residenza. Per il resto, non aveva accennato all'appuntamento all'Opera e, per quanto ne sapeva Claire, non aveva detto una parola al resto del personale.

Non che Karen sapesse che quello era un *vero* appuntamento. Ma considerato che Karen a) era una persona intelligente e b) apparentemente non aveva informato gli specialisti mediatici dell'ambasciata, doveva avere dei sospetti.

Normalmente, un'ambasciatrice che accompagnava il re a un evento pubblico sarebbe stata come erba gatta per gli addetti ai rapporti con il pubblico dell'ambasciata, che avrebbero sicuramente voluto delle foto per il sito dell'ambasciata e per i comunicati stampa. Ma Claire non aveva avuto loro notizie, il che significava che Karen aveva lasciato a lei la decisione di informarli o meno.

Claire attese che Fabiano si allontanasse prima di voltarsi a osservare la facciata del Teatro Reale. Quel pomeriggio, aveva trascorso qualche minuto a leggere la storia dell'edificio. Costruito nel 1800, esso aveva preso il posto di un teatro molto più vecchio ed era disegnato per rivaleggiare con le sale per spettacoli di recente apertura a Vienna.

A giudicare dall'esterno, l'architetto era riuscito nel suo intento.

Claire aveva salito a metà i gradini quando udì una voce femminile dire: "Signora ambasciatrice?" Le ci volle qualche istante per individuare la fonte. Una donna minuta, con un semplice abito nero senza spalline, la avvicinò. Capelli neri come giaietto erano raccolti in uno chignon sulla nuca. La donna non portava una collana, ma dei piccoli orecchini di diamanti le scintillavano alle orecchie.

"Sono Luisa Borelli, assistente personale di re Eduardo."

Claire strinse la mano della donna. "È un piacere conoscerla, Luisa. Il re aveva accennato che mi avrebbe accompagnato al palco. Grazie."

"Di nulla. Da questa parte, signora."

All'interno, le decorazioni erano sontuose quanto prometteva l'esterno del teatro. Magnifici lampadari brillavano in alto, le porte erano incorniciate di marmo e un ricco tappeto rosso copriva il pavimento. Baristi dai completi immacolati gestivano bar a entrambe le estremità dell'ambiente, mentre i camerieri circolavano con discrezione, i vassoi pronti a raccogliere i bicchieri vuoti. Sebbene le porte del teatro fossero aperte, la maggior parte degli ospiti era ancora nella lobby, con bicchieri di vino e champagne in mano mentre socializzava. Centinaia di voci vorticavano attorno a Claire; la loro felicità trasformava il suono in una melodia.

Luisa gesticolò verso uno dei bar. "Gradisce bere qualcosa prima di salire? Ci sono delle bevande nel palco, ma se preferisce prima fare un giro, ha qualche minuto a disposizione. Posso aspettarla vicino alle scale."

"No, grazie. Posso andare direttamente al palco."

Salirono le scale fino a uno dei livelli superiori. Luisa salutò un addetto alla sicurezza, che segnalò alla maschera che le due donne potevano procedere. Seguirono un corridoio col pavimento coperto da un tappeto oltre diversi archi chiusi da tende, per poi avvicinarsi a una donna con un completo scuro.

Luisa disse: "Signora ambasciatrice, lei è Chiara Ascardi. È la responsabile della sicurezza del palazzo e durante lo spettacolo di questa sera sarà di stanza in corridoio, nel caso lei avesse bisogno di qualcosa."

"È un onore conoscerla," disse la donna, stringendo la mano di Claire.

Claire rivolse a Clara un sorriso caloroso, dopodiché ringraziò entrambe le donne perché stavano lavorando durante il fine settimana.

Chiara rivolse a Luisa un'occhiata divertita, poi disse: "Di solito non succede. Ma io adoro l'Opera, per cui non mi dispiace coordinare questa scorta." Indicò la porta chiusa a qualche passo alle sue spalle, vicino all'estremità del corridoio. "E questo bagno è riservato al palco reale. Durante lo spettacolo, preferirei che venisse qui piuttosto che usare i servizi della lobby. Per il resto, si metta pure comoda. Sua altezza dovrebbe arrivare a breve."

Claire ringraziò la responsabile della sicurezza, poi seguì Luisa attraverso la tenda e nel palco.

Quattro morbide sedie occupavano il piccolo balcone. Sotto la ringhiera, la parete coperta di velluto sfoggiava portabicchieri incorporati e un elegante scaffale che metteva in mostra il programma della serata. Era il luogo più lussuoso che si potesse sperare di occupare durante lo spettacolo. Tuttavia, quando Claire si avvicinò alla ringhiera, fu la vista dell'interno del teatro a mozzarle il fiato.

La struttura era di tipo tradizionale, con sedili disposti a ventaglio, tutti i quali sembravano avere una buona visuale sul palco. Il soffitto era spinto per somigliare al cielo, con tanto di cherubini danzanti e morbide nuvole che brillavano dalla luce del sole. Un singolo, enorme lampadario dominava il centro dell'ambiente. Intagli complessi davano mostra di loro di fronte a ciascun balcone. Claire si sporse in avanti per guardare meglio e si rese conto che gli intagli raffiguravano scene da spettacoli classici. Proprio di fronte a lei, dei senatori romani pugnalano Giulio Cesare. Sul balcone accanto a quello, Amleto contemplava un teschio. C'erano alcuni balconi con scene a lei sconosciute, dopodiché Claire individuò Lisitrata che incoraggiava un gruppo di donne a negare il sesso ai mariti nel tentativo di arrestare la Guerra del Peloponneso.

Luisa sorrise quando lo sguardo di Claire si spostò da un balcone all'altro. "Le decorazioni sono originali, fatte apposta per il teatro. Sono state realizzate completamente a mano."

"Sono squisite."

Luisa emise un suono di assenso. "Ne deduco che è la sua prima visita."

"Proprio così."

"In tal caso, sta vedendo il teatro nel modo migliore. Ci sono dei posti in platea con una vista migliore sul palcoscenico, ma il palco è più comodo. E le permette di osservare i dettagli dei balconi."

Mentre Luisa parlava, le luci lampeggiarono e gli ospiti cominciarono a muoversi dalla lobby al teatro.

"È un posto meraviglioso da dove osservare le persone," disse Claire.

"Sì, e lo spettacolo di questa sera sarà una vera e propria sfilata di moda." Luisa seguì con lo sguardo una donna elegante dalla pelle scura con un abito di un giallo acceso che si faceva strada fino al suo posto al centro della terza fila. "La Fondazione Reale attira sempre un pubblico ricco che vuole una scusa per sfoggiare il proprio aspetto migliore. Fortunatamente, questa gente si presenta anche con il libretto degli assegni in mano. Dopo l'ultimo inchino, il cast terrà una breve asta per raccogliere ulteriori fondi. La folla si lascia coinvolgere e incoraggia i partecipanti. Ci sono programmi autografati, fotografie con gli artisti, e a volte offrono anche degli oggetti di scena. L'esibizione dell'anno scorso per la Fondazione Reale era *Il barbiere di Siviglia* e il contratto di matrimonio fra il Conte e Rosina ha fruttato una bella somma."

"Sembrerebbe che lei abbia partecipato a questo evento diverse volte."

"Oh, sì, da quando lavoro per re Eduardo, ma di solito non assisto all'esibizione. Rimango quanto basta per assicurarmi che sua altezza non abbia bisogno di me, poi vado a casa." Non c'era nessuno a portata di orecchi, ma Luisa abbassò la voce. "Adoro questo edificio e mi offro sempre volontaria per l'ispezione preliminare con gli addetti alla sicurezza, ma non amo l'Opera. Per questo Chiara Ascardi mi ha guardato in modo strano quando lei ha menzionato che entrambe lavoravamo nel fine settimana. Chiara sa che preferirei che questa raccolta di fondi prevedesse un grande schermo e un film carico di umorismo becero. L'anno scorso mi sono fermata ad assistere al *Barbiere di Siviglia* solo perché è una commedia."

Claire guardò Luisa. "Ma questa sera si fermerà?"

L'altra donna sorrise e scosse la testa. "Ho un appuntamento con una coperta bella morbida e un fantastico romanzo rosa."

Claire mosse una mano a indicare il vestito di Luisa. "Io non mi sono mai vestita così bene per una coperta e un libro. Il suo abito è mozzafiato. E le sta benissimo."

"La ringrazio, signora ambasciatrice. È il mio preferito. Per fortuna, grazie agli impegni pubblici del re, ho numerose occasioni di indossarlo." All'improvviso, Luisa sollevò il mento. "A proposito, credo che sua altezza sia arrivato."

E infatti, Claire ubbidì la voce familiare di re Eduardo provenire dal corridoio fuori dal palco, probabilmente rivolta a Chiara Ascardi. E, accidenti, quel suono fece schizzare il battito del suo cuore.

Da più di una settimana, ormai, Claire udiva quella stessa

voce nella sua testa, che bisbigliava le parole che il re aveva pronunciato un attimo prima di baciarla.

Sono un essere umano, sa. Come lei. Non prenderà fuoco toccandomi.

Oh, quanto poco ne sapeva. Tutto, di Eduardo diTalora, le faceva prendere fuoco. La sua voce. Il suo sguardo. E decisamente il suo tocco.

Per fortuna, non ci voleva una perspicacia da diplomatica per rendersi conto che lei gli faceva lo stesso effetto.

Ma non sapeva cosa ne avrebbero fatto.

I pochi minuti successivi trascorsero in un lampo. Le luci del teatro lampeggiarono ancora una volta, il resto degli ospiti si affrettò a lasciare la lobby per prendere posto, dopodiché re Eduardo entrò nel palco mentre le luci si abbassavano. Il sovrano disse qualcosa a Luisa mentre lei gli passava accanto nell'uscire, poi fece un passo verso Claire e si chinò in modo che lei potesse sentirlo al di sopra del mormorio della folla.

"Sono felice che lei sia qui." Nonostante le luci soffuse, gli occhi dell'uomo brillavano. "Devo salire un momento sul palcoscenico. Si metta comoda; tornerò subito. Se gradisce qualcosa da bere, c'è un frigorifero nascosto dietro i sedili."

L'uomo svanì attraverso la tenda. Claire si guardò attorno e notò un basso armadietto con un'unità frigorifera incorporata. Attraverso la porta di vetro, vide diverse bottiglie di acqua e bibite, assieme a quella che sembrava una bottiglia di vino. Quattro bicchieri cilindrici e quattro bicchieri da vino erano disposti accanto un secchio di ghiaccio sopra l'armadietto.

Luisa aveva ragione nel dire che quello era il modo migliore per assistere all'Opera.

Claire si sedette, dopodiché un riflettore attraversò il palco e la folla si zittì. Il re uscì sotto la luce del riflettore e un'ondata di applausi giunse dai sedili. Claire si rese conto che Eduardo doveva aver preso una scala che collegava quel corridoio a una zona dietro le quinte.

Il re diede il benvenuto al pubblico e ricordò che il ricavato della vendita dei biglietti sarebbe andato alla Fondazione Reale di San Rimini. Ringraziò il cast, i tecnici e il personale del teatro per aver concesso il proprio tempo e il proprio talento, poi disse: "La Fondazione sostiene una gran varietà di enti benefici e cause filantropiche, dalla conservazione del patrimonio architettonico del nostro Paese – fra cui figura questo stesso edificio – alla protezione della nostra storica costa dagli effetti dell'inquinamento e dei cambiamenti climatici. L'obiettivo della Fondazione è assicurare che le generazioni future abbiano l'opportunità di godere dello splendore di San Rimini. È un onore, per me, essere qui e condividere questa serata con voi. Spero che rimarrete dopo l'ultimo inchino per un evento speciale che verrà presentato dal cast. E ora, *La traviata*."

Il riflettore si spense e il re lasciò il palcoscenico. Il sipario si sollevò sulla scena di un elegante salone parigino, addobbato a festa. Mentre l'Opera iniziava, re Eduardo prese posto accanto a Claire.

A bassa voce, l'uomo chiese: "Come me la sono cavata?"

"Siete un attore nato."

Eduardo sorrise, poi spostò lo sguardo sul palcoscenico. Il personaggio principale, una meravigliosa cortigiana di nome Violetta, era entrata nel salone fra gli applausi del pubblico.

Claire si spostò in modo che il re potesse sentirla. "Questo metterà alla prova il mio italiano."

"Si concentri sulla musica. È emozionante in qualunque lingua."

All'inizio, Claire si sedette come faceva di solito quando ero in pubblico: la schiena dritta, le gambe incrociate alle caviglie, le mani giunte in grembo. Sebbene la produzione fosse ipnotica, lei era acutamente consapevole del fatto che il pubblico stava lanciando occhiate di sottecchi al palco reale. Ma Eduardo aveva ragione. La musica era davvero emozionante; colmava il teatro e avvolgeva il pubblico in una bolla magica di suono ed emozione. Conoscere la storia aiutava, ma Claire era sicura che sarebbe riuscita comunque a seguire l'azione. Quando gli artisti cominciarono quella che era palesemente una canzone da taverna, lei si ritrovò a rilassarsi sulla sedia.

Eduardo si sporse verso di lei, sfiorandole una spalla con la propria. "Sorride."

"Anche voi."

Prima che Claire se ne rendesse conto, Violetta si accattivò il pubblico con una canzone sul suo bisogno di libertà, le luci del palco si smorzarono e il sipario calò sul primo atto. Il pubblico applaudì.

Claire ed Eduardo si alzarono e batterono le mani, unendosi al resto della folla.

"Venga con me," disse Eduardo, per poi prenderla per un braccio e condurla fuori dal palco mentre le luci del teatro si alzavano. Chiara era in piedi vicino al sipario, impedendo a chiunque altro potesse uscire dai palchi di avvicinarsi. Eduardo condusse Claire oltre il bagno, poi attraverso una seconda porta e fino a una stretta scala.

"Immagino che questa conduca al palcoscenico."

"Sì. Ma è un'altra la cosa che vorrei mostrarle." Scesero una breve rampa di scale, ma invece che svoltare sul pianerottolo e proseguire la discesa, Eduardo scostò un rivestimento murale per rivelare una porta nascosta. Ruotò la maniglia, quindi si allungò verso la mano di Claire. "Soffre di vertigini?"

"No."

"Ottimo, perché questo le piacerà moltissimo."

CAPITOLO 12

EDUARDO CHIUSE la porta dietro di lei. Mentre gli occhi di Claire si abituavano all'oscurità, lei vide perché l'uomo aveva presentato l'esperienza come un'avventura. "È la passerella?"

Lui le rivolse un sorriso più adatto a un bambino discolo che a un monarca. "Vuole rimangiarsi quello che ha detto riguardo alle vertigini?"

"Mai."

"Attenta ai tacchi. Potrebbero incastrarsi."

Le dita dell'uomo strinsero la presa attorno a quelle di Claire mentre lui la accompagnava su una passerella metallica a grata con dei corrimani su entrambi i lati, che permetteva loro di vedere fino in fondo. Si fermò in un punto che offriva una visuale sul centro del palco. Sotto di loro, i tecnici si muovevano con la precisione di un'unità militare mentre rimuovevano sedie e candelabri giganteschi e li sostituivano con gli oggetti della scena successiva. Il brusio delle voci del pubblico attraversava il sipario, che era chiuso per l'intervallo; ma nell'alto spazio in cui si trovavano Claire ed Eduardo, tutto taceva.

Eduardo si voltò in modo che fossero fianco a fianco e la incoraggiò a sporgersi dal corrimano, ma la sua mano rimase avvolta attorno a quella di lei. Parlò con voce bassa, in modo che i tecnici non la sentissero. "Ho pensato che avrebbe potuto voler vedere quello che succede dietro le quinte."

"Lo adoro. Grazie."

Claire diceva sul serio. C'era qualcosa di affascinante e romantico al tempo stesso nel vedere il palcoscenico dall'alto. E poi, c'era l'uomo accanto a lei. Eduardo diTalora aveva una solennità che derivava da lui stesso, piuttosto che dal suo titolo. Claire avrebbe potuto incontrarlo al supermercato o passeggiando in un parco, senza sapere nulla di lui, ed esservi attratta dopo aver scambiato solo qualche parola.

"Sono lieto che lo spettacolo le piaccia, anche se l'italiano non è la sua lingua madre."

"Lo dite come se fosse la mia seconda lingua. Non lo è. Sto cercando disperatamente di impararlo la sera, dopo essere tornata dall'ufficio."

"Come va?"

"Lentamente. Alle superiori e all'università ho studiato spagnolo e questo mi aiuta. Il lessico e la struttura delle frasi sono abbastanza simili da permettermi di capire la maggior parte di quello che leggo e alcune delle cose che sento. La conversazione è un'altra faccenda. Ci vorrà del tempo per quello."

"Per il resto, come procede il suo aggiustamento a San Rimini?"

"Molto bene. La residenza è meravigliosa e ho quasi finito di disfare i bagagli. Inoltre, ho scoperto di avere un personale fantastico. Sono persone intelligenti e interessanti, e siamo riusciti a proseguire dei progetti cominciati durante il mandato dell'ambasciatore Cartwright senza alcuna soluzione di continuità." Claire raccontò brevemente a Eduardo di un'azienda di telecomunicazioni americana che aveva aiutato a ottenere alcuni permessi e una famiglia che l'ambasciata aveva riunito dopo un disguido con i passaporti.

"E voi?" chiese l'ambasciatrice. "Come procede il vostro progetto per la Strada il Teatro?"

Eduardo la aggiornò sugli incontri che si erano svolti fra i suoi collaboratori e i vari gruppi di interesse del distretto commerciale. "È difficile trovare un terreno comune, considerata la vastità dei loro dubbi, ma Sergio mi assicura che stiamo facendo progressi."

"Fatemi indovinare: ciascun gruppo vuole che un altro scenda a compromessi?"

"Esatto."

Claire sorrise. Sotto di loro, i tecnici conclusero i preparativi per il secondo atto. Eduardo consultò l'orologio e notò che avevano ancora alcuni minuti prima di dover tornare ai loro posti. "Ha bisogno di usare il bagno?"

Claire scosse la testa. Le dita di Eduardo centrarono la presa attorno alle sue. Le loro mani erano sulla ringhiera, ora. Essere da sola con lui in un contesto del genere era elettrizzante, ma al tempo stesso stranamente confortevole.

"Che cosa ne pensa Sergio di questa sera?" chiese.

"Si riferisce al fatto che siamo usciti insieme?"

"Sì."

"Nulla, perché non gliel'ho detto."

Claire non si curò di celare lo stupore, il che strappò un'altra occhiata maliziosa al re.

"Ho un incontro con i miei collaboratori principali tutti i lunedì mattina. Quando è venuto il momento di rivedere la mia agenda per questa settimana, mi sono limitato a confermare la mia partecipazione. Luisa e i responsabili della mia sicurezza sanno che lei è qui, naturalmente, ma io non li ho informati che questo è un appuntamento." Eduardo lanciò un'occhiata al sipario chiuso. "Tuttavia, Margaret Halaby, la mia responsabile degli Enti Benefici e Patrocini, è seduta in seconda fila. L'ho vista guardare verso il palco più di una volta durante lo spettacolo. Avrà delle domande al prossimo incontro. Le porrà più delicatamente di Sergio o del mio addetto stampa, tuttavia."

"Ho visto il vostro addetto stampa. Non credo che la delicatezza faccia parte della natura di Zeno Amendola."

"No. Dubito che un individuo con spalle di quelle dimensioni sia in grado di essere delicato."

C'era dell'affetto nella voce del re quando questi parlava del suo staff. Claire gli rivolse un'occhiata interrogativa. "Ve lo chiederanno perché sono curiosi o perché temono che questo avrà ripercussioni sulla vostra immagine pubblica?"

"Per entrambi i motivi, probabilmente. È umano. Tuttavia, è anche il loro lavoro e sono davvero eccezionali in quello che fanno." Il pollice del re si mosse sul dorso della mano di Claire. Il suo sguardo seguì il movimento per un momento, poi lui inclinò la testa per osservarla. "E lei? Lo ha detto al suo personale?"

Claire si strinse le spalle. "Giovedì, ho detto alla mia assistente di essere stata invitata nel palco reale per l'Opera e le ho chiesto di procurarmi un autista. Quando mi ha chiesto perché non lo avesse saputo prima, le ho detto che l'invito è stato recapitato alla residenza."

"Ha evitato l'argomento."

"E male, temo. Karen sa che questo è un appuntamento, ma finge di non saperlo."

Quelle parole strapparono una risata al re. "Voleva vedere come sarebbe andata la serata prima di dire qualcosa. È una fifona."

"Potrei dire lo stesso di voi."

"Avrebbe ragione." Eduardo angolò il corpo in modo che fossero uno di fronte all'altra, ma non le lasciò la mano. "Io non dico tutto ai miei collaboratori. Per esempio, loro non sapevano che diventerò di nuovo nonno fino a un'ora prima dell'annuncio pubblico di Marco e Amanda mercoledì."

"L'ho visto. Congratulazioni."

"La ringrazio. Sono entusiasta per loro." Gli occhi del re si raggrinzirono agli angoli. "E per me stesso. Adoro Arturo, Paolo e Gianluca. Essere nonno mi rende felice come non avrei mai creduto possibile. Il punto è che la mia vita è pubblica. Capisco perfettamente perché la gente di San Rimini ritiene di avere il diritto di sapere tutto ciò che mi riguarda. Ho compreso persino il bisogno di dettagli quando mi sono operato al cuore. Ma quei pochi aspetti della mia vita che sono comprensibilmente privati, mi impegno per far sì che rimangano tali. Altrimenti, non riuscirei a rimanere sano di mente. Ho bisogno di tempo per essere me stesso. Per ridere con i miei figli e nipoti senza che il mondo intero ne sia testimone."

"Quando mi avete invitata a uscire, mi sembra di ricordare che abbiate insistito di essere umano."

"Lei mi crede?"

"Sono sulla buona strada," scherzò lei. "Un che di sovrumano ce l'avete."

"Parla l'ambasciatrice."

"Non è come essere re."

Tacquero a lungo. "Sono abbastanza vecchio per conoscere i miei sentimenti e il mio modo di pensare. E sono abbastanza vecchio da non giocare. Per cui, sarò diretto: voglio conoscerla meglio, Claire. Voglio trascorrere del tempo – tempo vero – a parlare con lei. Come in questo momento, dove possiamo essere sinceri. Dove può chiamarmi Eduardo invece che 'Vostra Altezza.' Mi piacerebbe portarla ad altri eventi. Condividere cene che non riguardino questioni politiche o economiche, se noi non lo vogliamo. In cui potremo parlare delle nostre famiglie, di film e libri, o di discutere delle qualità del whiskey del new Mexico, del Tennessee e della Scozia."

"Non avete degli amici con cui fare queste cose?"

"Sì. E immagino che li abbia anche lei. Ma non è la stessa cosa."

"No, non lo è," ammise Claire. Le luci si accesero e un'ondata di suono giunse dall'altro lato del sipario. Il palco sotto di loro era vuoto. In meno di un minuto, gli artisti avrebbero preso posto per cominciare il secondo atto. Da qualche parte dietro le quinte giunse il suono di una soprano che si scaldava la voce. Entrambi sorrisero.

Eduardo la attirò a sé e ascoltarono insieme. Claire chiuse gli occhi, inalando tutto ciò che la circondava: il profumo caldo e speziato della pelle di Eduardo. La polvere del pesante tendone. La cera delle assi del palcoscenico. Permise alla sua testa di ricadere contro la spalla del re e alle mani di sfiorargli il dorso della giacca.

Aveva creduto che lo spettacolo li avesse avvolti in una bolla di magia. Questo andava oltre.

"Frequentarmi a titolo personale potrebbe costituire un rischio per la sua carriera," disse a bassa voce il re. "Ma credo che, più ci conosceremo, più cose scopriremo di avere in comune. Nel frattempo, potremo lavorare insieme per mitigare la pressione da parte dei media, nel caso ciò diventasse un problema."

"Mi piacerebbe. Beh, non il rischio per la carriera. Ma il resto sì." Claire si allontanò quanto bastava per distinguere i lineamenti del re. "Ma dovreste sapere che non c'è discussione per quanto riguarda il whiskey. Intendo difendere il mio Stato natio."

"Vedremo."

Il bacio che condivisero scaldò Claire fino alle ossa. Uno scricchiolio dall'altra parte del palco fu seguito rapidamente da una vibrazione sotto i loro piedi mentre qualcuno si muoveva all'estremità opposta della passerella.

"È ora di andare," disse Eduardo. "Comincia il secondo atto."

Mentre il tendone si sollevava, Eduardo e Claire presero posto nel palco. Entro breve, la musica li avvolse.

Poi Eduardo si protese verso di lei, prendendole la mano sotto la linea del balcone.

EDUARDO SI FERMÒ un passo oltre la tenda in fondo al palco reale.

La donna che aveva interpretato Violetta era sul palcoscenico, con in mano la collana che aveva indossato per lo spettacolo. Mentre giungevano le offerte, la cantante alzò la posta offrendo un poster firmato nel quale era raffigurata con addosso il gioiello.

L'attenzione del pubblico era fissa sulla donna, che sapeva esattamente come accattivarsi la folla. Eduardo aveva occhi solo per Claire. L'ambasciatrice era seduta dove lui l'aveva lasciata al termine dello spettacolo, sporta in avanti per assorbire le viste e i suoni del teatro. Eduardo era andato dietro le quinte per salutare il cast e i tecnici mentre si svolgeva l'asta e per ringraziarli per tutto quello che stavano facendo per attirare l'attenzione sulla Fondazione Reale e sul suo scopo.

Come se avesse percepito la sua presenza, Claire si voltò sulla sedia. Il suo sorriso gli mozzò il fiato.

Eduardo si fece avanti e prese posto accanto a lei.

"È l'ultimo lotto. Se vogliamo andarcene senza che nessuno ci noti, questo è il momento. Chiara ha preparato un'auto che ci aspetta nel vicolo dietro al teatro. Possiamo andare in una trattoria che conosco a qualche isolato da qui. Nessuno ci disturberà."

"Dovrei informare il mio autista. Mi sta aspettando in un bar qui vicino."

"Potrei chiedere al mio di riportarvi alla vostra residenza dopo che avremo lasciato la trattoria, se il vostro vuole tornare a casa, ma questo potrebbe suscitare domande."

"Lo chiamerò mentre usciamo."

L'autista di Claire le disse che non avrebbe avuto alcun problema a farsi trovare di fronte alla trattoria all'ora da lei richiesta. "È presto per me," le assicurò. "Lavoro la sera e non vado mai a letto prima delle due o delle tre."

"Grazie, Fabiano. Vuole che le porti qualcosa dalla trattoria? Il dolce, magari?"

"No, no. Sono a posto. Si diverta. Non c'è nessun problema."

Presto, Claire ed Eduardo furono accompagnati a un tavolo sul retro del ristorante, in un punto dove potevano mangiare senza essere visti dal resto della sala. Il proprietario, che Eduardo conosceva sin da quando era giovane, era andato in pensione tempo prima, ma sua figlia, Gaia, accolse il re come uno di famiglia.

"Ho delle crostatine di lamponi fresche, oppure del tiramisù, se preferite."

Eduardo lanciò un'occhiata a Claire. Lei disse a Gaia: "Amo le crostate di lamponi, ma sospetto che sua altezza preferisca il tiramisù."

"Come ha fatto a indovinare?" chiese Eduardo, che tuttavia stava pensando alla torta e ai frutti di bosco di cui si era lamentato durante la cena a palazzo. Sapeva che ci stava pensando anche lei.

Gaia spostò lo sguardo da Claire al re. "Samuel continua a nutrirvi a frutta e semi?"

"Sì."

"Allora c'è bisogno di integrare."

"Una porzione piccola sarà sufficiente, ma preferisco decisamente il tiramisù. Grazie, Gaia."

Durante l'ora successiva, lui e Claire parlarono delle loro famiglie. Eduardo le rivelò che il medico di Amanda era piuttosto sicuro che lei avrebbe avuto una bambina. "Il mio lavoro ha diversi aspetti negativi, ma il vantaggio più grande è che il palazzo è grande a sufficienza da permettere ai miei figli adulti di vivere sotto il suo tetto, conducendo al tempo stesso vite separate. Conosco i miei tre nipoti come se fossero figli miei. Mi aspetto che lo stesso varrà per mia nipote. Quando sono stufo della natura pubblica del mio ruolo o vivo una giornata in cui il peso delle mie responsabilità mi schiaccia, penso ai miei nipoti. E lei? Dov'è la sua famiglia?"

"In New Mexico, in una cittadina di montagna di nome Chana vicino al confine con il Colorado. I genitori di mio padre gestivano un albergo che si rivolge principalmente agli escursionisti, ai ciclisti e ai pescatori. Quando sono andati in pensione, la sorella di mio padre lo ha preso in gestione. I miei genitori hanno un'officina nelle vicinanze. È incredibile quanti viaggiatori arrivino in paese con problemi all'auto."

"Anche sua madre è cresciuta laggiù?"

Claire scosse la testa. "È nata in una riserva Navajo vicino alla Four Corners Area."

"Sua madre è nativa americana?"

"Orgogliosamente. Purtroppo, i suoi genitori erano poverissimi e suo padre morì per complicazioni legate all'alcolismo quando mia madre era ancora molto giovane. Se volete sapere perché sono così impegnata nei programmi scolastici, tutto deriva da mia madre. Ha avuto modo di partecipare a Partenza in Quarta, un programma che permette ai figli di famiglie a basso reddito di cominciare la scuola allo stesso livello dei loro pari. Senza quel programma, la sua vita sarebbe stata molto diversa. Lei e i suoi due fratelli maggiori hanno lavorato sodo e tutti e tre si sono diplomati col massimo dei voti. Quell'istruzione – quell'occasione – li ha aiutati a sfuggire alla povertà. Mia madre ha ottenuto una borsa di studio che le ha permesso di studiare per due anni presso un'università statale, per poi laurearsi in economia all'Università del New Mexico. Uno dei miei zii vive ancora nella riserva e insegna alle elementari, in una scuola Navajo di Shiprock. L'altro è un idraulico con un'attività sua."

Eduardo non sapeva esattamente cosa si fosse aspettato di sentirle dire, ma di certo non quello. La forte differenza con le sue esperienze personali lo affascinava. "Lei rispetta molto sua madre."

"Entrambi i miei genitori. Cerco di incanalare la loro etica del lavoro in tutto quello che faccio. Tutto quello che sono riuscita a ottenere è grazie a loro."

Nell'udire l'amore nella voce di Claire, Eduardo si invaghì ancora più di lei. "Anche loro devono essere orgogliosi di lei."

"Lo sono. Mia madre ha persino attivato un servizio di notifiche in modo da sapere quando vengo citata nelle notizie online. Mi ha chiamato quando ha visto un articolo riguardo alla cerimonia delle credenziali. Era entusiasta che sua figlia avesse conosciuto un re. La prima domanda che mi ha fatto è stata: 'Dal vivo è bello come in televisione?'"

"E lei come ha risposto?"

"Credo di aver riso."

La civetteria nella voce di Claire serrò lo stomaco di Eduardo, ma piuttosto che sporgersi a baciarla, lui ricambiò il sorriso e disse: "La prossima volta, le dica che sono meglio dal vivo."

"Magari lo farò davvero."

Mentre finivano il dessert, la conversazione si spostò sui loro impegni futuri. Poi, Claire osservò che la discussione con Franco Galli era stata produttiva. "Credo di averlo convinto che il programma scolastico funziona, ma lui non ha preso impegni. La settimana prossima ho un incontro con Monica Barrata e Franco ha detto di voler essere informato del risultato. Credo che, se riuscirò a convincere uno di loro, convincerò anche l'altro. Il mio personale dice che hanno filosofie simili e che raramente votano in maniera diversa."

"Spero che riuscirà a convincere entrambi, allora."

Claire lo guardò da sopra l'ultimo boccone di crostata. "Davvero? Anche se ciò significa che voi dovete spendere una parte del vostro prezioso capitale politico?"

Gli piaceva che lei avesse il coraggio di prenderlo in giro. "Dovrà convincere tutti e quattro. L'accordo era quello."

"Siamo già a metà strada."

Eduardo non le fece notare che Franco Galli e Monica Barrata erano i due voti più facili da ottenere. Mentre Claire posava la forchetta sul piatto, ammiccò e disse: "Mi faccia sapere quando avrà convinto tutti e quattro."

"Lo farò."

Dopo aver informato i rispettivi autisti e pagato il conto – nonostante le obiezioni di Gaia – i due raggiunsero la porta della trattoria. Era ora di chiusura e gli ultimi clienti erano usciti qualche minuto prima. Con sollievo di Eduardo, Gaia sparì in cucina, lasciando loro qualche prezioso momento di solitudine.

Fermò Claire un attimo prima della porta, evitando che qualcuno potesse vederli dalla strada. "Sono stato bene."

"Anch'io."

La sincerità nella voce della donna lo rese felice come non era da molto tempo. Quando la attirò a sé e la baciò, le dita di lei si chiusero attorno al suo gomito e un'emozione completamente diversa lo attraversò. La abbracciò finché il coraggio non gli venne meno.

I momenti rubati erano proprio quello – momenti – e forse ciò era parte della loro magia. Eduardo desiderava fortemente qualcosa di più.

"Lo rifaremo presto?" mormorò vicino all'orecchio della donna.

"Magari in un contesto che non richieda i tacchi alti. O due autisti e un personale per organizzare."

"Un film, per esempio?" chiese lui. "Credo che avessimo deciso di guardare *La mia Africa*. Venerdì ho un impegno, ma Luisa potrebbe spostarlo, se lei è libera."

"Siamo d'accordo."

"Venga a casa mia," disse Eduardo, dando un ultimo, breve

bacio a Claire. "Le prometto che è più pulito della maggior parte degli appartamenti da scapolo."

"Mi sembra di ricordarlo."

Eduardo attese un minuto intero dopo che l'auto di Claire si fu allontanata prima di uscire furtivamente dalla trattoria e salire sul sedile posteriore della sua auto. Permise ai suoi occhi di chiudersi per il breve tragitto buio attraverso le strade cittadine, immaginando la sensazione di Claire Peyton fra le braccia e il suo sapore sulle labbra.

CAPITOLO 13

CLAIRE SALUTÒ la guardia mentre superava i controlli di sicurezza all'ingresso di servizio dell'ambasciata, per poi raggiungere l'ascensore. I suoi passi riecheggiarono sul marmo. A un quarto alle sette, le strade erano tranquille, con l'eccezione di qualche podista e di qualche ciclista, e l'ambasciata era vuota.

Considerato che la settimana era carica di impegni, aveva senso arrivare in anticipo, ma quella mattina, Claire non aveva avuto bisogno della sveglia. Era carica di adrenalina dall'appuntamento di sabato sera all'Opera con re Eduardo e si era svegliata un'ora prima del solito, carica di energia. Aveva intenzione di approfittarne.

Dopo essere passata in ufficio per lasciare la borsa e una pila di rapporti che aveva portato a casa per consultarli, raggiunse la piccola sala relax in fondo al corridoio per iniziare a preparare il caffè. Con suo stupore, Karen era al banco, con le spalle alla porta mentre versava cucchiai di caffè macinato in un filtro di carta.

"Buongiorno," disse Claire mentre entrava. "Sei arrivata presto."

Karen misurò un altro cucchiaino senza sollevò lo sguardo. "Anche lei, signora ambasciatrice."

Claire prese la caraffa vuota e andò a prendere l'acqua al lavandino mentre Karen accendeva la macchina. Dopo che Claire ebbe aggiunto l'acqua e posizionato la caraffa, Karen iniziò il ciclo di preparazione. Era un sistema che avevano sviluppato nel corso degli anni in Uganda, quando erano spesso arrivate al lavoro alla stessa ora, ciascuna bramosa di caffeina. Mentre Karen chiudeva il sacchetto e lo rimetteva sullo scaffale, chiese: "Non lo ha preso lungo la strada? Sono abituata a vederla arrivare con in mano un bicchiere di uno dei caffè lungo la strada."

"Mi sono svegliata bella carica e ho deciso di venire subito in ufficio. E poi, ora che ho soddisfatto la mia curiosità e provato tutti i bar fra qui e la residenza, il mio portafogli sarà più felice se approfitterò della sala relax."

Karen disse: "Ah," ma non incrociò lo sguardo di Claire. Si conoscevano da tempo sufficiente da far sì che Claire capisse che qualcosa non andava. Chiese se andasse tutto bene, ma Karen si limitò a fare spallucce e si voltò verso il tavolo dove aveva lasciato la tote bag. Tirò fuori un contenitore – presumibilmente il pranzo – e lo mise nel frigorifero.

C'era decisamente qualcosa che non andava. Claire ritentò. "Hai passato un buon fine settimana?"

"Sì."

"Ti sei sistemata nell'appartamento?"

"Sì. Ho persino cucinato dei dolci, ieri. Mentre compravo la farina, ho incrociato una persona che ho conosciuto durante la nostra prima settimana qui. Abbiamo cominciato a parlare e ho scoperto che sua sorella ha una pasticceria. È venuto da me e mi ha mostrato come si preparano i croissant."

"Interessante."

"È solo un amico che mi aiuta a migliorare."

"Ah."

A quel punto, in un tipico lunedì, Karen solitamente chiedeva a Claire come era andato il suo, di fine settimana. Quel giorno, non lo fece.

"Oh, buongiorno," disse una voce maschile proveniente dalla soglia. "Karen, signora ambasciatrice. Non sapevo che foste già arrivate."

Claire si voltò e vide John Oglethorpe. In quanto responsabile dei rapporti con il pubblico, John era il suo consigliere principale per quanto riguardava i rapporti con il pubblico e la diplomazia pubblica. L'uomo dirigeva tanto il centro informazioni sulle risorse dell'ambasciata quanto il suo ufficio stampa, che organizzava conferenze stampa, comunicazioni e interviste. Era stato lui a metterla in pari con le iniziative di relazioni pubbliche che si erano svolte durante il mandato di Richard Cartwright ed era lui che la teneva aggiornata sulle reazioni sanriminesi a notizie ed eventi negli Stati Uniti. Dopo quasi un decennio all'ambasciata, conosceva quasi tutte le persone influenti dei media locali. Durante i loro primi incontri, Claire lo aveva trovato al tempo stesso astuto e profondo.

Lo salutò con un sorriso. "Ci attende una settimana laboriosa. Di solito lei arriva prima delle sette?"

"Mi piace mettermi in pari con i notiziari e i giornali del mattino, nel caso ci sia qualche questione da affrontare. In questo modo, non ci sono sorprese."

Karen si mise la borsa in spalla e si recò alla porta. "Lascio questa alla scrivania e torno quando il caffè è pronto."

"Ha acceso la televisione questa mattina?" chiese John una volta che furono soli.

"Non ancora, no. Sono arrivata qualche minuto fa e mi sono diretta subito verso la caffeina."

John si guardò alle spalle, come per controllare che non ci fosse nessuno in corridoio. "Sabato sera è andata all'Opera e si è seduta accanto al re nel palco reale."

"Sì."

"Non crede che avrei dovuto saperlo da lei, piuttosto che vederlo al notiziario del mattino?"

Claire raggelò. "Sta scherzando. Il notiziario del mattino?"

L'uomo non levò gli occhi al cielo, ma la sua espressione era eloquente.

Claire sollevò una mano. "Lo so, lo so. Probabilmente, avrei dovuto aspettarmelo."

John lanciò una nuova occhiata in corridoio, poi avanzò nella sala relax. "Qualunque avvistamento della famiglia diTalora attira i media. In futuro, le sarei grato se mi informasse per tempo, in modo che io possa preparare una risposta alle domande della stampa."

"Ne ha già ricevute?"

"Ho ricevuto sei telefonate ieri prima di colazione e almeno un'altra dozzina nel corso della giornata. Questa mattina non ho ancora ascoltato i messaggi in segreteria, ma ce ne sono molti. Quando sono passato di fronte a un'edicola nel venire in ufficio, ho visto l'ultimo numero di *Notizie Reali* con una foto di lei e re Eduardo in copertina. Non so quali siano i contenuti dell'articolo, perché non voglio farmi vedere a comprare una copia, ma chiederò a qualcuno di farlo più tardi, con discrezione."

Claire aveva sulla punta della lingua una certa parola di cinque lettere quando sentì menzionare il giornalaccio scandalistico, anche se, se l'avesse pronunciata, l'avrebbe rivolta alla situazione e non a John. L'uomo godeva del rispetto dell'intera ambasciata. Claire lo aveva capito dalle espressioni e dal linguaggio corporeo delle persone quando John passava accanto alle loro scrivanie o le incrociava in ascensore. E in quel caso, l'uomo aveva il diritto di sentirsi frustrato.

Claire si appoggiò al piano di lavoro e incrociò le braccia. Quando aveva notato degli spettatori guardare verso il palco reale, aveva pensato che ci sarebbe stata qualche telefonata da parte dei tabloid, ma niente del genere. "Mi dispiace, John. Non volevo metterla in difficoltà."

"Grazie. Comunque sia, volevo parlarle prima di rispondere. Devo assicurarmi che il messaggio sia chiaro. Nulla di ciò che dirò può entrare in conflitto con qualunque dichiarazione pubblica da lei rilasciata."

"Non ho detto una parola."

"D'accordo. Beh, questo è ottimo." John sospirò, palesemente sollevato nel constatare che Claire non aveva omesso di informarlo di qualche intervista. "Una volta che il caffè sarà pronto, dovremo trovare un ufficio e discutere di ciò che lei voglia si dichiari sul sostegno dell'ambasciata alla Fondazione Reale. Qualche dichiarazione riguardo alla nascita del sodalizio e del motivo per cui lei era nel palco reale zittirebbe i pettegolezzi e concentrerebbe l'attenzione sugli scopi in comune delle nostre due nazioni, sull'importanza della Fondazione e del suo operato, eccetera."

Fu il turno di Claire di sospirare. Un suono elettronico giunse dalla macchina del caffè. Claire offrì una tazza a John. Quando lui rifiutò, ne verso una per sé. Sottovoce, disse: "Non c'è nessun sodalizio."

L'uomo accusò il colpo. "Sa che le dico? Prendo il caffè. Magari con del bourbon."

Lei sorrise del suo tentativo di alleggerire l'atmosfera, quindi bevve un piccolo sorso di caffè per valutarne la temperatura. "Ero nel palco perché ho ricevuto un invito personale da parte di re Eduardo. È giunto alla residenza, non all'ambasciata; è per questo che non l'ho menzionato. A Karen l'ho detto solo giovedì sera, in modo che lei potesse svolgere i preparativi per un trasporto in sicurezza, come avrei fatto io se avessi deciso di andare a Venezia per vedere la cattedrale di San Marco o di andare a fare acquisti a Trieste nel fine settimana."

"Sta dicendo che era un appuntamento."

Claire esitò. Non era pronta a dare la notizia al mondo, ma doveva la verità a John. "Sì. Era un appuntamento."

"Wow. Insomma… wow." John rimase di stucco, quindi si ficcò le mani in tasca. "Questo spiega molte cose. E significa anche che il nostro ufficio non può dire granché. Non posso dire ai media che lei era lì in veste ufficiale per sostenere gli obiettivi della Fondazione Reale e il suo operato."

"Me ne rendo conto."

"Ma devo dichiarare qualcosa. Se taceremo, loro inventeranno una storia per riempire il vuoto."

"Mi rendo conto anche di questo." Claire si zittì quando due persone passarono di fronte alla porta della saletta. Erano immerse nella conversazione e non notarono la presenza di John o di Claire, né tantomeno la tensione che permeava la stanza. Una volta che la coppia si fu allontanata a sufficienza, lei disse: "Vediamo come si presenta la copertura mediatica nel corso della giornata; poi decideremo cosa dire. E se ha ricevuto delle domande, immagino che lo stesso valga per gli addetti stampa del palazzo. Potrebbero aver già rilasciato una dichiarazione."

John annuì, ma non sembrava soddisfatto.

"Cosa c'è?" chiese lei.

"Devo dire una cosa, signora ambasciatrice, ma non sono sicuro di avere le competenze per farlo senza offendere."

"Lei è il responsabile delle relazioni con il pubblico. Se non è competente lei…"

"Questo è un territorio nuovo." John gesticolò come per farsi coraggio, quindi si concentrò su Claire. "Lei è single. Può uscire con chiunque desideri e tutto ciò che ho sentito dire riguardo al re suggerisce che sia una brava persona e una delle poche la cui intelligenza è pari alla sua. Ma re Eduardo non è semplicemente una brava persona: è un simbolo nazionale. A meno che questa relazione non vada fino in fondo, e intendo *fino in fondo*, ci saranno delle conseguenze. E non sarà lui a rimetterci. Sarà lei.

E se questo succederà, si ripercuoterà pesantemente su ogni singolo individuo che lavora sotto questo tetto, a livello tanto personale quanto professionale."

"John..."

"Devo andare in ufficio. Ascolterò i messaggi, mi informerò e vedrò che cosa ha dichiarato il palazzo, se hanno dichiarato qualcosa. Possiamo vederci nella sala riunioni all'ora di pranzo? Diciamo alle dodici e mezza?"

"Ho in programma un incontro con Monica Barrata alle due, presso il suo ufficio parlamentare. Può andare bene se riusciremo a finire entro l'una e mezza."

"La vedrà per parlare del programma scolastico in Uganda?"

Quando Claire annuì, John disse: "Questo potrebbe essermi utile. Ci vediamo alle dodici e mezza."

L'uomo si passò una mano sulla testa mentre si dirigeva verso la porta, come se così facendo potesse levarsi la conversazione dalla mente.

"BUONGIORNO, Vostra Altezza. La sessione con Greta è stata piacevole?"

Eduardo guardò storto Luisa quando le andò incontro in fondo alle scale. La donna era sempre particolarmente allegra di lunedì, ma quel giorno aveva il passo proprio leggero. "Certo che no."

"In tal caso, sono certa che sia stata molto produttiva. Luisa mi ha detto che oggi era giornata di thruster. Non ho idea di cosa signifchi, ma sembra divertente."

Eduardo salutò una delle guardie mentre si incamminavano verso il suo ufficio. Erano solo le otto di mattina e già gli dolevano i quadricipiti femorali e i tendini delle ginocchia. Una volta superata la guardia, disse a Luisa: "Per sua informazione, un thruster è quando si solleva un bilanciere appesantito in una cosiddetta 'clean.'" Diede una dimostrazione tenendo le mani di fronte alle spalle, con i palmi sollevati e i gomiti che puntavano in avanti. "Lo si raccoglie da terra, ci si raddrizza e si solleva la sbarra sopra la testa, tenendo gli addominali contratti. Con Greta, lo si fa diverse volte di fila. A fine giornata, potrei non essere più in grado di camminare."

"Potrete consolarmi sapendo di avere il miglior tono muscolare di qualunque monarca sieda su un trono."

"Potrei non essere nemmeno in grado di sedermi."

Luisa gli porse un foglio di carta. "Questo è il programma della giornata. Zeno ha chiesto di prolungare l'incontro mattutino. Gli ho concesso quindici minuti in più e ho spostato il vostro taglio di capelli alle quattro e mezza."

Eduardo si accigliò. "Non avrei dovuto incontrare il principe Antony oggi pomeriggio? La prossima settimana presenzierà a un importante evento per il Fondo Universitario Sanriminese e voleva dei consigli per preparare il discorso."

Luisa indicò il foglio. "Gli ho concesso uno spazio di trenta minuti prima del taglio di capelli."

Svoltarono un angolo che li portò in vista dell'ufficio di re Eduardo. C'erano diversi corrieri in attesa alla scrivania di Luisa, tutti con in mano dei documenti che richiedevano la sua firma. A Eduardo, la donna disse: "Vi porto subito il caffè, Vostra Altezza."

Eduardo augurò il buongiorno ai corrieri prima di entrare nel suo ufficio formale, dove attendevano Sergio, Zeno e Margaret. Il taccuino giallo di Margaret era più scribacchiato del solito.

Il gruppo balzò in piedi e gli augurò il buongiorno. Luisa chiuse la porta alle spalle di Eduardo e girò attorno alla scrivania mentre faceva cenno a tutti di rilassarsi. "Vi avverto: questa mattina ho avuto una sessione difficile con Greta, dopodiché Samuel Barden ha servito crostata di frutta per colazione. Il che suonerebbe anche bene, ma non credo che ci fosse un grammo di zucchero e la crosta era di farina di avena. O qualcosa di simile. Ditemi qualcosa che mi farà cominciare bene la settimana."

Zeno e Sergio guardarono entrambi Margaret. Eduardo la imitò, chiedendosi cosa i due si aspettassero che la donna dicesse.

Lei storse la bocca. "Ehm, stavo giusto dicendo a Zeno e Sergio che, quando sono arrivata questa mattina, Samuel mi ha offerto della crostata di frutta."

"E lei cosa ha risposto?"

"Ho detto di sì. E dopo averla mangiata, ho detto 'gnam.' Era buonissima."

Luisa entrò con il caffè di Eduardo, quindi glielo mise accanto. Dopo che lei fu uscita, Eduardo disse: "Mi sembrate tutti ansiosi di parlare, per cui rimanderemo dopo il dibattito sulla crostata. Se si tratta di qualcosa di non relativo al progetto per la Strada il Teatro, lo rimanderemo dopo. Mancano nove settimane prima che il Parlamento abbia bisogno di un progetto definitivo in mano. Ed è la scadenza ultima, se vogliamo assicurarci che il progetto faccia parte della discussione sul finanziamento del distretto commerciale centrale."

Vi fu uno scambio di occhiate, dopodiché Sergio disse: "Posso aggiornarvi sulla Strada, ma questa faccenda è collegata a un'altra, per cui è necessario discuterne insieme."

"Sarebbe?"

Lo sguardo di Sergio corse a Zeno, che disse: "Il caso Claire Peyton."

CAPITOLO 14

LO STOMACO di Eduardo si contrasse. Lui fece uno sforzo cosciente per non darlo a vedere. "Esiste un caso Claire Peyton? Non lo sapevo. Né tantomeno ho idea di come ciò possa essere collegato alla Strada il Teatro."

Lo disse in un tono pensato per chiudere la discussione, ma Zeno tirò dritto. "I notiziari del mattino riferiscono che l'ambasciatrice ha assistito all'Opera con voi sabato, e che era seduta nel palco reale. Noi," disse l'uomo, indicando con un dito tutti i presenti nella stanza, "non l'avevamo vista citata nel vostro programma. I soliti tabloid reali si sono dati alle congetture più assurde riguardo al motivo–"

"Come fanno sempre."

"Sì, Vostra Altezza. Finora, la stampa generalista ha evitato di fare illazioni. Tuttavia, uno dei tabloid più diffusi riferisce che alcuni tecnici di scena sono stati sentiti dire, nel vicolo retrostante il teatro, che il re era sulla passerella sopra il palco, mano nella mano con una donna misteriosa in seguito identificata come Claire Peyton." Zeno arrossì visibilmente nel parlare, ma la sua voce rimase ferma.

"E in che modo ciò riguarderebbe il progetto per la Strada?"

"È un problema, Vostra Altezza, perché si sono diffusi dei pettegolezzi," disse Sergio. "Anche se Zeno dovesse evitare l'argomento durante l'incontro con la stampa di questa mattina, per non attirare l'attenzione su di esso, ora una testata su due lo cercherà attivamente."

"Capita che uomini e donne si vedano in contesti sociali, Sergio, soprattutto se sono single."

Eduardo non mancò di notare l'espressione stupita sui volti dei suoi più stretti collaboratori. Non si erano aspettati che lui confermasse che la serata era stata davvero un'uscita.

Sergio giunse le mani in grembo, quindi si affrettò a separarle e si sporse in avanti. "È mio dovere dirvi la verità, anche quando ciò è difficile. Parte della vostra popolarità deriva dal fatto che siete single. Vi conferisce una certa mistica. Se ciò dovesse cambiare – anche con una donna la cui reputazione è impeccabile come quella dell'ambasciatrice – ciò avrà un effetto su tutto ciò che farete."

"Un momento. Sta dicendo che *avere un appuntamento* nuocerà alla mia popolarità e di conseguenza alla nostra capacità di radunare il sostegno per il progetto per la Strada prima della scadenza per presentarlo in Parlamento? Non le sembra di esagerare?"

Mentre pronunciava quelle parole, Eduardo immaginò Giovanni seduto dall'altra parte della plancia del cribbage, che lo ammoniva dicendogli che la sua popolarità ne avrebbe risentito.

Naturalmente, poi Giovanni aveva aggiunto "sei nei guai comunque" e lo aveva incoraggiato a chiedere a Claire di uscire.

"Sono solo previdente," disse Sergio. "Chiunque abbia un interesse nel progetto per la Strada farà lo stesso. I gruppi che stanno cercando dei modi per criticare certi aspetti del vostro progetto potrebbero essere tentati di attendere sviluppi piuttosto che presentarsi al tavolo delle trattative. Se la vostra popolarità dovesse calare, approfitteranno della cosa per chiedere ulteriori concessioni."

Eduardo tamburellò con le dita sulla scrivania, poi disse: "Non ha torto. Ci penseremo quando verrà il momento."

"Ci sarebbe anche l'accordo che avete fatto con l'ambasciatrice, Vostra Altezza. Avete detto che avreste presentato al Parlamento una proposta di legge per sostenere il suo progetto scolastico se lei fosse riuscita a procurare determinati voti."

Eduardo mosse la mano per fare cenno a Sergio di proseguire.

"Quando ce lo avete detto la settimana scorsa, i miei consulenti erano convinti che l'accordo sarebbe stato irrilevante. Dubitavano che l'ambasciatrice sarebbe riuscita a ottenere il sostegno necessario. Ma la situazione sta cambiando. Ci sembra di aver capito che l'ambasciatrice incontrerà Monica Barrata quest'oggi. Ha avuto un colloquio con Franco Galli la settimana scorsa e sembrerebbe che, in seguito a tale colloquio, Galli sia incline a sostenere il programma. In tal caso, è probabile che anche Barrata darà il suo appoggio. Quei due tendono a votare in maniera identica."

"Mancano ancora Luciano Festa e Sonia Selvaggi. Loro saranno molto più difficili da convincere."

"Sono d'accordo: con quei due sarà dura. Soprattutto con Selvaggi. Ma volevo sollevare la questione. Questo progetto ha molte parti mobili. Dobbiamo controllarne il più possibile."

Eduardo impiegò più a lungo del consueto a rispondere. Quando lo fece, il suo tono di voce non ammetteva repliche. "Non intendo mettere a rischio il progetto per la Strada."

Seguì un "Sì, Vostra Altezza," collettivo.

Eduardo si rivolse a Zeno. "Nel caso l'argomento dovesse emergere, Claire Peyton è l'ambasciatrice degli Stati Uniti a San Rimini. In quanto tale, interagisce di frequente con il palazzo, con il Parlamento e con diverse realtà commerciali e umanitarie di San Rimini. Durante il suo mandato precedente, come ambasciatrice degli Stati Uniti in Uganda, ha acquisito la reputazione di essere una persona capace. Siamo fortunati ad averla qui a San Rimini e ci aspettiamo che i media la vedranno spesso, tanto nel suo ruolo pubblico quanto in ambito sociale, proprio come facevano con l'ambasciatore Cartwright."

Zeno prese appunti. Sistemata quella faccenda, Eduardo chiese a Sergio di fare rapporto sugli incontri di gruppo che riguardavano il progetto per la Strada. Come previsto, gli organizzatori del Gran Premio volevano una data sicura per la chiusura dei lavori prima di dare sostegno, oltre che un elenco specifico di qualunque cambiamento proposto che potesse influenzare il percorso. I proprietari dei casinò volevano conoscere la disponibilità di finanziamenti statali per via dell'aumento dei costi dovuto alla modifica degli ingressi durante la costruzione, nel caso le entrate principali diventassero inaccessibili. Il ministro dei trasporti aveva una domanda riguardo alle modifiche nei percorsi degli autobus durante i lavori, ma approvava il fatto che i cambiamenti proposti avrebbero reso più facile ai veicoli della polizia, dei vigili del fuoco e alle ambulanze rispondere alle emergenze nella zona.

"La Società Storica per il Distretto Centrale ha fornito un lungo elenco di preoccupazioni," disse Sergio. "Le stiamo passando in rassegna una alla volta. Di tutti i portatori di interesse, loro saranno quelli che richiederanno più tempo per convincerli. Ho organizzato due incontri alla settimana fra loro e degli esperti. Ho anche cominciato a seminare il terreno in Parlamento, in modo che abbiano tutto il preavviso necessario e capiscano che il nostro intento è presentare un progetto che abbia il sostegno di tutti i gruppi che ne saranno influenzati e una sostanziale ricerca finanziaria e di sicurezza alle spalle."

Zeno intervenne. "Nel bene e nel male, questo significa che i media ora sanno della proposta. Questa mattina, un giornalista ha lasciato un messaggio nel quale chiedeva perché Sergio avesse incontrato i proprietari dei casinò e se ciò avesse qualcosa a che fare con dei lavori stradali. Sergio e io stenderemo un comunicato in modo che sia pronto per il mio incontro con la stampa. Vogliamo che i media comunichino la necessità di miglioramenti e che c'è un piano ben orchestrato per proteggere gli interessi commerciali e la storia della zona mentre verranno effettuati i miglioramenti."

"Ottimo. Una volta che la dichiarazione sarà pronta, inviatemene una copia, in modo che io possa integrarla nelle mie dichiarazioni."

Zeno annuì, poi passò in rassegna diverse varie ed eventuali per gli incontri con la stampa della settimana, comprese le domande che prevedeva Eduardo avrebbe ricevuto riguardo alla data del parto di Amanda. Luisa entrò per riempire la brocca dell'acqua e per offrire altro caffè. Margaret Halaby fece rapporto su diversi enti benefici reali e comunicò la richiesta che re Eduardo diventasse padrino di una nuova organizzazione, fondata per individuare e assistere cittadini anziani o disabili privi di supporto familiare. "Ho preparato una presentazione sintetica per voi," disse la donna. "Credo che l'organizzazione sia ben strutturata tanto dal punto di vista finanziario quanto per la sua missione. Se voi non potrete fungere da padrino, suggerirei il principe Marco o la principessa Isabella."

Eduardo inserì le informazioni in una cartelletta da portare nel suo studio, mentre Margaret controllava il telefono per il conteggio definitivo delle donazioni raccolte in favore della Fondazione Reale durante l'Opera di sabato sera. I suoi collaboratori glielo avevano appena inviato, il che significava che Zeno avrebbe potuto usare l'informazione per l'incontro mattutino e che il re avrebbe avuto il dato a disposizione nel caso qualcuno gli avesse fatto domande.

Avevano quasi finito quando Luisa aprì la porta. "Vostra Altezza, l'auto di Teodora Rossi è appena entrata dal cancello posteriore. È la nuova presidente del Consiglio del Cancro Sanriminese. Sarete pronto entro cinque minuti?"

"Abbiamo quasi finito."

"Allora la accompagnerò in biblioteca. Mi dicono che è fidanzata con il suo compagno di lungo corso e che si sposerà il mese prossimo."

"Buono a sapersi. Arriverò fra poco."

Luisa gli forniva spesso informazioni che Eduardo poteva utilizzare per rilassare i suoi ospiti. Nel corso degli anni, quei dettagli gli erano spesso tornati utili. Imparò a memoria l'informazione ed era a metà strada per la biblioteca quando il telefono gli vibrò in tasca. Lanciò un'occhiata allo schermo e sorrise alla vista del numero. Consapevole del personale presente nelle stanze vicine, rispose a bassa voce. "Pronto, Claire?"

"Brutto momento?"

"Sono diretto a una riunione e ho esattamente tre minuti."

"Idem, ma io sono in macchina." Eduardo udì la tensione nella voce della donna, anche se lei cercava di nasconderla. "Immagino che abbiate saputo di un tabloid chiamato *Notizie Reali?*"

Gli raccontò velocemente di un articolo che il responsabile dei rapporti con il pubblico dell'ambasciata aveva adocchiato e gli parlò dei notiziari del mattino, che avevano evitato le insinuazioni del tabloid. "Sto per guardare i bollettini quotidiani del palazzo per vedere cosa ha dichiarato il vostro addetto stampa."

"Dirà la verità," disse Eduardo, per poi ripetere esattamente quello che aveva detto a Zeno.

"Ho la reputazione di essere una persona capace? Grazie."

Eduardo rallentò il passo e abbassò la voce mentre entrava nel corridoio dove si trovava la biblioteca. "Sono abituato ad avere a che fare con i media, persino *Notizie Reali*, ma questo è un territorio inesplorato per me."

"Un attimo solo," disse la donna. Eduardo la sentì dire all'autista di svoltare in via San Vito e di fermarsi vicino alla guardiola.

"Sta andando in Parlamento?" chiese Eduardo quando Claire tornò in linea.

"Ho un incontro con Monica Barrata. Avrebbe dovuto svolgersi nel pomeriggio, ma è stato anticipato. Stavate dicendo?"

"È un territorio inesplorato." Eduardo smise di camminare. Alla sua destra, una serie di finestre dava sui giardini del palazzo. Là fuori, sembrava tutto tranquillo. "Claire, vorrei continuare a vederla."

"Comincio a chiedermi se sia saggio."

"Io le piaccio."

La donna rise di quell'affermazione diretta. "Questo non c'entra nulla con la saggezza."

"Venga alla Rocca questa sera e potremo parlarne. Miroslav è di turno. Lo manderò a prenderla alla sua residenza. Sarà discreto."

Trascorsero diversi istanti di silenzio. La gola di Eduardo si strinse mentre lui aspettava.

"Claire? È ancora in linea?"

"Sì. Alle dieci è troppo tardi? La mia strada si svuota dopo le nove."

Il sollievo lo travolse. "Va benissimo."

Le parole di John marinarono in un angolo del cervello di Claire per tutta la giornata. Durante l'incontro all'ora di pranzo, avevano pensato alle possibili domande dei media riguardo alla sua serata all'Opera e preparato una serie di risposte. Alla fine, le avevano bocciate tutte e avevano deciso che John avrebbe semplicemente evitato l'argomento ogni qualvolta gli fosse ragionevolmente possibile. Altrimenti, avrebbe risposto con un linguaggio simile a quello che Zeno Amendola aveva usato durante l'incontro mattutino con la stampa a palazzo.

Quando Claire seguì Miroslav attraverso i corridoi del

palazzo e su per la scalinata che conduceva all'appartamento privato di re Eduardo, oltre specchi dalle cornici dorate e ritratti dei monarchi del passato, sapeva già cosa doveva fare.

Il pensiero le lacerava il cuore, ma John aveva ragione quando l'aveva confrontata nella saletta relax. Con Eduardo, una relazione doveva essere tutto o niente, e quali probabilità c'erano che una relazione con Eduardo durasse per sempre? Da quel punto di vista, Claire non aveva un bel passato. Il suo anulare vacante ne era la prova. E poi, c'erano ostacoli importanti da superare prima che potessero anche solo fare sul serio, figurarsi arrivare a qualcosa di permanente.

Sempre se avessero avuto il tempo di frequentarsi come normali esseri umani. Lei era convinta che le buone relazioni venissero costruite nel corso del tempo, durante momenti di risate e dibattiti a tarda sera. Durante pigre vacanze e incombenze condivise, durante i giorni di gioia e di dolore, di stress e di ilarità.

Nel profondo di sé, Claire sapeva che lei ed Eduardo avevano il potenziale per costruire quel genere di relazione. Ma sapeva anche quale prezzo avrebbero dovuto pagare per averne la possibilità.

Miroslav bussò alla porta del re, quindi digitò un codice sul tastierino senza attendere risposta. Voltando la testa, disse: "Sua altezza mi ha chiesto di farla entrare subito."

Claire ringraziò Miroslav, poi lo oltrepassò ed entrò nel vestibolo. Al suo ingresso, il re stava attraversando la sala grande. Indossava pantaloni eleganti, una camicia bianca e scarpe lucide, ma non portava la cravatta e si era arrotolato le maniche per scoprire gli avambracci. L'unica luce proveniva da una lampada accanto al divano. Un paio di occhiali da lettura era posato sopra un taccuino che probabilmente conteneva il materiale dell'incontro mattutino.

Una sola occhiata e lei ebbe voglia di gettarsi fra le sue braccia.

Prima che la tentazione potesse farle fare qualcosa di stupido, Claire disse: "Dobbiamo farla finita. Non volevo farlo al telefono."

Eduardo spalancò leggermente gli occhi e il suo sguardo superò Claire. "Grazie, Miroslav. Sono a posto per questa sera."

"Se doveste avere bisogno di me, sono a vostra disposizione."

Claire avvampò. Aveva creduto che Miroslav fosse rimasto in corridoio. Quando la porta si chiuse, disse: "Mi dispiace, Vostra Altezza."

Era una giornata piena di scuse. Prima con John, poi con Eduardo. Probabilmente, Claire doveva delle scuse anche a Karen.

Eduardo si avvicinò lentamente, fermandosi quando arrivò a un braccio di distanza. "Per cosa?"

"Avrei dovuto accertarmi che fossimo soli."

"Innanzitutto, non sono spesso solo. Poi, mi fido di Miroslav." Claire fece per parlare, ma lui proseguì: "In più, ora che siamo soli, vorrei che ci dessimo del tu. Altrimenti, ci sarebbe uno squilibrio fra di noi, se continueremo a vederci. E infine... ha detto qualcosa quando è entrata. Non credo di ricordare di cosa si trattasse."

Claire sospirò. Eduardo voleva fare il piacione e rendere le cose difficili. Averlo così vicino creava ulteriori difficoltà. "Sai cosa ho detto."

I brillanti occhi azzurri dell'uomo si colmarono di apprezzamento e preoccupazione in parti uguali. "So cosa hai detto. Speravo che avessi cambiato idea negli ultimi trenta secondi."

"Mi stai rendendo le cose molto difficili."

"Ottimo. Non dovrebbe essere facili. Non voglio rompere."

"Dovremmo."

L'uomo ebbe l'audacia di sorridere. "Speravi di procurarti qualcosa di meglio di un re? In tal caso, non sono sicuro che ci siano molte alternative, per quanto brillante, splendida e affascinante tu sia."

"Non scherzare. Stiamo correndo grossi rischi, Vostra Altezza. I media non ci lasceranno in pace. L'ufficio stampa dell'ambasciata è sottoposto a uno stress non necessario."

"È il suo lavoro. Non hai commesso appropriazioni indebite o evasione fiscale: sei andata a un appuntamento. Credo che siano abbastanza capaci nel loro lavoro per svolgere qualunque pubblicità derivi dalla cosa a beneficio dell'ambasciata."

Claire sospirò pesantemente. "Non mi piace metterli in quella situazione. E non è una situazione fantastica nemmeno per te. Se io fossi Sergio, Zeno o un altro dei tuoi consiglieri, sapendo che il tuo più grande obiettivo nelle prossime settimane è presentare un'importante proposta di legge che susciterà le resistenze di numerosi e potenti portatori di interessi, ti direi che l'ultima cosa che dovresti fare è mettere a rischio la tua immagine pubblica. Io sono un biglietto di sola andata per un problema di relazioni pubbliche."

"Tu sei un'ambasciatrice. Godi di un'ottima reputazione. Non mentivo quando l'ho detto a Zeno e lui non mentiva quando lo ha detto oggi all'incontro con la stampa."

"Gli hai detto che il nostro era un appuntamento?"

"Non in maniera esplicita, ma lui ha capito. E comunque, non sono affari suoi."

"Ci penseranno i cittadini di questo Paese a farli diventare affari suoi. Il pubblico è convinto che le famiglie reali gli debbano accesso. Se i giornalisti, per non parlare dei tabloid, pensano che ci sia una storia, soprattutto una che possono sensazionalizzare, sfrutteranno qualunque mezzo–"

Eduardo si protese verso la sua mano e la afferrò. "Claire."

"Cosa c'è? Ho ragione e lo sai benissimo."

"Tu sei attratta da me."

Lei gemette esasperata. "Cosa importa?"

Eduardo le prese anche l'altra mano e si portò entrambe al petto. "Importa molto. Io sono attratto da te. Tu sei attratta da me. Nessuno di noi ha una relazione da molto tempo e per ottime ragioni. Considerato il tempo che c'è voluto per trovarci, non credi che dobbiamo a noi stessi di approfondire?"

"Non è così semplice."

"Inizialmente, lo pensavo anch'io. Ma se io non fossi re e tu non fossi ambasciatrice, e fossimo solo Eduardo e Claire, saremmo appiccicati l'uno all'altra."

Il modo in cui Eduardo aveva parlato la fece arrossire. "Se non che parte dell'attrazione è dovuta al fatto che tu sei un re e io un'ambasciatrice. I nostri lavori ci hanno modellati. Ci hanno dato un senso di responsabilità e l'occasione di vedere il meglio e il peggio delle persone."

Un sorriso soddisfatto allungò le labbra di Eduardo. "Dunque, lo ammetti. Sei attratta da me."

"Pensavo di averlo reso chiaro all'Opera."

"A noi uomini piace avere delle certezze."

"Non sei preoccupato di quello che penseranno i tuoi collaboratori? O la tua famiglia? Hai quattro figli."

"Figli adulti, tutti con relazioni sane. Capiranno. Qualche mese fa, Isabella mi aveva addirittura chiesto se fossi pronto a tornare a frequentare altre persone."

"Questo non significa che sarebbe a suo agio all'idea."

"Conoscendola, sarebbe ben più che a suo agio. Mi incoraggerebbe."

Claire avrebbe voluto metterlo in guardia da tutti gli altri problemi che avrebbero affrontato, ma lui accentuò la presa sulle sue mani, distraendola. Gentilmente, Eduardo chiese: "Ricordi la prima canzone che l'orchestra ha suonato alla cerimonia delle tue credenziali?"

"Sì." L'emozione la colmò, stringendole la gola. "*Let the Rest of the World Go By*.[1]"

"È un buon consiglio."

"Devi proprio vedere quel film."

"Ci siamo ripromessi che lo avremmo fatto al prossimo appuntamento. Anzi, sei stata tu a porlo come condizione dell'uscita all'Opera. Mi sembri il genere di donna che mantiene le promesse."

Claire liberò le dita da quelle di Eduardo, ma invece di allontanarsi, gli circondò il viso con le mani. Quello che vide nel suo sguardo sciolse la tensione che aveva addosso dal momento in cui aveva visto John Oglethorpe quella mattina. Tutto, nell'uomo che aveva di fronte, si rivolgeva a un bisogno sepolto nel profondo della sua anima. Il suo senso dell'umorismo, la sua vocazione inarrestabile, il suo cuore.

Il fatto che fosse dannatamente attraente non guastava.

Claire avrebbe disperatamente voluto aggrapparsi e lasciare che il resto del mondo andasse oltre.

"Era una promessa stupida, Eduardo."

Eduardo le portò le mani alla vita e la baciò, un bacio lungo, lento e dolce. Poi la strinse in un abbraccio forte, sollevandola in punta di piedi mentre la baciava vicino all'orecchio.

"Ora sei bloccata con me," disse fra i suoi capelli. "Nessuno ha diritto di darmi del tu a meno che non sia bloccato con me."

"Me lo hai detto tu."

"Sì."

Eduardo la baciò di nuovo. Contro le sue labbra, lei mormorò: "Fa' in modo che ne valga la pena."

CAPITOLO 15

EDUARDO NON CREDEVA alla sua buona sorte.

Strinse Claire a sé mentre lei ricambiava il suo bacio. Aveva rischiato di perderla. Quando era entrata dalla porta, lui non dubitava che avesse pensato a lungo e intensamente riguardo alle conseguenze del procedere con la loro relazione. Sentirle dire le parole *dobbiamo farla finita* gli aveva fatto precipitare lo stomaco.

In quello stesso istante, Eduardo si era reso conto che non c'era nulla che non avrebbe fatto per lei. La conosceva da poche settimane, ma era stato sincero quando le aveva parlato sulla passerella. Era abbastanza vecchio da conoscere i propri sentimenti e il suo modo di pensare. Quella cosa – con lei – era giusta.

Eduardo non intendeva rinunciare a Claire, non se lei ricambiava anche solo in parte i suoi sentimenti. Non se voleva chiudere la relazione per paura, soprattutto se quella paura non aveva nulla a che vedere con quello che stava accadendo fra di loro e tutto a che vedere con persone la cui opinione non aveva importanza.

Discutere non l'avrebbe convinta. Quella donna era una

contrattatrice di professione. Per cui, Eduardo era passato alla sua seconda arma migliore: la piacioneria spinta.

Grazie a Dio[1] aveva funzionato.

Claire si allungò in punta di piedi, afferrandogli la schiena con una mano mentre gli infilava l'altra nei capelli. Ogni nervo del corpo di Eduardo prese vita e sfrigolò. Era trascorso troppo tempo dall'ultima volta in cui si era sentito in quel modo, ma non lo aveva voluto con nessun'altra.

Lo voleva con lei.

Voleva baciarla in quel modo per il resto della notte. Voleva esplorare ogni parte di lei con le mani, la bocca e gli occhi. E voleva le mani di lei su di lui, che lo portavano fino al baratro.

Un sospiro sfuggì a Claire mentre esplorava un punto sotto la mascella di Eduardo. Le sue dita gli sfiorarono lo scalpo e lui udì il suo brusco prendere fiato quando i seni della donna si sollevarono contro il suo petto.

La pressione mandò schegge di desiderio attraverso di lui.

"Ti sei tagliato i capelli."

Contro la clavicola di Claire, Eduardo disse: "Si vede tanto?"

"L'ho notato non appena sono entrata. Ho la pessima abitudine di notare tutto, di te. Sei fin troppo bello."

Le parole *Alla faccia tua, Giovanni* rimbalzarono nella mente di Eduardo, per poi sparire quando la bocca di Claire trovò nuovamente la sua. Eduardo le infilò una mano sotto la schiena della camicetta, per poi allargare le dita sulla pelle calda. Mentre i baci si facevano più intensi e le mani continuavano esplorare, Eduardo sospinse Claire verso la camera da letto. Si fermò a qualche passo dalla soglia, assaporando l'opportunità di vederla dove c'era luce.

Anche lei aveva un aspetto diverso. Poi Eduardo si rese conto del perché e sorrise. C'erano minuscole lentiggini sul suo naso e sui suoi zigomi. "Non sei truccata. Non ti avevo mai vista così."

"Ho messo il mascara."

"Oh."

Si guardarono a vicenda per un lungo istante, ciascuno acutamente consapevole del respiro dell'altro, dei loro corpi premuti l'uno contro l'altro, del calore che condividevano.

Finalmente, lei disse: "Pensavo che sarebbe stato più facile chiudere se avessi avuto un brutto aspetto."

"Non hai un brutto aspetto. Sei bellissima." Eduardo era sincero. Claire era assolutamente magnifica.

"Allora ho fallito."

Eduardo tenne lo sguardo fisso su di lei, poi le sbottonò lentamente il primo bottone della camicetta. "Dovresti fallire più spesso. Fa carattere."

Le labbra di Claire si schiusero mentre lui scendeva, sfilando ciascun bottoncino perlaceo attraverso la sua asola. Dopo aver slacciato tutto, infilò una mano all'interno e premette un lungo bacio sulla sommità di un seno.

"Mi hai mentito," bisbigliò lei. "Avevi detto che non avrei preso fuoco se ti avessi toccato."

Eduardo sollevò la testa, ma non mollò la presa. Il suo cervello si rannuvolò per l'intensità del momento. Come inebriato, disse l'unica parola che gli venne in mente. "Resta."

CLAIRE NON DESIDERAVA altro che sciogliersi in Eduardo diTalora. Lo sfregamento dell'ombra di barba di lui contro la pelle mentre le baciava il collo, il suo profumo speziato e mascolino, la pressione ferma delle sue mani... tutto ciò le faceva venire voglia di restare con lui per sempre, avvolta fra le sue braccia, facendo l'amore fino a quando non sarebbero più riusciti a muoversi per poi ricominciare daccapo. Lo bramava come non aveva mai bramato un altro essere umano in vita sua.

Quello che lui stava facendo con la mano la frastornava al punto che faticava a pensare.

Claire esalò il fiato. "Non posso." Quando Eduardo si irrigidì, lei precisò: "Non tutta la notte. Domani devo alzarmi presto e lo stesso vale per te."

"Non ho mai rimpianto di non potermi dare malato. Ma ora lo rimpiango." Eduardo le spinse la camicetta in basso lungo le spalle, poi la sua lingua e la sua bocca fecero magie sulla clavicola di Claire.

"Qualche ora?" chiese lei.

Eduardo rispose con un bacio profondo e appassionato, pieno di promesse. Lei gli aveva detto di far sì che ne valesse la pena. E così era. Portò le mani al posteriore di Claire e la sollevò, invitandola a circondarlo con le gambe.

"Ti va bene–"

"Sì." Per sottolineare il concetto, Eduardo la strinse più forte e la sollevò, per poi indietreggiare fino a quando non ricaddero sul letto come un unico essere. Nelle profondità della sua mente, il buonsenso le diceva di rallentare, ma lei non poteva. Voleva la sua bocca su quella di Eduardo, il corpo di lui che premeva contro di lei. Gli strattonò la camicia, cercando di sfilarla dai pantaloni. Eduardo le scostò la mano e diede uno strattone al tessuto, per poi slacciare i bottoni e lanciare via la camicia senza togliere la bocca dalla sua. Entrambi afferrarono contemporaneamente l'orlo della canottiera dell'uomo. Un attimo dopo, esso raggiunse la camicia sul pavimento.

Eduardo era molto più muscoloso di quanto lei avesse immaginato, pur sapendo che correva e si allenava spesso. Claire si crogiolò nell'esplorare tutto. Le mani di Eduardo affondarono nei suoi capelli mentre lei trascinava la bocca sul suo petto. Eduardo si tolse le scarpe e lei udì due tonfi in rapida sequenza quando esse caddero a terra.

Claire allargò le mani sui piani dell'addome dell'uomo, meravigliata dalla dedizione che gli richiedeva restare così in forma.

Poi le sue labbra trovarono la cicatrice. Nel buio della stanza, lei non poteva vederla, ma portò le dita al punto in cui si era trovata la sua bocca e ne percorse il bordo sporgente.

"Sto benissimo," bisbigliò l'uomo.

"È stata un'operazione importante."

"*È stata*." La mano di Eduardo coprì quella di Claire. "Hanno riparato il difetto e ora sto meglio di prima. Ogni millimetro del mio cuore è stato mappato e studiato. Ho ancora una lunga vita davanti. Voglio viverla."

Claire baciò la cicatrice e si soffermò lì, immaginando quanto doveva essersi sentito vulnerabile Eduardo nei giorni e nelle settimane prima dell'operazione. Considerata la quantità di persone che lo ammirava e faceva affidamento su di lui, non aveva potuto mostrare apprensione, nemmeno di fronte all'enorme rischio che era mettere la sua vita in mani altrui.

Eduardo le portò le mani al bacino e la fece scorrere lungo il suo corpo in modo che fossero faccia a faccia, fronte a fronte. Le diede un bacio tenero, romantico, quindi le scostò i capelli dal viso. "*Bella donna*[2], fai l'amore con me."

"Non lo faccio da un po'."

"Ottimo."

"Ottimo? È questa la tua risposta?"

"Questo significa che potrei anche riuscire a raggirarti, nel caso tu ti fossi fatta certe aspettative delle mie capacità sulla base del mio titolo."

"Potrei dire lo stesso. Sai… ambasciator non porta pena."

Le mani di Eduardo si spostarono sul posteriore di Claire. "L'ambasciator indossa ancora i pantaloni e le scarpe."

"Allora fai qualcosa."

Le parole le erano a malapena uscite di bocca quando lui la fece rotolare sulla schiena ed esaudì la sua richiesta. Le tolse lentamente il reggiseno e mutandine, scoprendo pian piano ogni curva con la lingua e con le dita fino a quando lei non ebbe le gambe ancorate attorno ai suoi fianchi. Poi, con un rantolo, la penetrò. Le tenne le mani, le dita intrecciate, mentre si muovevano insieme. All'inizio, ciascuno di loro si mosse lentamente, abituandosi all'altra persona, afferrando il momento. Mentre la tensione cresceva e i loro colpi si scaldavano, trovarono il loro ritmo. Claire cominciò ad ansimare e i suoi occhi si chiusero mentre bisbigliava il nome di Eduardo.

Quali che fossero state le sue aspettative, quella cosa andava ben al di là di esse. Ben al di là della sua immaginazione.

Eduardo mormorò qualcosa di indistinguibile in italiano vicino al suo orecchio, poi si spostò e cambiò ritmo. Mentre il corpo di Claire diventava sempre più voglioso, lui le prese il lobo di un orecchio fra i denti. Claire si inarcò verso di lui mentre la sua mente precipitava nell'estasi. Eduardo allungò il passo mentre si tuffava dentro di lei. Qualche istante dopo, le dita dell'uomo si strinsero attorno a quelle di Claire e lui gemette contro la sua tempia.

Claire non ne avrebbe mai avuto abbastanza.

Dopo un lungo, profondo bacio, Eduardo la fece dolcemente voltare su un fianco in modo da appoggiare la testa accanto a quella di lei sul cuscino. Rimasero abbracciati a lungo, i respiri che si mescolavano, le pelli che si raffreddavano lentamente, mentre lui le accarezzava il bacino con fare languido.

Alla fine, Eduardo ricoprì entrambi con le coperte per tenerli al caldo. Claire si spostò per mettersi sopra di lui, le mani piegate sul petto dell'uomo e la guancia appoggiata al dorso delle mani.

"Credo che questo sia il letto più comodo in cui io abbia mai dormito."

La bassa risata di Eduardo vibrò attraverso i palmi delle mani di Claire mentre lui le accarezzava la schiena, dapprima delicatamente, poi esercitando più pressione.

Poi le sue mani si mossero verso il basso e lei lo sentì riprendere lentamente vita.

"Cosa stavi dicendo riguardo alle aspettative?" chiese lei.

"Non ne ho idea. Quali che fossero… Beh." Eduardo esalò il

fiato, quindi la sollevò per baciarla sulla bocca. "Credo che ce la stiamo cavando benissimo."

* * *

CLAIRE si stava addormentando e non voleva farlo. Doveva andarsene, ma voleva concedersi ancora qualche minuto.

Avevano fatto l'amore una seconda volta, dopodiché Eduardo si era appoggiato la sua testa alla spalla e aveva detto: "Possiamo concordare che continueremo a vederci? Con tale premessa – che siamo sulla stessa barca – potremo capire come gestire le variabili esterne."

Lei aveva sorriso nell'incavo del collo dell'uomo, per poi tracciare un percorso lungo il suo braccio con le punte delle dita. "Sono d'accordo."

Dirlo le diede un senso di tranquillità che lei non provava da tempo. Qualunque cosa li attendesse nei giorni a venire, lei ed Eduardo l'avrebbero affrontata insieme.

Claire sospirò contro il petto di Eduardo, quindi lasciò che le sue dita si muovessero lungo il fianco. Adorava la sensazione della pelle dell'uomo, gli incavi e le curve dei suoi muscoli, il modo in cui reagiva al tocco di Claire. Ma sapeva che ulteriori esplorazioni avrebbero dovuto aspettare.

Un telefono squillò vicino alle loro teste, spaventandoli entrambi. Eduardo borbottò un'imprecazione, quindi rotolò per protendersi verso il comodino. "Solo il centralino del palazzo è collegato a questa linea."

"Nessun problema."

Lei gli diede un bacio sulla nuca mentre lui afferrava la cornetta e se la portava all'orecchio. Scivolò fuori dal letto e attraversò il pavimento alla ricerca dei suoi vestiti nella stanza buia. Eduardo disse alcune rapide parole in italiano, ma perlopiù ascoltò. Lei era quasi vestita quando lui mise giù.

"Immagino che tu abbia sentito."

Claire si interruppe nell'atto di chiudere la cerniera dei pantaloni. "No. Perché?"

Riusciva a distinguere vagamente la sagoma di Eduardo nella luce fioca proveniente dalla sala grande. L'uomo la indicò gesticolando. "Ti stai vestendo."

Claire si sedette vicino ai piedi dell'uomo e scrollò la camicetta, cercando di capire quale fosse il lato esterno. "Mi stavo chiedendo quanto a lungo avrei potuto fermarmi senza addormentarmi quando è squillato il telefono. Il mio è nell'altra stanza… Cos'è successo? C'è una qualche emergenza?"

"No. Non in quel senso." Claire finì di abbottonarsi la camicetta ed Eduardo sollevò i piedi oltre il bordo del letto in modo da sedersi accanto a lei. Le scostò i capelli dal viso. "Ci sono giornalisti accampati di fronte a tutti gli ingressi. Sergio e Zeno stanno arrivando. A quanto pare, qualcuno ha visto te e Miroslav entrare a palazzo e ha informato la stampa."

Claire si sentì sbiancare.

"Va tutto bene," la rassicurò lui. "Ho detto loro di farci guadagnare dieci minuti. Mi vestirò e ti riaccompagneremo alla tua residenza. Ci sono dei corridoi che pochissimi membri del personale conoscono, anche se sono certo che non sia stato il personale a diffondere l'informazione. Qualche ora fa, Nick e Isabella hanno dato un ricevimento in giardino. Uno qualunque degli ospiti che passeggiava lungo i sentieri potrebbe averti visto in auto con Miroslav quando siete entrati dall'ingresso posteriore."

"È possibile," ammise Claire. Aveva notato una lunga fila di auto scure parcheggiate lungo la Strada il Reggimento, che correva adiacente al palazzo. Gli autisti chiacchieravano e fumavano sigarette fra i veicoli. Era possibile che uno di loro l'avesse riconosciuta mentre attendeva che il suo cliente lasciasse il palazzo. In qualunque caso, era stata sciocca a sporgersi sul sedile per guardare il palazzo mentre lei e Miroslav si avvicinavano.

"Miroslav, o un altro addetto alla sicurezza, ti porterà a casa sana e salva," promise Eduardo. "Se dovesse esserci un problema, Sergio e Zeno lo risolveranno."

Eduardo si vestì mentre lei si infilava le scarpe. Erano entrambi nella sala grande, seduti su uno dei grandi divani, quando bussarono alla porta ed entrò Miroslav, seguito da Sergio, Zeno e Luisa.

Eduardo guardò stupito la sua assistente. "Luisa, non era necessario che venisse anche lei."

"Ho visto passare i furgoni della televisione e ho chiamato l'ufficio della sicurezza per vedere cosa stava succedendo. Ho pensato che avreste potuto avere bisogno del mio aiuto."

"È venuta con la sua Renault," disse Miroslav a Eduardo. "Attirerà meno l'attenzione di una delle auto di palazzo. Gli inservienti stanno per andarsene; Luisa potrà accompagnare l'ambasciatrice nello stesso momento."

"Grazie, Luisa. Sei molto generosa," disse Claire.

"Lo faccio con piacere, signora ambasciatrice."

Claire guardò Miroslav. "Dovrò stare bassa sul sedile posteriore?"

Eduardo le appoggiò una mano sul ginocchio, attirando la sua attenzione. "Non deve nascondersi, se non vuole. La decisione spetta a lei. Che la vedano o meno, la vedranno comunque con me in futuro. Il palazzo non dirà altro che 'non rilasciamo mai dichiarazioni sulla vita privata del re.'"

Zeno spostò il peso del corpo, mostrando un certo disagio. "Dubito che funzionerà, Vostra Altezza."

"Lo faccia funzionare. Nessun commento, tranne che abbiamo un profondo rispetto per l'ambasciatrice."

Eduardo si rivolse a Claire. "Mercoledì devo partire per la Danimarca. Tornerò nel tardo giovedì. È libera quella sera?"

Luisa si schiarì la voce. "Vostra Altezza, quella sera ospiterete i membri del Comitato Paraolimpico Internazionale e un gruppo di atleti paraolimpici sanriminesi."

"Venerdì?"

"Venerdì siete libero dopo le otto."

Claire sorrise. "Devo verificare, ma credo di essere libera venerdì sera."

"Guarderemo un film a casa mia."

"Avete dei popcorn?"

"In caso contrario, credo di avere le risorse per procurarmeli."

"Siamo d'accordo."

CAPITOLO 16

NELLE QUATTRO SETTIMANE seguite alla visita notturna di Claire alla Rocca e al suo tentativo favolosamente fallimentare di concludere la loro relazione, avevano fatto quattro tentativi falliti di vedere *La mia Africa*.

Dopo i tentativi numero due, tre e quattro, Eduardo si era sentito in obbligo di precisare che il primo fallimento era stato colpa di Claire.

L'appuntamento originale, il venerdì sera dopo che avevano fatto l'amore per la prima volta, era stato rinviato quando un importante affarista americano era stato arrestato e Claire era stata costretta a rimanere in ufficio fino a tardi. Gli appuntamenti numero due e tre erano stati cancellati quando una cena di Eduardo si era protratta più a lungo del previsto, anche se erano riusciti a incontrarsi per appuntamenti più brevi tanto al palazzo quanto alla residenza di Claire. Avevano badato a evitare i media e i loro sforzi avevano contenuto le speculazioni riguardo alla loro relazione, sepolte in fondo ai servizi. Aveva contribuito il fatto che la sorella di Aletta, Helena Masciaretti, era stata fotografata mentre camminava mano nella mano con un noto attore scozzese di dieci anni più giovane di lei, deviando l'attenzione tanto degli appassionati di reali quanto dei tabloid.

Per una volta, Eduardo era più che felice di lasciare i riflettori a Helena. La quarta serata film era andata a quel paese quando Arturo e Paolo, i figli del principe Federico, avevano contratto entrambi la faringite. Prima che venisse diagnosticata loro la malattia, avevano trascorso il pomeriggio nell'appartamento di Eduardo, raggomitolati sul divano a guardare la televisione, e lui aveva voluto lasciar passare un giorno per assicurarsi che la stanza venisse sanificata e che nessun altro membro della famiglia fosse malato.

Il quinto tentativo era organizzato per un sabato a palazzo.

"Questa volta non ci interromperanno," promise Eduardo a Claire durante una cena alla trattoria Safina, un ristorantino in via Vespri, a un isolato di distanza dalla Strada il Teatro. Erano arrivati venerdì sera sul tardi, dopo che la maggior parte dei turisti aveva lasciato la zona per tornare in albergo e restavano solo pochi abitanti del posto. Due giornalisti avevano visto Claire entrare nel ristorante e si erano posizionati dall'altra parte della strada, ma le persiane della trattoria erano sistemate in maniera tale che gli uomini non potessero riconoscere il suo commensale. Per il resto, Claire ed Eduardo godevano di pace e tranquillità. Basia, la giovane donna che stava alla cassa della trattoria, osservava la strada con occhio d'aquila. Era il genere di persona che poteva spaventare un culturista professionista con una sola occhiata, nonostante la stazza ridotta e i capelli coloratissimi.

Di fronte a ravioli ripieni di funghi e pane fresco intinto nell'olio d'oliva alle erbe, parlarono prima del lavoro e poi della famiglia. I nipoti di Eduardo si erano ripresi dalla faringite e quel pomeriggio avevano corso per il giardino di palazzo.

"Domani sera, potremo cenare presto alla Rocca," disse Eduardo. "Se per te va bene, Amanda e Marco potrebbero raggiungerci. So che li hai conosciuti alla cerimonia delle credenziali, ma vorrei che loro conoscessero te. Non rimarrebbero fino a tardi, per cui dopo potremo guardare il film."

Claire bevve un lungo, godurioso sorso del suo vino e guardò Eduardo da sopra l'orlo del bicchiere. Quando finalmente lo posò, disse: "Mi piacerebbe moltissimo trascorrere del tempo con Amanda e Marco, ma devo avvisarti: non vorrò i popcorn dopo la cena. E per guardare un film ci vogliono i popcorn."

"Vuoi già rimandare? Per dei popcorn?" Eduardo rivolse a Claire un'occhiata nefasta, ma lei rise.

"No. Ma non aspettarti che mangi molto a cena, anche se sarà Samuel a cucinare. Non mangiare i suoi manicaretti richiederà una forza di volontà devastante. Voglio che quel sacrificio venga riconosciuto e ricompensato."

"Ne prendo nota." Eduardo fece una smorfia. "Ma non lo farò di fronte a Samuel."

"Non sai quanto sei fortunato ad averlo."

"Lo so. Ma se dovessi ammetterlo di fronte a lui, calcherebbe la mano sulla farinata d'avena. Non credo che potrei sopravvivere."

Claire sorrise e gli disse di godersi i ravioli.

La sera dopo, Fabiano lasciò Claire alla Rocca proprio mentre Marco e Amanda entravano dall'ingresso posteriore. Sebbene Claire avesse conosciuto Amanda la sera in cui aveva presentato le sue credenziali e avesse avuto l'occasione di incontrare brevemente il principe Marco quella sera, non vedeva la coppia da allora. Claire non sapeva esattamente cosa aspettarsi, in particolare dal principe Marco, ma entrambi la accolsero calorosamente. Salirono insieme le scale fino all'appartamento di re Eduardo. Marco digitò il codice. Mentre entravano nel vestibolo, udirono delle voci provenienti dalla sala grande.

Quando entrarono, videro Samuel Barden in piedi accanto al re vicino alla tavola. Entrambi gli uomini davano le spalle alla porta. Samuel teneva una mano sul fianco mentre gesticolava verso un basso centrotavola floreale e diceva qualcosa riguardo all'utilizzare invece una composizione presa dalla sala da pranzo di famiglia.

"Non è abbastanza romantica," rispose Eduardo. "Non se si tratta della composizione arancione e gialla che c'era questa mattina a colazione."

Amanda, Marco e Claire si scambiarono un'occhiata.

"Ha qualcosa di rosa? Credo che a Claire piaccia il rosa."

"Il rosa mi piace," disse lei mentre si muoveva verso di loro, stupendo Eduardo e Samuel. "Ma quello che c'è già sul tavolo è bellissimo. Lasciamolo così." A Samuel disse: "Grazie. È splendido come sempre."

Eduardo diede una lunga occhiata al tavolo, ma il suo disappunto era palese.

Samuel disse: "La cena sarà pronta fra mezz'ora, se va bene. Ho lasciato vino e acqua frizzante sul bancone."

Una volta che il cuoco se ne fu andato, Marco e Amanda andarono a prendere da bere e Claire diede un bacetto sulla guancia a Eduardo. Vicino all'orecchio del re, mormorò: "Non è abbastanza romantico? Che cosa dolce."

"È da settimane che proviamo a organizzare la serata cinema. Volevo che fosse perfetta."

"Siamo tutti e due qui. Non ci serve altro."

Per le due ore successive, si godettero una cena e una conversazione deliziosa. A un certo punto, Eduardo attraversò la stanza per prendere una ciotola dal bancone. Quando la mise di fronte a Claire, lei rise così forte che faticò a parlare.

"Olive Banduzzi," annunciò Eduardo.

"E in che modo sarebbero divertenti?" chiese Amanda.

"In occasione della nostra prima cena qui alla residenza – una cena di lavoro, tengo a precisare – ho chiesto a Samuel di lasciarne un po' sul bancone in modo che Claire potesse provarle. Avevo spedito un olivo Banduzzi all'ambasciata come dono di benvenuto, assieme all'invito a cena, e avevo promesso di servirle."

Marco guardò suo padre. "Cos'è successo?"

"Ho faticato a non fissarla quando è entrata nella residenza. Sono riuscito a preparare dei Negroni decenti e a fare un discorso comprensibile riguardo alle iniziative sulle politiche, ma mi sono completamente dimenticato delle olive."

"Lo ha distratto," disse Amanda. "Capita di rado."

Il sorriso che Marco rivolse al padre fece sentire Claire ancora una volta bene accetta.

Avevano appena finito il dessert quando Amanda menzionò a Claire che suo padre, ex-ambasciatore in Italia, aveva seguito la carriera di Claire. "Tutte le primavere, tiene un corso presso la American University, per cui si tiene aggiornato su molte delle iniziative delle ambasciate in tutto il mondo. Mi ha raccontato di essere rimasto molto colpito da alcuni dei programmi su cui lei ha lavorato durante il suo mandato in Uganda."

Claire si aspettava che Amanda menzionasse il programma scolastico, ma invece, era un programma di assistenza sanitaria materna ad aver attirato il suo interesse. "Sapevo che in alcuni contesti l'accesso all'assistenza sanitaria materna è carente, ma non avevo idea che l'incidenza delle fistole ostetriche fosse così elevata. È orribile sapere che così tante donne – alcune delle quali persino adolescenti – subiscono lesioni così devastanti dal parto e sono costrette a cavarsela da sole."

Claire annuì. "'Orribile' è il termine perfetto. Per fortuna, ci sono delle organizzazioni meravigliose che lavorano in Uganda per informare la gente del problema e della necessità di cure preventive. Inoltre, reclutano medici che eseguono operazioni a costo contenuto o zero, in modo che le donne colpite possano vivere vite più normali. Il loro operato mi dà speranza."

Rivolgendosi a Eduardo, spiegò: "Il nostro ruolo come ambasciata consisteva nel facilitare il reclutamento di educatori alla salute e chirurghi dagli Stati Uniti."

Eduardo non aveva sentito menzionare quel problema, ma Amanda disse che si era informata dopo aver parlato con suo padre. "Ci sono diversi operatori sanitari sanriminesi che hanno offerto il loro tempo e la loro esperienza. Alcuni in Uganda, altri in Burkina Faso e in Kenya."

Eduardo raddrizzò la schiena e osservò con ammirazione la nuora. Claire si rese conto che fra i due era cresciuto un forte rispetto negli anni trascorsi da quando Amanda aveva conosciuto e sposato Marco. "Dovremmo fare di più per aiutarli. Una volta che il progetto per la Strada il Teatro sarà concluso, potresti ricordarmi questa conversazione?"

"Potrei essere un po' troppo impegnata con mia figlia, ma me lo appunterò. Se non me lo ricorderò io, potrebbe pensarci Claire."

Claire non mancò di notare che il suggerimento di Amanda dava per scontato che lei sarebbe rimasta a lungo termine. Annuii e disse: "Certo. Ho conosciuto diverse pazienti con fistole in una clinica durante il mio primo anno in Uganda. Non è un'esperienza che dimenticherò mai."

Poco dopo si spostarono sui divani e Claire accennò di aver avuto l'opportunità di conoscere Giovanni Sozzani, il più caro amico del re, quando questi li aveva ospitati a pranzo due settimane prima.

"Ha provato a convertirla al lato oscuro?" chiese Marco.

Quando Claire aggrottò la fronte, Amanda disse: "È il modo in cui il re chiama il ciclismo. Lui è un podista, mentre Giovanni è un ciclista appassionato. Discutono continuamente dei meriti di uno sport rispetto all'altro."

"In effetti, abbiamo parlato di ciclismo," disse Claire. "La cittadina in cui sono cresciuta attira molti ciclisti in estate. Abbiamo parlato del new Mexico e del Colorado, e degli eventi ciclistici che si tengono laggiù. Ma lui non ha cercato di convertirmi."

"L'ho ammonito," disse Eduardo. "Claire si rifiuta di correre. Non ho idea del perché, ma posso accettarlo. Ma se Claire cominciasse ad andare in bicicletta, non saprei come comportarmi."

"Gli ho detto che frequentare un corso di spinning non conta," osservò Claire. "Ma preferisco l'escursionismo."

Amanda concordò e disse che lei e Marco avevano cercato di mettere in programma un po' di escursionismo in più durante il fine settimana, in modo che lei potesse continuare a fare movimento durante la gravidanza. "Poter trascorrere quel tempo all'aperto è l'unica cosa che mi impedisce di essere esausta. Ricarica le batterie."

"E questo," disse Marco, "significa che è giunto per noi il momento di andarcene. Si sta facendo tardi e mia moglie e la bambina hanno bisogno di dormire."

"La bambina può dormire che io lo faccia o meno."

Marco fece spallucce e si alzò, ma l'occhiata furtiva che lanciò ad Amanda rese evidente che desiderava semplicemente restare da solo con sua moglie.

Una volta che i due se ne furono andati, Eduardo chiese a Claire se fosse ancora abbastanza sveglia per il film.

"Per quel film? Sempre."

Eduardo si recò verso il tavolino da caffè in cerca del telecomando. "Tu gli piaci, sai?"

"A chi? A Marco?"

"Sì." Eduardo trovò il telecomando, poi le sorrise. "Era molto legato a sua madre ed è sempre stato molto protettivo dell'eredità di lei. Ma non solo tu gli piaci: gli piace che io stia con te. Me lo ha detto questa mattina, quando abbiamo deciso l'orario della cena. Ha detto che, negli ultimi tempi, sono al meglio di me."

Claire si sentì le lacrime agli occhi. Ricordava ancora

quando aveva guardato in televisione il funerale della defunta regina. L'espressione sofferente sui volti della famiglia di lei aveva detto molto, soprattutto quella di Marco. Sorrise a Eduardo in mezzo a un'ondata di emozione improvvisa. "Grazie per avermelo detto."

"Pensavo che avresti dovuto saperlo." Eduardo le rivolse un sorriso lungo e sentito, poi si voltò verso la parete di fondo e premette un pulsante sul telecomando, rivelando un televisore nascosto dietro un quadro. Mentre il quadro scorreva di lato, ammise: "Non ho spesso l'opportunità di guardare la televisione. Arturo e Paolo mi hanno assicurato che posso proiettare qui il film e mi hanno mostrato come trovarlo nel menù."

Claire si mise alle spalle di Eduardo e gli circondò la vita con le braccia mentre lui premeva il pulsante di accensione. "Adoro che i tuoi nipoti ti insegnino cose sul tuo appartamento."

"Sono fin troppo intelligenti. Federico deve impegnarsi per tenere il loro passo."

Claire stampò un bacio sulla nuca di Eduardo, poi si offrì di riempirgli il bicchiere d'acqua. Mentre si incamminava verso il bar, disse: "So cosa ho detto riguardo ai popcorn, ma posso guardare il film anche senza. La cena era troppo allettante perché mi tenessi uno spazietto."

Eduardo emise un suono di assenso, ma non parlò. Quando Claire voltò le spalle al bar, con il bicchiere d'acqua in mano, il re aveva lo sguardo fisso sul televisore. Sollevò la mano e premette un pulsante sul telecomando per cambiare canale, ma non prima che Claire avesse visto il suo volto sullo schermo e udito la giornalista usare le parole "il suo passato."

"Torna indietro."

Eduardo la guardò con la preoccupazione negli occhi, poi premette un pulsante. Lo schermo mostrava una vecchia foto sfocata di Claire con il suo ex-marito.

"Ma insomma," borbottò lei. "Qui si cade nel ridicolo. Lui è tutto quello che sono riusciti a riesumare su di me? Ci manca solo che tirino fuori la foto del mio ultimo giorno di seconda media. Avevo un taglio di capelli spaventosamente asimmetrico."

"Sai come funziona," disse Eduardo. "Non hanno nulla di nuovo da trasmettere, per cui vanno alla ricerca di vecchie informazioni da far sembrare nuove e affascinanti."

"Immagino."

Per oltre una settimana, lei ed Eduardo avevano tenuto a bada i media. Avevano concordato di non rilasciare dichiarazioni, per il momento, e di continuare a vivere le loro vite, essendo giunti alla conclusione che quello era l'unico modo per godersi il tempo insieme e imparare a conoscersi davvero.

La nuova relazione di alto profilo di Helena Masciaretti aveva lasciato loro lo spazio di manovra necessario. Qualcuno aveva fotografato Claire che entrava e usciva dalla Rocca ed era persino capitato che qualcuno scattasse foto di loro due che passeggiavano per il giardino del palazzo con il grandangolo, dopo essersi arrampicato sopra la tettoia di una fermata degli autobus della Strada il Reggimento. In tutti i casi, Zeno Amendola e John Oglethorpe avevano riferito ai giornalisti che non avevano commenti da fare riguardo alla vita privata dei loro superiori. Avendo ben poco a disposizione, la stampa – per la maggior parte – aveva optato per altre storie.

Quel servizio, tuttavia, aveva un che di diverso. L'annunciatrice fece notare che Claire era stata sposata per due anni, quando ne aveva poco più di venti. La voce della donna prometteva uno scandalo.

E mantenne la promessa. Sullo schermo apparve una foto dell'ex di Claire, all'apparenza scattata di recente. Una voce che suonava preregistrata disse: "Questo è David Arnold Smith oggi." L'immagine si allargò a rivelare che l'uomo reggeva sotto il viso un cartello con il proprio nome.

Un'imprecazione attraversò la mente di Claire quando la voce proseguì: "Ieri sera, Smith è stato condotto nella prigione della contea di Santa Clara a San Jose, California, con l'accusa di ubriachezza molesta dopo aver lasciato uno strip club. Un amico ha rilasciato una dichiarazione anonima ai nostri corrispondenti. Questo amico ci ha detto che Smith non è un frequentatore abituale dello strip club, ma si è recato laggiù perché lui e i suoi amici non avevano avuto modo di visitare il consueto bar."

L'inquadratura passò alla nuca parzialmente sfocata di un uomo che parlava con un giornalista in un parcheggio. Alle spalle del giornalista, si intravedeva il bordo inferiore di un'insegna lampeggiante al neon. "Sì, David è una brava persona. Davvero una brava persona. Ma lo perseguitano per via della sua ex-moglie. È assurdo. Non può nemmeno uscire a bere qualcosa con i suoi amici senza essere molestato, tutto a causa di una donna che lo ha tradito. Ora si è risposato e ha voltato pagina."

Le ultime due parole erano state pronunciate a voce più alta e biascicata.

L'immagine tornò alla foto segnaletica e la voce originale proseguì: "David Arnold Smith era già conosciuto alle forze dell'ordine, sempre per ubriachezza molesta. Tuttavia, il suo ultimo arresto risaliva a quasi cinque anni fa. Sembrerebbe che l'uomo incolpi Claire Peyton per quest'ultimo incidente. Abbiamo contattato l'ufficio dell'ambasciatrice per chiedere una dichiarazione, ma la nostra richiesta non ha avuto riscontro."

"Scommetto che fra un attimo mi squillerà il telefono." Claire si portò una mano alla fronte. "È ridicolo. Non lo vedo da più di vent'anni. Non avevo idea che vivesse in California. E ti assicuro che *non* l'ho tradito."

Eduardo tolse il sonoro, quindi le passò un braccio attorno alla vita e la avvicinò al suo fianco. "Mi dispiace, Claire."

"Era una rete americana, vero? Questo significa che i miei genitori vedranno quel servizio. È l'ultima cosa di cui hanno bisogno. Mio marito li ha trattati molto male."

"Se saremo fortunati, lo ignoreranno. Ti conoscono."

Claire gli lanciò un'occhiata di sbieco. "Tu mi credi."

"Non dubitarne mai."

"Grazie."

Eduardo posò il telecomando sul tavolino da caffè e la incoraggiò a sedersi accanto a lui sul divano. "Ti andrebbe di riassumermi la tua versione dei fatti? Ti parlerei anch'io del mio matrimonio, ma ci hanno scritto dei libri. Se non sei stufa di sentirne parlare, dovresti."

Claire rise della battuta. Eduardo sapeva metterla a suo agio, anche in circostanze poco ideali. "Il riassunto è che sposare David è stato un grandissimo errore. Ci siamo conosciuti al college. Lui ci provava con me, mi spediva dei fiori, diceva tutte le cose giuste. Adorava che io lavorassi sodo e che avessi delle ambizioni, perché lo stesso valeva per lui, almeno all'inizio. Ma non ci conoscevamo abbastanza per sposarci. Sapevo che nel fine settimana gli piaceva andare al bar con gli amici per guardare lo sport, ma non avevo idea di quanto bevesse o che non lo facesse solo nei fine settimana. Non prima che ci sposassimo e andassimo a vivere insieme. Continuavo a trovare bottiglie vuote in fondo al cestino della spazzatura e nascoste fra i sedili della sua auto. Io avevo degli orari terribili e lui aveva successo nel suo lavoro, il che gli rendeva più facile nascondere l'alcolismo. Quando l'ho affrontato, lui ha mentito. Poi ha sostenuto che non c'erano problemi e che io gli stavo rompendo l'anima. Mi fece un lungo discorso in cui diceva che aveva bisogno di sfogarsi perché il lavoro lo stressava e che si stava semplicemente abituando a lavorare a tempo pieno e al matrimonio."

Claire trasse un respiro profondo. Detestava rivangare il passato, ma non voleva che influenzasse il suo futuro. "Comunque, gli dissi che avremmo chiuso se lui non avesse cercato aiuto, e lui accettò. Un pomeriggio, trovai lo scontrino di un distributore sotto la tettoia dell'auto. La stazione di servizio era dall'altra parte della città e l'orario era quello in cui avrebbe dovuto essere dallo psicoterapeuta. È stato così che ho scoperto che andava a letto con una sua ex. Lei viveva in un palazzo di fronte alla stazione di servizio. Lui confessò tutto quando gli mostrai lo scontrino e disse che non sarebbe successo se non lo avessi tormentato così tanto riguardo a un problema che non aveva. Me ne andai il mattino dopo e chiesi il divorzio non appena trovai un avvocato. Siamo stati legalmente sposati per due anni, ma abbiamo convissuto solo per sei mesi."

Eduardo scosse la testa. Non c'era bisogno che lui dicesse nulla. Claire capì dalla sua espressione che l'uomo comprendeva quanto era stata stressante quella fase della sua vita e che non la giudicava.

"Che cosa ha fatto quell'uomo ai tuoi genitori?"

"Ha cominciato a chiamarli continuamente dal giorno in cui me ne sono andata. Ha detto loro che gli avevo rubato del denaro e che spettava a loro risarcirlo. Io non avevo fatto nulla del genere, naturalmente, e loro lo sapevano. Smisero di rispondere al telefono, per cui mio marito mandò un suo amico a casa loro, in New Mexico, a chiedere il denaro. Quando loro rifiutarono, quell'uomo se ne andò, ma vedere qualcuno presentarsi alla loro porta li spaventò. Ottenni un'ordinanza restrittiva contro David e i miei genitori fecero lo stesso. Per fortuna, lui si arrese e noi non avemmo più sue notizie. Non si presentò nemmeno all'udienza di divorzio." Claire infilò una gamba sotto il corpo e si voltò sul divano in modo da fronteggiare Eduardo. "In seguito, per un po' mi sono sentita in colpa. Detestavo che il mio errore avesse recato danno ai miei genitori. Nel profondo di me, avevo sempre pensato che il matrimonio durasse per sempre. Sapevo di aver preso la decisione giusta andandomene, ma lo vedevo comunque come un fallimento personale. D'altra parte, l'esperienza mi rese al tempo stesso più cauta e più perspicace. A un certo punto, ho deciso che, se il peggior errore della mia vita era un matrimonio fallito da cui ero uscita relativamente illesa, non ero messa poi così male."

Eduardo le posò una mano sul ginocchio. "La storia si sgonfierà. Se il divorzio fosse recente o se il tuo ex-marito avesse avuto un minimo di credibilità, sarebbe diverso. Ma è palese che lui ha fatto delle scelte sbagliate e sta cercando qualcuno da incolpare. La tua visibilità ti rende un bersaglio facile."

"Lo stesso vale per te. È questo che mi preoccupa."

"È tutto a posto. Ho superato di molto peggio." Eduardo le diede una strizzatina al ginocchio, poi fece scivolare la mano più in alto prima di sporgersi per un bacio. "Dato che il tuo telefono tace, diamo per scontato che il tuo personale pensi che sia tutto a posto anche per te. Guardiamo un film. Se anche quel servizio dovesse avere delle conseguenze, le affronteremo insieme."

Claire sospirò. "Sai che non sarà l'ultima volta. Emergeranno delle altre storie. Qualche ex-dipendente di un'ambasciata dove ho lavorato all'inizio della mia carriera dirà che l'ho trattato male durante una cena. Un cittadino che ha avuto problemi a ottenere un visto dirà a un giornalista che sono stata incompetente e gli ho fatto perdere un affare. Alcune delle accuse potrebbero anche essere vere."

"Tu non sei incompetente."

"Sai cosa intendo, Eduardo. Ogni piccola cosa, persino eventi che non riesco a ricordare, può diventare un'arma."

"Direi che è un bene che tu abbia un cavaliere in armatura scintillante a difenderti, ma non sei certo una damigella in pericolo. Invece, mi limiterò a osservare che puoi stare certa che io ti presterò orecchio e ti guarderò le spalle quando avrai bisogno di me."

"Sai, sei un discreto diplomatico."

"È una lode molto grande, detta da te."

Claire lo baciò, poi disse: "Guardiamo un film."

CAPITOLO 17

EDUARDO STAVA ancora scorrendo il menù della televisione quando il telefono di Claire squillò. Avevano trascorso dieci minuti buoni nel tentativo di trovare *La mia Africa*, ma la funzione di ricerca continuava a bloccarsi ed Eduardo doveva ricominciare ogni volta da capo.

La donna guardò il telefono. "È l'ambasciata."

"Usa pure il mio studio privato."

"No, è sicuramente John Oglethorpe. Me la sbrigherò subito." Claire gesticolò verso lo schermo. "Vivi in un palazzo con accesso a un milione di canali. Il film deve pur essere disponibile da qualche parte. Ha vinto l'Oscar come miglior film."

Eduardo continuò a cercare mentre Claire rispondeva. Nonostante fossero a un braccio di distanza, lui udì la voce all'altro capo della linea dire: "Signora ambasciatrice, ho il Presidente in linea. Può aspettare?"

Claire si irrigidì. Eduardo gesticolò verso il suo studio. La donna andò laggiù, ma non chiuse la porta. Eduardo continuò a leggere l'infinito elenco di film disponibili, ma riuscì a sentire abbastanza della conversazione da capire che Claire stava giocando sulla difensiva. Sì, aveva visto il servizio. Non vedeva

David Smith da oltre vent'anni e quell'informazione era inclusa nel suo SF-86, che Eduardo dedusse essere un qualche genere di modulo contenente informazioni sensibili. Poi la donna tacque per un momento. Seguirono un "Sì, signor Presidente," e alcune parole di ringraziamento. Un attimo dopo, Claire disse: "No, non c'è nulla di cui preoccuparsi. Se lui fosse un parlamentare, sarebbe diverso, ma in questo caso, ci sono molte meno potenzialità per un conflitto di interesse. E io sono consapevole dei problemi, così come lui." Un'altra pausa; poi, in tono più positivo: "Ci sono stati buoni progressi. Ne ho due in tasca e un terzo all'amo. È solo questione di portarlo a riva. Ho una telefonata programmata con la quarta mercoledì. Lei sarà la più difficile, ma ho un buon personale, che ha preparato argomentazioni persuasive. Sono sicura che riuscirò a ottenere un incontro faccia a faccia." Un'altra pausa. Poi, Claire disse: "È importante anche per me. La ringrazio, signor Presidente. La terrò aggiornata. Si goda il resto del fine settimana."

Claire tornò nella stanza, per poi appoggiarsi contro la parete accanto all'ingresso dello studio.

"Conversazione piacevole?" chiese Eduardo, senza nascondere il sarcasmo.

Claire rise. "Sarebbe potuta andare molto peggio."

"Riguardava David Smith?"

"La scusa era quella. Ma ho il sospetto che il Presidente mi tenesse d'occhio da un po'. David gli ha dato una scusa per verificare."

"A causa mia?"

Claire fece una scrollata di spalle. "Non è in carica da molto tempo. L'ultima cosa che desidera è l'ombra di uno scandalo. Gli ho assicurato che stiamo attenti a evitare qualunque cosa possa essere interpretata come un conflitto di interessi. Credo di essere riuscita a placare le sue preoccupazioni, almeno per il momento. Il fatto che ciascuno di noi aveva buone notizie sull'iniziativa scolastica ha contribuito."

Era la parte della telefonata che aveva suscitato la curiosità di Eduardo. "Raccontami tutto."

Claire si staccò dal muro e annuì mentre si avvicinava al divano. "Il Presidente ha parlato ieri con il nuovo ambasciatore in Uganda. La Polonia offrirà sostegno finanziario e insegnanti al programma. Sembrerebbe che la Lettonia sia incline a un impegno simile. Gli ho detto che ho buone possibilità di convincere San Rimini. Questo mi ha permesso di chiudere la telefonata con una nota positiva."

"Credi davvero che riuscirai a ottenere il sostegno?"

La donna gesticolò verso il telecomando. "Da' qua. Ci provo io."

Mentre cambiava schermata, Claire disse: "Ho già Barrata e Galli con certezza. Luciano Festa vacilla, ma Mark Rosenburg lo incontrerà questa settimana. Mark è bravo. Convincerà Festa."

"E Selvaggi?"

"Ci sto ancora lavorando. A proposito, conosci una certa Ana Maria Marotti?"

"La conosco di nome, ma non l'ho mai incontrata. È nuova in Parlamento."

"Mark ha raccomandato di ottenere anche il suo sostegno. È giovane e ha una laurea in scienze dell'educazione. Marotti è favorevole. Quando tu presenterai quella proposta di legge, lei sarà la persona ideale per rivolgersi alla generazione di insegnanti che vogliamo coinvolgere più di tutti."

"Sei così sicura che otterrai il voto di Selvaggi?"

Claire sorrise e si appoggiò a lui. "Diciamo che sono ottimista. Tuttavia, devo lamentarmi riguardo alla tua selezione di film. Guarda qui."

Un poster che mostrava Meryl Streep e Robert Redford seduti su una collina erbosa occupava la parte sinistra dello schermo. Sulla destra, una nota diceva che il film era momentaneamente non disponibile.

"Alla faccia del re onnipotente," lo prese in giro lei.

"Non ho mai detto di essere onnipotente. Tu mi confondi con *Il Mago di Oz*."

"Sei molto più sexy del Mago."

"Lo spero bene." Eduardo strinse Claire a sé, poi la baciò sulla testa. Il pensiero *non c'è posto più bello di casa* gli svolazzò per il cervello. Claire lo faceva sentire a casa.

"Vuoi guardarlo?" chiese la donna, sollevando il telecomando e scorrendo fino a trovare *Il Mago di Oz*. "Non lo guardo da anni. Troveremo un modo per guardare *La mia Africa*. Presto."

Lui la strinse più forte e disse: "Seguiamo la strada di mattoni gialli."

LUNEDÌ MATTINA, Luisa lo aspettava in fondo alle scale, come sempre. E come sempre, porse a Eduardo il programma della settimana mentre camminavano dall'ala residenziale all'ufficio del re.

Prima che la sua assistente potesse chiedergli come era andato l'allenamento, Eduardo disse: "Ho una domanda per lei, Luisa."

La donna inarcò un sopracciglio.

"Perché non riesco a vedere *La mia Africa* nel televisore del mio appartamento? Può chiamare qualcuno?"

"Verificherò e vi farò sapere, Vostra Altezza. Sono sicura che un modo ci sia. Credo che quel film abbia vinto un Oscar come miglior film."

"Infatti, e gliene sarei grato. Ora, per rispondere alla domanda che so che muore dalla voglia di fare, il tema della giornata erano gli scatti."

L'espressione di Luisa si fece sbalordita. "Vi ha fatto correre? Dovreste essere di buon umore, allora."

"Assolutamente no. Vedi, io sono più per la resistenza. Per il lungo periodo. Non sono uno scattista. Preferisco decisamente correre a passo costante per un'ora che scattare al massimo della velocità per venti minuti."

Oltrepassarono una serie di finestre che davano sul giardino. La principessa Isabella era seduta su una grande coperta stesa per terra, le gambe incrociate mentre leggeva a un gruppo di bambini delle scuole materne. Uno stormo di genitori con i telefoni in mano era disposto a semicerchio dietro ai bambini e scattava delle foto. Una giornalista e un fotografo erano in disparte, intenti a coprire l'evento in maniera più discreta degli adulti entusiasti.

Isabella avvertì del movimento dietro le finestre e smise di leggere, per poi indicare il re ai bambini. I genitori coi telefoni scattarono verso l'alto come se qualcuno avesse tirato loro i fili mentre i bambini salutavano. Eduardo ricambiò il saluto, poi continuò a camminare con Luisa. Come una sola persona, i telefoni degli adulti tornarono alla loro posizione originale.

"La principessa Isabella legge fiabe ai bambini che partecipano a un programma di istruzione anticipata," spiegò Luisa. "Ha un'altra sessione in programma questo pomeriggio, e altre due domani, con gruppi provenienti da altre scuole."

"Nick è al lavoro su un progetto di ricerca che riguarda l'origine medievale delle fiabe. Ha intenzione di tenere un corso sull'argomento il semestre prossimo."

"Continuerà a insegnare arte medievale, vero? Una mia nipote che frequenta l'Università di San Rimini spera di frequentare il suo corso."

"Credo di sì. Ma il numero è chiuso. Se gradisce che io metta una buona parola…"

"Oh, no," disse Luisa, rifiutando il favore con un cenno. "Mia nipote mi ha detto che il professor Blake riesce sempre a far ammettere gli studenti nei suoi corsi, purché partecipino alle prime due settimane. Ora, per quanto riguarda Greta e gli scatti…"

"Si supponeva che tu ti dimenticassi di quell'argomento."

"Quando mai mi dimentico di qualcosa? Per quanto riguarda Greta e gli scatti, credo che stia mettendo alla prova le vostre capacità aerobiche e anaerobiche. È un bene avere un equilibrio. Scattare richiede più muscoli."

Eduardo lanciò un'occhiata insospettita alla sua assistente. "È stata lei a dirti di dirmelo."

"Non esattamente."

"È un complotto. Noi monarchi abbiamo un sesto senso per queste cose. Attente a voi."

Luisa si limitò a stringersi nelle spalle. "Vedetelo come una metafora dei vostri doveri. In quanto re, la vostra posizione richiede soprattutto resistenza. Siete un uomo da lungo periodo, ma la capacità di scattare ogni tanto torna sempre utile."

"Anche questo te lo ha detto Greta, nella speranza che io mi appassioni agli scatti?"

"Oh, no. Era tutta farina del mio sacco."

"La prossima volta che mi toccherà scattare, non mancherò di tenerlo a mente." Mentre si avvicinavano all'ufficio, Eduardo disse: "Potrei aver bisogno di un'intera brocca di caffè."

"Sarò pronta con i rabbocchi, allora."

Eduardo diede inizio all'incontro non appena Luisa tornò con il suo caffè. Sergio cominciò con un rapporto su una nuova iniziativa parlamentare per rafforzare il Trust Sanriminese per le Emergenze, un fondo creato per dare un sostegno in occasione di catastrofi naturali. Era una misura che andava approvata da tempo, per cui Eduardo fu lieto di sapere che stava procedendo. Sergio promise di includere dettagli nel fascicolo illustrativo del re, in modo che Eduardo lo leggesse dopo la riunione.

Dopodiché, Sergio passò a una nuova pagina di appunti. "Qui cominciano le note dolenti. I gruppi al lavoro sul progetto per la Strada il Teatro stanno incontrando resistenze sempre più forti da parte dei proprietari dei casinò e degli organizzatori del Gran Premio. Entrambi i gruppi sanno che abbiamo una scadenza breve e cercano di approfittarne. Ma il problema più grosso è il calo della vostra popolarità. Abbiamo tutti gli altri gruppi in mano, persino la Società Storica per il Distretto Centrale. Ma se i numeri dovessero calare ancora di più, tutti penseranno di avere spazio di manovra."

"Cosa dicono gli ultimi sondaggi?"

"Siete calato dal settantasette per cento al sessantuno circa. Il numero è comunque molto buono, Vostra Altezza, ma l'andamento è preoccupante."

Eduardo avvertì il cambiamento di atmosfera nella stanza, sebbene i suoi collaboratori badassero tutti a non darne mostra.

"Che altro c'è? Sia diretto."

"*San Rimini Oggi* ha dedicato uno speciale a Claire Peyton, all'inizio della settimana scorsa. Le normali informazioni biografiche, qualcosa sul periodo in Uganda e una descrizione del lavoro che ha svolto da quando è arrivata a San Rimini. Il contenuto era perlopiù favorevole e c'era persino una barra laterale riguardante uno scambio di ricerche mediche che si è svolto di recente fra San Rimini e gli Stati Uniti. Tuttavia, quando una rete televisiva ha intervistato dai cittadini per strada, chiedendo loro cosa ne pensassero dell'articolo, la maggior parte non lo aveva letto. Invece, non hanno esitato a dire la loro opinione sull'opportunità o meno di frequentarla da parte vostra. Alcuni si sono chiesti se potesse esserci un conflitto di interesse, ma la maggior parte sosteneva di non riuscire a immaginare che un'altra persona potesse prendere il posto di Aletta. Quelle interviste sono state trasmesse ripetutamente mercoledì. Ciò ha spinto un talk show mattutino su una rete diversa, giovedì, a intrattenere una discussione lunga un'ora sull'opportunità di nominare Claire regina nel caso voi due vi sposaste."

Sergio si sfregò energicamente un occhio mentre parlava, come se stesse cercando di cancellare un fine settimana molto duro. "L'ultimo sondaggio è stato fatto lo stesso mercoledì in cui sono state trasmesse le interviste e i numeri non riflettevano se l'intervistato le avesse viste o meno, perché i sondaggisti non sapevano di doverlo chiedere. Tuttavia, il talk show non era ancora stato trasmesso, e lo stesso vale per quel servizio riguardo all'ex-marito dell'ambasciatrice trasmesso nel fine settimana. Immagino che lo abbiate visto."

"Sì."

"Anche quello potrebbe modificare i numeri."

Eduardo apprezzava il fatto che Sergio badasse a non dire che la sua popolarità avrebbe subito ulteriori colpi, anche se lo sapevano tutti.

"Posso affrontare tutto questo in sala stampa, oggi," disse Zeno. "Il servizio sull'ex-marito di Claire non dovrebbe avere grandi conseguenze. Lui non è credibile e questo è palese persino agli appassionati dei tabloid. Il resto mi limiterò a igno-rarlo, come faccio con tutte le altre illazioni riguardanti la vostra vita privata."

Sergio annuì mentre Zeno parlava, poi disse: "Dal lato posi-tivo, manca meno di un mese alla consegna del progetto al Parlamento. In questo periodo, non c'è molto che possa influen-zare la vostra popolarità."

"Stai dicendo che è una corsa."

Sergio inclinò la testa. "L'obiettivo è il mantenimento. Se ci riusciremo, non ci saranno problemi. Il Parlamento coglierà al balzo un progetto che ha il sostegno di tutti ed è appoggiato da un monarca con un'approvazione del sessantuno per cento. Renderemo le cose il più facile possibile per loro, con conse-guenze politiche minime."

Dopo aver tratto un respiro profondo, Sergio aggiunse: "Per fortuna, non dovremmo preoccuparci dell'accordo che avete fatto con l'ambasciatrice. Mi pare di capire che abbia convinto Barrata e Galli, ma sta ancora lavorando su Festa. Per quanto ne sappiamo, non ha ancora incontrato Selvaggi. Senza l'appoggio di Selvaggi, voi non avrete alcun obbligo di presentare il suo piano di istruzione. Concentrarci sulla Strada trasmetterà un messaggio forte sulla vostra priorità a tutte le persone coinvolte."

Eduardo tacque. Non intendeva dire a Sergio di Festa, o che Claire aveva una telefonata in programma con Selvaggi. Quell'informazione gli era stata rivelata in confidenza. E poi, Sergio aveva ragione. Purché Claire non coinvolgesse Selvaggi prima che la proposta sulla Strada arrivasse in Parlamento, non sarebbe stato un loro problema.

Luisa entrò per rabboccare il caffè di tutti mentre Sergio concludeva, poi Zeno fece alcune domande riguardo ad argomenti non collegati per l'incontro mattutino con la stampa. Margaret aveva dei rapporti sul lavoro che il principe Antony e sua moglie avevano svolto per conto del fondo Universitario e un riscontro sull'intervento di qualche settimana prima che Eduardo aveva tenuto per Casa Nostra; quindi, gli consegnò il materiale che aveva preparato per un evento imminente a sostegno di progetti di ricerca presso l'Ospedale Commemorativo Reale.

Eduardo la ringraziò e infilò i documenti nella sua cartelletta. Come a comando, Sergio si succhiò il labbro inferiore e Zeno guardò il pavimento.

"Non vorrei chiederlo, considerate le vostre espressioni, ma c'è altro prima di concludere?"

Un sorriso si allargò sul volto di Margaret, ma fu Zeno a schiarirsi la voce. "Sì, Vostra Altezza. Temo che abbiamo un codice arancio."

Sergio si voltò nel tentativo di trattenere una risata. "Codice arancio" era l'espressione che usavano in ufficio per quelle occasioni in cui erano costretti ad avere a che fare con le imperfezioni umane e i conseguenti riscontri mediatici. Il più memorabile era accaduto durante il matrimonio di Marco e Amanda. I figli di Federico erano stati ripresi in diretta mentre masticavano gomma fra i banchi, quando la gomma da masticare era notoriamente proibita nel duomo secolare. Quando i ragazzi si erano sputati la gomma in mano, se l'erano scambiata e se l'erano rimessa in bocca, il sussulto collettivo di divertito disgusto della nazione era stato quasi udibile.

I comici di tutto il mondo ne erano usciti pazzi. Persino un notiziario serio aveva trasmesso la scena negli ultimi minuti, sostenendo che fosse "un momento per alleggerire la giornata."

Le situazioni da codice arancio erano spesso ridicole, ma andavano affrontate, per evitare che la loro eco si riverberasse a danno degli affari di Stato. Nel caso dei ragazzi, Zeno aveva detto agli esuberanti corrispondenti dal palazzo che tutti i genitori si ritrovavano ad affrontare marachelle simili da parte dei figli e che ora i ragazzi erano acutamente consapevoli dell'importanza della preservazione dei luoghi storici.

"E che dice delle, ehm, abitudini igieniche?" aveva chiesto un giornalista spudorato.

Zeno era riuscito a sfoderare un'incredibile espressione di leggerezza, pur sentendosi tutt'altro che leggero. "Immagino che quel filmato verrà mostrato loro a intervalli regolari per il resto delle loro vite e che sarà un tormento pari all'essere costretti a guardare noi stessi a quell'età. Ci sono esperienze che nessuno vuole rivivere, soprattutto in video."

Nessuno pronunciava l'espressione "codice arancio" fuori dall'ufficio di Eduardo, per evitare che qualcuno ne chiedesse la definizione. Se si fosse diffusa la notizia che il monarca aveva un'espressione in codice che riguardava le mancanze decisamente umane della sua famiglia, ciò avrebbe provocato a sua volta – ironia della sorte – un codice arancio.

"Immagino che fosse solo questione di tempo. Margaret sorride ancora, per cui non può essere nulla di grave."

Zeno aprì la bocca per parlare, si interruppe e ricominciò. "Prima di sposare il principe Marco, Amanda faceva regolarmente acquisti su un importante negozio on-line, che offriva la consegna in ventiquattr'ore presso il suo dormitorio al college e il suo appartamento a Washington."

"Immagino di quale si tratti. E posso anche immaginare cosa è accaduto. La cronologia dei suoi acquisti è stata diffusa e uno o più articoli hanno fatto scalpore?"

Margaret lanciò un'occhiata a Zeno e ricambiò. Dopodiché, tutti guardarono il re.

"Non esattamente, Vostra Altezza," disse Zeno. "Gli articoli erano innocui. Scarpe da ginnastica, lampadine, una macchina per il caffè. Molti libri. Amanda ha lasciato delle recensioni per molti dei suoi acquisti. Le recensioni sono state pubblicate sotto un nome di fantasia, ma quel nome è stato collegato in maniera certa a vostra nuora e le recensioni stanno venendo ripubblicate da parecchie testate."

Eduardo non sapeva se inorridire o ridere. Amanda era un tipo circospetto. Prima di sposare Marco, aveva insegnato l'etichetta a figli di diplomatici e di altri individui di alto rango. Cosa poteva aver detto per suscitare un allarme da codice arancio?

"Quei siti hanno delle regole per le recensioni, per cui ne deduco che le sue recensioni non contenessero oscenità."

"No, ma non si tratta del genere di contenuti che un membro della famiglia reale dovrebbe pubblicare." Zeno dispiegò una stampa, apparentemente uno screenshot di una recensione. "Questa riguarda un tostapane."

Mentre Zeno sollevava il foglio e si preparava a leggere, Sergio si voltò e tossicchiò. Poi Margaret cominciò a ridere e mormorò: "Scusate, Vostra Altezza."

Zeno si voltò sulla sedia in modo da non vedere Margaret o Sergio mentre leggeva ad alta voce. "Questo tostapane tosta effettivamente una varietà di prodotti. Sfortunatamente, è impossibile mangiare qualunque cosa dopo che il tostapane è stato usato – compresi altri alimenti – perché il puzzo che si crea quando si preme il pulsante è devastante. Non so se la colpa sia dei cavi o di altri componenti, ma se ci tenete a mangiare in pace, non fate click su 'Acquista.' Tanto varrebbe consumare i pasti in mezzo a una discarica, perché la puzza di questo tostapane permeerà le vostre papille gustative, per non dire l'intera cucina. Vi sembrerà di essere circondati da pesce marcio e altra spazzatura. Ps: D'altro canto, se per caso doveste ricevere questo tostapane come dono per una casa nuova, farete presto la conoscenza dei vostri nuovi vicini e forse anche dei vigili del fuoco locali, quando verranno a indagare sulla provenienza degli effluvi."

Sergio avvampò mentre cercava di contenere le risate.

Zeno abbassò il foglio. "Il produttore del tostapane è divenuto oggetto di, beh, diciamo ridicolo on-line, Vostra Altezza. Ci sono altre recensioni simili. Una più breve riguarda una batteria di durata decennale. Amanda ha osservato che è durata tre settimane nel suo rilevatore di fumo, ma è diventata un bell'ornamento decennale per l'albero di Natale dopo che lei l'ha rimossa dal rilevatore, l'ha provata per verificare che fosse morta e ci ha legato un nastro."

Eduardo trattenne un sorriso e tamburellò con le dita sulla scrivania. "Divertente, ma non salace. E non ci sono false dichiarazioni riguardo a nessuno degli articoli."

"Esatto, Vostra Altezza. Un vero codice arancio. Se le recensioni non avessero contenuto dell'umorismo, dubito che avrebbero attirato l'attenzione di chiunque. Ma ora che l'hanno attirata, continuano a essere ripubblicate. Ci saranno delle domande in sala stampa."

Eduardo si appoggiò allo schienale della sedia. "Questo risolve uno dei grandi misteri dell'universo: ora sappiamo come hanno fatto Amanda e Marco a trovare qualcosa in comune."

"Vi prego, ditemi che posso ripeterlo," implorò Zeno. "Senza citarvi direttamente, naturalmente. Preferisco rubare la battuta."

"Se crede che contribuirà a disinnescare la situazione, faccia pure. Abbiamo finito, adesso?"

Quando tutti confermarono, Eduardo si alzò. Capì dalle espressioni dei suoi collaboratori che, sebbene la questione del codice arancio avesse allentato la tensione, i suoi collaboratori più fidati erano ancora preoccupati per la sua relazione con Claire e per le potenziali conseguenze sul progetto della Strada il Teatro.

"D'accordo. Questa settimana, la priorità numero uno è la Strada. Zeno, la prego di sottolinearlo ai media. Margaret, quando incontrerà i gruppi che hanno un interesse nell'aspetto della Strada – per esempio una delle fondazioni museali, o delle associazioni benefiche teatrali – comunichi loro quanto siamo entusiasti del progetto proposto e ricordi loro che siamo tutti sulla stessa barca. Non vogliamo che loro ci vedano come un avversario, ma come un compagno che vuole proteggere i loro interessi. Vogliamo che il loro sostegno rimanga forte."

"Lo farò, Vostra Altezza."

"E Sergio, lei sa cosa deve fare. Finalizzi il piano per quanto più possibile, in modo che ci sia possibile fornire un'anteprima ai parlamentari favorevoli. Quando il progetto verrà presentato formalmente e sarà il momento per noi di fare un passo indietro, voglio che loro siano pronti a discutere in suo favore."

Quando Sergio annuì, Eduardo piantò le mani sulla scrivania. "È importante. Sapete tutti perché. Ed è importante anche per me personalmente."

Li guardò uno alla volta. Dovevano capire. "Ho sposato una donna meravigliosa nella persona della regina Aletta. Ciascuno di voi sa quanto era importante per me e per questo Paese. È giusto che la gente voglia onorare la sua memoria. Ciò detto, non voglio essere ricordato solo per aver avuto una moglie amata. Voglio che le generazioni future sappiano che ho utilizzato il tempo prezioso che mi è stato dato per ricoprire questa carica a beneficio di San Rimini. Voglio ispirarli a fare lo stesso. Ora, diamoci da fare."

CAPITOLO 18

"Non riesco a credere che ci abbiamo messo tanto," disse Claire mentre indicava a Eduardo l'armadietto che conteneva i suoi bicchieri. Salò i popcorn e allontanò da sé la grossa ciotola per dare una leggera scrollata al contenuto. Aveva insistito per simulare una sorta di cinema. Era persino riuscita a trovare due confezioni di Raisinets in un negozio di specialità mentre tornava a casa dal lavoro.

Eduardo aveva storto il naso quando lei gli aveva mostrato i dolci. Le aveva fatto notare che qualunque pasticceria della città avrebbe potuto preparare dell'uvetta coperta di cioccolato fresca e che non era necessario che lei acquistasse quella confezionata.

"Non hai mai mangiato le Raisinets, vero?" aveva chiesto Claire.

"No."

"Sarebbe ora."

"Sembri Samuel Barden che prova a convincermi a provare una nuova ricetta a base di patate dolci."

"Abbiamo aspettato tanto tempo per guardare il film. Credi che lo rovinerei con dei dolci che so che non ti piaceranno?"

"Mmm. Questo metterà a dura prova la mia fiducia in te."

Claire gli aveva dato un bacio giocoso e lo aveva sospinto in cucina.

Durante una cena a tarda sera presso un ristorante greco, la settimana prima, lei lo aveva preso in giro perché non riusciva a procurarsi *La mia Africa* a palazzo. Alla fine, era stata Luisa a scoprire che la licenza del film non era disponibile a San Rimini. Il detentore precedente l'aveva persa, ma un altro l'avrebbe acquisita a partire da due mesi dopo.

Claire aveva cercato on-line fino a trovare un modo per affittare il film. Avevano bloccato la sera nei calendari di entrambi e concordato di guardare il film da Claire. Ora, la prima scena era pronta a partire, in pausa sul televisore mentre loro preparavano gli snack.

Avrebbero fatto le cose per bene.

Eduardo tappò la gassosa, quindi riportò la bottiglia al frigorifero. Mentre Claire cercava i tovaglioli, gli disse: "Ho visto il ministro dei trasporti al telegiornale. Stava parlando del tuo progetto per la Strada il Teatro."

"Sergio mi ha detto che è entusiasta. Spero che si vedesse."

"Il ministro ha dichiarato di aver incontrato recentemente dei membri del Consiglio del Distretto Commerciale Centrale per discutere della versione attuale del progetto e che tutte le persone coinvolte lo hanno trovato un piano ben costruito – parole sue. Ha detto che, se il Parlamento lo approvasse, il Paese potrebbe avere un centro migliorato senza sacrificare quegli aspetti che ne hanno fatto un tesoro nazionale."

"Questa è musica per le mie orecchie." Eduardo accettò alcuni tovaglioli da Claire, quindi si incamminò verso il salotto con i tovaglioli e la gazzosa. Lei lo seguì con i popcorn. Le Raisinets erano già sul tavolino. Mentre Eduardo metteva i bicchieri sui sottobicchieri, disse: "Il progetto verrà presentato in Parlamento la settimana prossima. Ufficialmente, almeno. Gli attori principali hanno già visto l'ultima bozza, per cui saranno pronti a parlarne con gli altri parlamentari una volta iniziata la discussione sul finanziamento."

Claire si allungò verso l'interruttore di una lampada alta accanto al divano e abbassò la luce prima di prendere il telecomando. "Credi che verrà approvato così com'è?"

"I miei collaboratori hanno radunato il gregge a regola d'arte. Il Parlamento sa che questo progetto è necessario e che non ci sarà mai più un'altra occasione che presenti meno rischi politici. Ma dovranno muoversi prima che qualcuno decida di cambiare idea. Se ciò dovesse succedere, il progetto potrebbe impantanarsi. E nessuno lo vuole."

Eduardo si accomodò sui cuscini, quindi appoggiò un braccio sullo schienale del divano, invitando Claire a prendere posto accanto a lui. La donna si sedette e stava per avviare il film quando Eduardo notò una scatola nell'angolo. "Hai un intero cartone di champagne. È per me?"

"Non in quel senso." Claire avrebbe voluto dirglielo in settimana, ma probabilmente non aveva importanza. "Lunedì, Mark Rosenburg avrà un secondo incontro con Sonia Selvaggi. Lei ha ancora delle domande riguardo alla sicurezza degli insegnanti. Mark le esporrà i protocolli già in vigore, più alcuni altri che verranno implementati quando il programma si allargherà a zone dove le difficoltà sono diverse."

Eduardo si ritrasse in modo che lei lo guardasse in viso. "Avrai il suo sostegno?"

"Lo avremo. Io le ho parlato due volte: una al telefono e una di persona. È stato Mark a svolgere il grosso del lavoro. Lei gli ha praticamente promesso di votare a favore, nel caso tu dovessi presentare la proposta in Parlamento. Non appena Mark avrà ottenuto il suo assenso, porterò quella cassa di champagne nel suo ufficio in modo che lo condivida con la sua squadra, con l'eccezione dell'ultima bottiglia, che manderemo a te."

"Sei perfida, lo sai?"

Claire ammiccò e sollevò il telecomando. Mentre scorrevano

i titoli di testa, si accoccolò contro Eduardo. "A proposito di perfidia, com'è andata la partita con Giovanni lo scorso fine settimana?"

"Non migliori la tua situazione."

"Mi piace giocare sporco, alle volte."

"Questo sì che sembra divertente."

Claire premette un pulsante sul telecomando e l'immagine sullo schermo si trasformò in un campo lungo di un fosco tramonto arancione e un singolo albero. Gradualmente, la sagoma di un cacciatore si stagliò sullo sfondo del sole basso e desolato. Claire conosceva a memoria le prime battute: riguardavano il ricordo di Karen Blixen di un uomo che aveva portato con sé il suo grammofono durante un safari.

Tre fucili, vettovaglie per un mese e Mozart.

Claire circondò con le braccia la vita di Eduardo e si concesse di lasciarsi trasportare dalla musica, dalla storia e dall'abbraccio forte di Eduardo.

PIÙ TARDI, molto dopo che avevano abbandonato popcorn e Raisinets in favore di un letto caldo, Claire giaceva sulla schiena con gli occhi chiusi e la guancia di Eduardo sul seno. Il petto dell'uomo si alzava e si abbassava assieme al suo e la barba di un giorno le graffiava la pelle. Il cuore dell'uomo pulsava contro il suo in un ritmo rassicurante e il sottile velo di sudore evaporava dalla sua schiena nell'aria fresca. Le dita di Claire gli passavano tra i capelli mentre lei si godeva con gioia il momento.

Anche se erano entrambi esausti, Claire sapeva che anche Eduardo era sveglio e lo stava assaporando.

Quando lei rallentò il movimento, l'uomo voltò la testa e le stampò un bacio delicato alla base della gola.

"Devi tornare a casa?" bisbigliò lei.

"No. Vuoi cacciarmi?"

Lei lo sfiorò con le dita sulla nuca e dietro le scapole, cosa che gli strappò un mormorio soffocato. "Mai. È troppo bello."

Eduardo le mordicchiò la gola prima di sollevarsi sui gomiti e appoggiare le braccia attorno a lei. "Non che non apprezzi tutto quello che c'è stato prima, ma questo momento è speciale. Con te. Grazie."

Lei gli sorrise mentre continuava ad accarezzargli la schiena. "Questa settimana, quando sarò in ufficio con una lunga lista di telefonate da fare e di persone e progetti che esigono la mia attenzione, sarà questo che mi verrà in mente quando cercherò la pace."

Eduardo chiuse gli occhi e inalò lentamente, come per fortificarsi a sua volta per la settimana, quindi si abbassò fino ad appoggiare la fronte a quella di Claire. C'era qualcosa di enorme in quel momento; giacquero in quella posizione per diversi istanti, poi lui le sfiorò le labbra con le sue in un bacio che sembrava contenere anni di emozioni contenute.

In seguito, Eduardo rimase immobile. Quando Claire aprì gli occhi, lui sostenne il suo sguardo come se l'avesse aspettata. "Non ho mai avuto problemi con il sesso, almeno in teoria. Ma l'intimità è qualcos'altro. È rara per chiunque. Ancora più rara per chiunque abbia dei lavori come i nostri. I rischi sono troppo grandi."

Eduardo cambiò leggermente posizione, ma non distolse lo sguardo dagli occhi di Claire. "Mi sono innamorato di te, Claire Peyton. Pensarti mi eccita, ma mi dà anche pace. Dopo la morte di Aletta, ero profondamente convinto che non avrei mai più provato quell'emozione, al punto che non ho nemmeno provato a cercarla. Ma quando ci siamo conosciuti, ho capito che avrei potuto averla con te. Forse persino la sera in cui abbiamo ballato alla cerimonia delle credenziali. Mi hai affascinato."

"Quando pensavi che stavo per commettere un passo falso e chiederti di ballare?"

Eduardo le scostò una ciocca di capelli dalla fronte e sorrise.

"Avrei potuto sfuggire. Non l'ho fatto. Volevo ballare con te. Anzi, lo volevo molto."

Claire sentì le lacrime riempirle gli occhi. Non voleva sbattere le palpebre, sapendo che sarebbero cadute, ma Eduardo le vide e usò i pollici per asciugarle.

"Ti amo, Eduardo. Mi fido di te. E sono molto contenta di aver avuto l'occasione di ballare con te."

Lui la baciò di nuovo, poi disse: "È valsa la pena aspettare."

Sentirlo la rese enormemente felice, ma al tempo stesso, le si spezzò il cuore per Eduardo e per tutto quello che aveva passato.

"Hai detto di non aver frequentato nessuna da quando Aletta è venuta a mancare. Ma di sicuro, in tutto questo tempo… Non dirmi che…?"

Tutte le capacità diplomatiche del mondo non la aiutavano a formulare la domanda che avrebbe voluto fare, ma Eduardo capì.

"Ci sono voluti nove anni anche per quello. Beh, di più." Eduardo si sdraiò su un fianco, attirando Claire a sé il modo che fossero rivolti l'uno verso l'altra nell'oscurità.

Tutto d'un fiato, disse: "Per mesi, a tratti, Aletta aveva accennato di avere problemi intestinali e di sentirsi gonfia. A seconda della giornata, attribuiva la cosa agli impegni, alla mancata digestione o alla pressione del matrimonio imminente di Federico. Non era nulla che interferisse con la vita quotidiana; solo un fastidio. Un esame di routine fece squillare un campanello di allarme. Seguirono diversi controlli, durante i quali scoprimmo che Aletta aveva un cancro alle ovaie a uno stadio avanzato. Il matrimonio di Federico passò sullo sfondo in mezzo a tutte le visite. Mentre il Paese era concentrato sulle foto dell'abito della sposa e si chiedeva chi Federico avrebbe scelto come testimone, per me e Aletta cominciò un periodo di crisi."

Eduardo tracciò un sentiero lungo il fianco di Claire fino a quando non trovò un punto comodo sul bacino dove posare la mano. "La vita divenne una cascata di decisioni. Come e quando dirlo ai nostri figli. Come dirlo a sua sorella, Helena, che era anche la sua assistente personale. Dovemmo organizzarci fra visite mediche, chirurgia e chemioterapia, e capire cosa il personale prima e il pubblico poi dovesse sapere e quando, il tutto mentre cercavamo di anteporre la salute mentale e fisica di Aletta a ogni altra cosa. Fu stressante e dolorosissimo e di certo io non pensavo a… beh, nient'altro. E avevo paura per lei."

Mentre Claire ascoltava Eduardo, il rispetto e l'amore per lui crebbero. Aletta aveva ricevuto le cure più avanzate dell'epoca. Avevano cercato di essere ottimisti, di dirsi che li attendevano giorni più luminosi. Quando si erano resi conto che il male di Aletta era incurabile, il sesso era divenuto il loro ultimo pensiero. Lei non era nelle condizioni fisiche e nessuno dei due aveva lo stato emotivo giusto. Dal giorno della diagnosi di Aletta fino al giorno in cui Claire era entrata nell'appartamento di Eduardo per dirgli che riteneva opportuno concludere la loro relazione – invece erano finiti a letto – lui era stato casto.

E Claire era sicura che avesse tenuto il dolore per sé. L'uomo non aveva potuto nascondere il fatto di essere in lutto. Ma dopo lo shock iniziale per la morte della moglie, nei lunghi anni trascorsi solo e dedito al suo lavoro, non ne aveva parlato con nessuno. Non ai suoi figli. Non ai suoi germani. Nemmeno a Giovanni.

Claire gli mise una mano sul petto. Le sue dita sfiorarono il bordo della cicatrice. "È molto tempo."

Un lato della bocca di Eduardo si sollevò in un'espressione di assenso. "Ero sposato con la donna più meravigliosa che avessi mai conosciuto. Il mondo intero lo sapeva. Impossibile tornare indietro. Ma al tempo stesso, quell'esperienza mi fece capire che la vita è fragile. Mio padre era morto per un difetto congenito e io avevo ricevuto la stessa diagnosi, per cui sapevo di avere lo stesso problema e che probabilmente a un certo punto avrei dovuto sottopormi a un'operazione. Alcuni anni dopo la morte di Aletta, la mia capacità cardiovascolare è improvvisamente precipitata come una pietra. Avevo la sensazione costante di essere in punto di morte, anche se gli esami dicevano tutto il contrario. Il mio chirurgo cardiovascolare mi assicurò che, sebbene l'operazione avesse dei rischi, io ero il candidato ideale. Mi ero tenuto in forma, non avevo mai fumato e seguivo una dieta piuttosto sana." Eduardo levò gli occhi al cielo, poi aggiunse: "Non quanto quella che ora Samuel insiste a farmi seguire, ma nel complesso ero in buona forma fisica. In ogni caso, i miei medici mi avvisarono che una capacità cardiaca ridotta può provocare una sensazione di angoscia, ma la sensazione era pietrificante. Quando mi sono svegliato dopo l'operazione e l'effetto dei farmaci si è esaurito, ho provato il dolore peggiore della mia vita, ma quella sensazione di angoscia era svanita. Riprendermi divenne la mia nuova missione. Volevo vivere. Volevo fare delle cose. Volevo godermi i miei figli e i miei nipoti e sperimentare appieno la vita finché potevo."

"Ma non hai frequentato nessuna."

Le dita di Eduardo si fletterono contro il bacino di Claire. "Non credevo che avrei ritrovato l'intimità che avevo avuto con Aletta. E anche se fosse stato possibile, sapevo che non sarebbe stato facile trovare una donna che fosse a suo agio con le conseguenze del frequentare il sottoscritto. Non si può ignorare la pura e semplice opulenza e tradizione del palazzo. Alcune persone bramano questo genere di ambiente, ma altre lo trovano sgradevole. E poi, c'è la mancanza di privacy. Tu sai com'è. Quando chiunque entra o esce, dozzine di persone ne sono a conoscenza. E non si tratta soltanto della sicurezza o del personale; anche i miei figli vivono sotto quel tetto. Quando ho ospiti, loro lo sanno. E poi, ci sono i media."

Claire lo riconobbe inclinando la testa. "Già. Quando ci sono di mezzo i media, il problema non è solo la privacy. Ti hanno procurato una certa reputazione. Anche questo deve aver avuto un ruolo."

"Ah, sì. L'uomo noto come icona romantica? Il venerabile vedovo?"

"Non lo direi mai così."

"Il resto del mondo lo fa. Ma in ogni caso, la mia reputazione non dovrebbe influenzare le mie decisioni."

"Ma è così." Eduardo sapeva bene quanto lei che, in politica, la reputazione influenzava la capacità di una persona di ottenere dei risultati. Non poteva essere ignorata completamente, nemmeno nella vita privata.

"È così," ammise Eduardo. "Se avessi voluto avere delle frequentazioni superficiali, probabilmente sarei riuscito a trovare un modo per farlo con rischio minimo. Miroslav o Chiara avrebbero potuto aiutarmi. Ma non è da me. E non volevo, quando avrei conosciuto la donna giusta, avere un rapporto superficiale con lei."

"Ti sentivi solo?"

Eduardo tacque per diversi istanti. "Vivo una vita impegnata e amo quello che faccio. Ho uno scopo. Ho degli amici. Ma sì. Mi sentivo solo. Sono riuscito a non pensarci per molto tempo. Ma non ti ho chiesto di accompagnarmi all'Opera perché mi sentivo solo."

Eduardo le coprì la mano che lei gli aveva appiattito contro il petto. "Stavo meditando sui rischi del chiederti di uscire quando ho saputo che Amanda e Marco aspettavano un figlio. Non è un'informazione di pubblico dominio, ma Amanda è portatrice di un gene mutato che la rende suscettibile a tumori al seno e alle ovaie. Lei e Marco hanno discusso a lungo con i medici di misure preventive e dei pro e contro di avere dei figli. Hanno deciso di provare ad avere un figlio per un periodo fra sei e nove mesi, per poi smettere. Lei è rimasta incinta dopo sette mesi. Non conoscevo la storia clinica di Amanda fino a quando non mi hanno detto della gravidanza. Ma volevano che capissi perché avevano aspettato fino all'ultimo momento a dare l'annuncio."

Eduardo sorrise e le baciò le punte delle dita. "Marco ha detto che si vive una volta sola e che lui e Amanda speravano di vivere con un figlio. Erano disposti a correre un rischio calcolato. Quando lo ha detto, ho capito che provavo lo stesso sentimento per te. Quella sera, ho detto a Giovanni che volevo chiederti di uscire. Prima ancora di parlarne con lui, sapevo che l'avrei fatto, ma il suo incoraggiamento mi ha fatto sentire meglio."

"Lo sapevo che mi stava simpatico." Claire scivolò verso di lui, poi aggiunse: "Ma tu di più. Resti per dei pancake?"

Eduardo lanciò un'occhiata all'orologio sul comodino, poi sorrise. "Pancake? A mezzanotte?"

"Pensavo più verso le sette o le otto. Le nove, se vuoi dormire fino a tardi."

La mano di Eduardo si mosse dal bacino di Claire al suo posteriore e la strinse contro il suo corpo. "Lascia che faccia una telefonata veloce alla sicurezza. Poi, sarò tutto tuo."

CAPITOLO 19

Mezz'ora dopo che Eduardo aveva finito di parlare con i responsabili della sua sicurezza, gli squillò il telefono.

Claire fu la prima a sentirlo e si allungò per recuperare il telefono dal comodino.

"Avevano detto che non sarebbe stato un problema venire a prendermi alle dieci," mormorò lui, il cervello annebbiato dal sonno.

"Magari ti è sfuggito un impegno?"

Eduardo grugnì un "no." Con l'eccezione di una telefonata serale per congratularsi con dei membri della squadra di robotica dell'Università di San Rimini, che erano arrivati terzi in una competizione mondiale, lui aveva la giornata libera. Era stata sua intenzione trascorrerla leggendo il fascicolo illustrativo e mettendosi in pari con la corrispondenza.

Eduardo accettò il telefono da Claire, quindi se lo portò all'orecchio. "*Pronto*[1]?"

"Vostra Altezza, mi rendo conto che è passata la mezzanotte, ma la vostra responsabile della sicurezza mi ha detto che credeva che foste ancora sveglio."

Eduardo riconobbe la voce come quella del suo intermediario presso il ministero della difesa. Si mise seduto, improvvisamente sull'attenti. "Cos'è successo?"

"Ricordate quell'incidente che si è verificato lungo la Strada il Teatro circa tre mesi fa? Ce n'è stato un altro, un isolato più a ovest. Una famiglia di cinque persone si era recata dall'albergo al parco vicino alle scale che collegano la Strada a via Vespri per assistere allo spettacolo di fuochi d'artificio di un matrimonio che si stava svolgendo vicino al porto. Durante il tragitto di ritorno, hanno attraversato la strada in corrispondenza delle strisce pedonali in cima alle scale e sono stati travolti. Il conducente stava guardando il lato opposto della strada e non li ha notati. Si è fermato a prestare soccorso, ma ci sono dei feriti gravi. Un gruppo di uomini in uscita da uno dei casinò ha cominciato a urlare contro il conducente e lo ha trascinato sul marciapiedi. L'uomo aveva già chiamato i soccorsi e la polizia è arrivata prima che la colluttazione si spingesse troppo oltre. Il conducente ha battuto la testa sul marciapiedi e potrebbe avere delle costole rotte, ma i primi rapporti sostengono che se la caverà. I suoi aggressori sono stati arrestati. Ci sono due ambulanze sulla scena, per assistere la famiglia. La stampa sta arrivando e verrà trattenuta a qualche isolato dall'incidente. Tuttavia, considerato che l'incidente bloccherà la Strada per almeno un'ora, era necessario informarvi."

"Sapete in che condizioni versa la famiglia?"

"Non ancora, Vostra Altezza. Al momento non sono stati segnalati decessi, ma la situazione è in continua evoluzione."

"Mi tenga aggiornato."

Eduardo lasciò cadere il telefono e si sfregò il viso. Quello era il suo incubo.

"Ho sentito," disse Claire. "Vuoi tornare a palazzo per attendere aggiornamenti?"

"Ho appena mandato a casa il mio autista."

"Il mio vive a pochi isolati da qui. Mi ha detto che va a letto di rado prima delle due o delle tre. Lascia che gli mandi un messaggio. Lavora per l'ambasciata da anni e conosce i protocolli di sicurezza."

Eduardo esitò, ma solo per un momento. "Se è disponibile, va bene. Altrimenti, richiamerò il mio."

Trovò i vestiti e si diresse verso il bagno. Quando emerse, la lampada era accesa e Claire era seduta sul bordo del letto, completamente vestita. "Fabiano sta arrivando."

Eduardo le prese la mano. "Una famiglia di cinque persone vuol dire che ci sono dei bambini."

Lei gli baciò le nocche. "Vengo con te."

Lui annuì, poi si recarono insieme alla porta ad aspettare.

Fabiano li portò alla Rocca passando per strade secondarie, ma ogni tanto Eduardo intravedeva le luci delle sirene lungo la Strada il Teatro.

Claire seguì il suo sguardo, poi si allungò verso il suo ginocchio e gli diede una strizzata rassicurante prima di voltare il palmo per tenergli la mano.

Quando la sicurezza fece entrare l'auto dall'ingresso posteriore, Eduardo le disse: "Devo andare nel mio ufficio. Potrebbe volerci un po'."

"Manderò Fabiano a casa e troverò un posto dove aspettarti." Claire gli mostrò il telefono. "Ho qualche documento da leggere."

Sergio e Zeno stavano parlando fuori dall'ufficio di Eduardo quando lui arrivò. Eduardo avrebbe dovuto stupirsi di vederli, ma così non fu. "Avete saputo?"

Sergio annuì. "Mia moglie e io abbiamo cenato nei pressi del porto, poi ci siamo fermati a guardare i fuochi d'artificio di un matrimonio. Abbiamo sentito le sirene e io ho chiamato per informarmi. Zeno aveva ricevuto un'allerta mediatica e ha deciso di venire qui."

Sergio si offrì di fare del caffè e gli uomini presero posto attorno al tavolino nell'ufficio di Eduardo in attesa di novità.

Attese in silenzio per diversi minuti, poi Sergio disse: "Vostra Altezza, eravate a casa di Claire Peyton?"

Zeno sollevò di scatto la testa, come se non riuscisse a credere che Sergio avesse fatto quella domanda quando entrambi conoscevano già la risposta.

"Sì."

Sergio passò l'indice lungo il bordo della tazza di caffè. "Ha conquistato Selvaggi, vero? Ho sentito una voce."

"Sì. Non ufficialmente, ma manca poco."

Questa volta, il silenzio fu molto pesante.

"Non importa quali notizie arriveranno dall'ospedale, questa è una tragedia." Sergio era titubante e scelse con cura le parole. "Una famiglia ne uscirà distrutta, anche se dovessero sopravvivere tutti. Il conducente rimarrà traumatizzato per sempre. I turisti si preoccuperanno per la loro sicurezza."

"Non possiamo cambiare quello che è già accaduto, per quanto possiamo volerlo. Possiamo solo andare avanti."

"Sì, Vostra Altezza." Sergio deglutì, poi disse: "La tragedia di questa sera evidenzia come i miglioramenti siano necessari. Ma se l'ambasciatrice Peyton otterrà il sostegno di Sonia Selvaggi e voi presenterete quel disegno di legge, la cosa non verrà recepita bene, soprattutto in un momento in cui voi avete bisogno che il pubblico creda in voi e nella vostra visione."

Eduardo scosse la testa. "Non saboteremo le sue trattative con Selvaggi, se è questo che vuole suggerire. Il tempismo non è ideale, lo ammetto, ma lei propugna un provvedimento che io sostengo. E anche lei lo sostiene, Sergio. Fa parte del ruolo *tradizionale* del monarca promuovere programmi di questo genere."

"Sì, Vostra Altezza. Ma considerate le circostanze, dovrete soprassedere. Abbiamo dovuto dedicare tutto questo tempo e questi sforzi al progetto per la Strada precisamente perché *non* si tratta del genere di proposta di legge in cui di solito si impegnano i monarchi di San Rimini. Le promesse che abbiamo ottenuto sono fragili. Se volete arrivare fino in fondo, avrete bisogno del sostegno del pubblico. Se i cittadini di San Rimini crederanno che abbiate fatto una scelta per la vostra ragazza, non importa quanto tale scelta sia assennata, la vostra popolarità precipiterà ancora più di quanto non abbia già fatto e voi vi ritroverete in una situazione da comma 22. Non potrete riparare tutto quello che bisogna riparare."

"Sergio, ho dato la mia parola."

Sergio non disse nulla, ma strinse i denti.

Zeno disse: "Avete dato la vostra parola, Vostra Altezza. Ma non solo all'ambasciatrice Peyton."

Eduardo chiuse gli occhi. Aveva promesso di sostenere Claire. Lo aveva detto la notte stessa in cui lei aveva ricevuto una telefonata dal presidente degli Stati Uniti, che aveva voluto assicurarsi che avesse le priorità giuste.

Il telefono gli vibrò in tasca. Quasi nello stesso momento, Zeno ricevette un'allerta e disse che doveva fare una telefonata. Mentre Eduardo rispondeva, il telefono di Sergio squillò. Si divisero, spostandosi ciascuno in una zona diversa dalla stanza in modo da poter sentire.

Le novità non lasciavano ben sperare. Il conducente dell'auto aveva un trauma cranico, una costola incrinata e una potenziale lesione a un occhio, e sarebbe stato tenuto sotto osservazione. La famiglia consisteva in madre, padre, due figli e la sorella della madre. La madre e la sorella avevano subito lesioni di poco conto e sarebbero state dimesse subito. Uno dei bambini, una ragazza, stava ricevendo dei punti di sutura per dei tagli riportati sulla schiena e a una gamba. Probabilmente, sarebbe stata dimessa in mattinata. Il padre portava in braccio il secondo bambino, anch'esso femmina, al momento dell'inci-dente. Erano stati loro a riportare le ferite più gravi. Entrambi avevano battuto la testa sul cemento. La ferita alla testa della bambina non sembrava grave, ma la piccola aveva un braccio e la clavicola rotti e il braccio necessitava di un'operazione chirurgica. Il padre aveva il bacino fratturato e diverse costole rotte. In quel momento era sotto esame per determinare la gravità della ferita alla testa.

La polizia era ancora sulla Strada il Teatro a indagare sull'incidente, ma avrebbe ripulito la scena e riaperto la strada entro l'alba.

Eduardo concluse la telefonata poco dopo che Sergio e Zeno ebbero fatto lo stesso. Si confrontarono: avevano ricevuto tutti le stesse informazioni, anche se da fonti diverse.

Zeno chiese a Eduardo se volesse rilasciare una dichiarazione in mattinata, considerato l'alto profilo della Strada il Teatro. Eduardo annuì, poi disse: "Dubito che avremo altre notizie per il prossimo paio d'ore. Dovreste dormire finché potete. Io farò una passeggiata in giardino per schiarirmi la testa, poi preparerò una dichiarazione e la sottoporrò alla vostra attenzione."

Ciò detto, Eduardo si voltò e uscì.

L'aria era fresca e lo costrinse a scuotere le braccia in modo che le maniche gli coprissero i polsi prima di ficcarsi le mani in tasca. Il suo pollice destro toccò il velluto e le lacrime gli punzecchiarono gli occhi. Si scrollò di dosso la sensazione e camminò lungo la ghiaia nella direzione della fontana. Non si stupì di vedere Claire seduta su una panchina, rivolta verso l'acqua.

La donna abbassò il telefono mentre lui si avvicinava. Quando Eduardo si sedette accanto a lei, la donna non disse nulla. Eduardo fissò l'acqua per diversi istanti. Era fortemente attratto da Claire, ma non riusciva a convincersi a toccarla. Come se qualcuno l'avesse avvisata, lei si voltò di lato e sollevò le gambe per buttargliele in grembo, poi gli avvolse le braccia attorno alle spalle e lo baciò sulla tempia.

"Tre adulti, due bambini," disse lui. "Il padre ha riportato lesioni non meglio definite alla testa, la frattura del bacino e la rottura di alcune costole. Una bambina piccola è in chirurgia per un braccio rotto. Gli altri sono feriti, ma si riprenderanno. È probabile che anche il conducente si riprenderà, ma ha un trauma cranico e una possibile lesione a un occhio."

Claire gli circondò il viso con le mani e gli diede un altro bacio sulla tempia. "Tu sei un brav'uomo, Eduardo diTalora."

"A me non sembra."

"Ti interessi. Stai facendo tutto il possibile per evitare che si verifichi un altro incidente simile. È più di quanto possa dire la maggior parte delle persone."

"Davvero sto facendo tutto il possibile? Non lo so. Non so se ne ho la forza."

Eduardo aveva fatto una promessa a Claire, ma il suo primo dovere era nei confronti del suo Paese. Era ciò che Sergio e Zeno avrebbero voluto dire, ma che non avevano detto.

I cittadini di San Rimini facevano affidamento sulla sua capacità di prendere decisioni sagge. Quando si trattava della sicurezza della Strada il Teatro, ciò significava centinaia di migliaia di persone, forse milioni, dato che i cambiamenti avrebbero avuto effetti decennali sulla zona. Cos'era quello rispetto a un provvedimento a favore dell'istruzione che Eduardo avrebbe sempre potuto posticipare, una volta che i cambiamenti alla Strada fossero passati in Parlamento?

Ma se Eduardo si fosse tirato indietro dall'accordo fatto con Claire, avrebbe potuto perderla. Non semplicemente perché lei si sarebbe arrabbiata con lui o avrebbe creduto che le avesse mentito. La decisione di Eduardo avrebbe potuto rovinare la sua carriera. Il Presidente le aveva affidato un lavoro molto desiderabile per via del lavoro sull'istruzione che Claire aveva fatto in Uganda e con l'intesa che lei avrebbe continuato a farlo. Era la pietra miliare della campagna con cui era stato eletto.

Ma soprattutto, quella questione era importante per Claire. Sua madre e i due suoi zii erano riusciti a riscattarsi dalla povertà perché avevano avuto la possibilità di studiare grazie a programmi simili. Claire aveva detto più di una volta che doveva la sua carriera ai suoi genitori e al loro esempio. Era fatta così. Era uno dei numerosi tratti che la spingevano ad amarlo.

La avvolse in un abbraccio.

Il fulmine lo aveva colpito due volte in vita sua. Prima con Aletta e ora con Claire. Non era riuscito a tenersela stretta la prima volta. Se non lo avesse fatto ora, non sarebbe mai più stato lo stesso.

Chiuse gli occhi e trasse un lungo respiro profondo. Doveva imprimersi la sensazione di lei nella mente.

Poi la lasciò andare.

Gli si serrò la gola come se il peso del mondo lo stesse soffocando. "Claire..."

"Sai cosa devi fare, Eduardo."

Claire lo scrutò negli occhi, poi ripeté quelle parole.

Eduardo non credeva alle sue orecchie. "Claire, ho fatto una promessa. E anche tu ne hai fatta una, al presidente degli Stati Uniti."

"È vero. Gli ho promesso che avrei affrontato una quantità di questioni nel corso del mio mandato qui; questioni che andavano dalla difesa agli affari all'ambiente all'istruzione. E gli ho anche promesso che avrei evitato i conflitti di interesse. Non ho intenzione di venire meno alla parola data."

"Devo posticipare il nostro patto, Claire. Non vedo come ciò possa evitare un conflitto di interessi."

Eduardo non mancò di notare il tremito del labbro inferiore di Claire, ma quando lei parlò, fu con la stessa limpidezza che le era valsa il rispetto dei suoi colleghi e della sua famiglia.

"Tu mi hai dato un olivo. È un simbolo di pace. Ma sappiamo entrambi che la pace non è facile. La pace vuol dire che, alle volte, bisogna essere buoni compagni. In questo caso, gli Stati Uniti devono essere buoni compagni per San Rimini. Questo significa permettere al re di dare la priorità a un'altra questione, in modo da poter contare sul suo pieno e incrollabile sostegno al programma scolastico quando lui lo presenterà in Parlamento in un momento successivo, nel momento in cui la sua popolarità sarà alta perché ha fatto passare un progetto di cui il suo Paese aveva bisogno da molto, molto tempo. Facendo questa concessione al re, sono certa che anche noi avremo il suo sostegno per dei progetti futuri."

L'emozione risuonò nella voce di Eduardo, nonostante lui cercasse di controllarla. "Parli come una diplomatica molto esperta. Potrei prendere qualche lezione da te."

Gli occhi di Claire luccicavano di lacrime e lei sorrise. "Faccio del mio meglio."

"Potrebbe non bastare. Potresti perdere il lavoro. Il tuo lavoro è ciò che ti dà uno scopo, Claire."

"Ci ho pensato molto, negli ultimi tempi. Sono giunta alla conclusione che, lavoro o no, io ce l'ho uno scopo. Potrei non avere le stesse possibilità, ma ho il desiderio e la forza di volontà. Non devo essere ambasciatrice per continuare ad aiutare gli altri. Non è diverso da quello che la tua famiglia fa quotidianamente. Da quello che fanno migliaia di persone che lavorano per cause per loro importanti." La bocca della donna si sollevò in un sorriso. "Ti ricordi quando, all'Opera, mi hai detto di essere abbastanza vecchio da conoscere i tuoi sentimenti e il tuo modo di pensare? Per me è lo stesso. Questa è la cosa giusta."

"Claire, non so cosa dire."

"Di' che mi ami."

Eduardo affondò le mani nei capelli di Claire e la baciò. C'era del calore in quel bacio, ma era nato dalla fiducia e dall'amore. Un amore che si faceva più profondo ogni giorno che passava. Fra un bacio e l'altro, lui lo disse più e più volte.

Quando, finalmente, si fermò abbastanza a lungo da premere la fronte contro quella di Claire, lei disse: "Dovresti rientrare. Se dovessero esserci altre novità, i tuoi collaboratori verranno a cercarti."

"Presto," disse Eduardo, per poi baciarla di nuovo. "Prima voglio fare un'altra cosa."

"Puoi baciarmi più tardi. Se giocherai bene le tue carte, potrai fare anche molto di più."

"No. Non quello. Voglio che tu mi sposi."

Claire rimase di stucco e si allontanò. "Cosa?"

Quelle parole avevano sorpreso anche lo stesso Eduardo, che tuttavia era completamente sincero. Non riuscì a non sorridere dello stupore che vide sul volto della donna.

"Voglio che tu mi sposi, Claire, ma a tempo debito. Non puoi essere sposata con me e continuare a fare il tuo lavoro. Per cui, fai il lavoro che ami fino a quando lo vorrai fare o fino a quando non potrai più farlo. Quando sarai pronta a cambiare, io ci sarò. Come membro della mia famiglia, potrai perseguire qualunque interesse filantropico tu desideri."

Eduardo trasse un respiro profondo, poi aggiunse: "D'altro canto, non è facile far parte della famiglia reale. Bisogna sottostare alle aspettative di un intero Paese. Se non desideri assumerti quel peso sposandomi, capirò. Ma spero che rimarrai a San Rimini e spero che rimarrai con me. Non voglio vivere un altro giorno senza di te."

"Oh, Eduardo, nemmeno io voglio vivere senza di te. Mi spezzerebbe il cuore."

Eduardo si alzò dalla panchina, quindi si inginocchiò di fronte a Claire, tenendole le mani mentre lei lo guardava sbalordita. "Claire Peyton, mi faresti il grande onore di diventare mia moglie?"

Udirono lo scricchiolio della ghiaia nello stesso momento. Guardarono verso il palazzo, poi si guardarono a vicenda. Quando i loro sguardi si incrociarono, soffocarono entrambi una risata. "Stiamo scherzando?" bisbigliò Claire. "Presto: alzati prima che qualcuno ti veda."

Eduardo inclinò la testa e aspettò.

"Sì! La risposta è sì! Ora alzati, o tutto il palazzo spettegolerà nel giro di un'ora. Abbiamo bisogno che questa cosa rimanga fra noi."

Quando Sergio apparve alla vista, Eduardo era tornato a sedersi accanto a Claire. Considerata la leggerezza che provava dentro, era orgoglioso di quanto sembrava tranquillo all'esterno.

"Ci sono novità?"

"La ferita alla testa del padre non era grave come si temeva in origine. Lo stanno operando per riparare il bacino e i medici sono ottimisti. A quanto pare, è la migliore frattura che potesse riportare, considerate le circostanze. La figlia è uscita dalla sala operatoria. Per il momento, non ci sono complicazioni. Avranno entrambi bisogno di tempo per guarire, ma nessuno dei due è in condizioni critiche."

"È un'ottima notizia. Non appena potranno ricevere visite, chiederò a Luisa di prendere provvedimenti. Ma con discrezione. Considerata la delicatezza del progetto per la Strada, non voglio che sembri una trovata pubblicitaria."

"Credo che sia un'ottima idea, Vostra Altezza." Sergio sorrise a Claire e disse: "È bello vederla, signora ambasciatrice."

"Lo stesso vale per me, Sergio, anche se preferirei che fossero circostanze migliori. Nel caso non lo avessi già detto, grazie per tutto quello che fa per re Eduardo. Mi rassicura sapere che gli guarda le spalle."

Sergio esitò, quindi annuì come per dire che lo stesso valeva per lui.

L'uomo rimase silenzioso per un momento, quindi si rivolse a Eduardo. "Se ci saranno novità, ve le comunicherò domani. Altrimenti, purché sopravviviate a Greta, ci vedremo all'incontro di lunedì mattina."

"Farò del mio meglio," disse Eduardo.

Una volta che Sergio si fu allontanato, Eduardo si rivolse a Claire. "Credo che tu abbia appena piantato un altro olivo. A che punto eravamo?"

Lei portò una mano al viso di Eduardo e tracciò un sentiero lungo il suo zigomo, prima con l'indice, poi con il pollice, appoggiandogli infine la mano sulla guancia. "Credo che tu stessi per chiedermi di ballare."

"Senza musica?"

"Possiamo immaginarla."

"Immaginala con questo, allora." Eduardo mise una mano in tasca e tirò fuori il sacchetto di velluto che vi aveva infilato quella sera e in diverse altre sere nelle ultime due settimane. Sapeva che l'avrebbe offerto a Claire, ma non sapeva esattamente quando. Le prese la mano, poi aprì il sacchetto e lo rovesciò in modo che l'anello le ricadesse nel palmo aperto.

"Apparteneva alla mia bisnonna," disse. "Quando sarai pronta a rendere pubblico tutto, spero che lo indosserai."

Claire guardò con le lacrime agli occhi prima Eduardo e poi l'anello. Passò un dito sullo smeraldo e sui piccoli diamanti che lo circondavano. "Eduardo, è squisito." Se lo infilò al dito ed entrambi si stupirono nel constatare che la taglia era giusta.

"Ti dispiace se lo porto questa sera?"

"Ne sarei felicissimo."

Eduardo si alzò, tese una mano e fece volteggiare Claire fra le sue braccia. I loro piedi si mossero all'unisono e, quando le punte delle dita di Claire gli sfiorarono la nuca, lui capì che sentivano la stessa canzone nelle loro menti.

Era tutto ciò che lui avrebbe mai potuto desiderare. Le stelle che brillavano in alto. La donna che amava fra le braccia. I suoi figli e i suoi nipoti addormentati nel palazzo che circondava il giardino.

Eduardo accentuò la presa e baciò Claire sulla tempia.

Era in pace.

EPILOGO

EDUARDO SI CHINÒ e salutò mentre percorreva la Strada il Teatro a bordo di una carrozza aperta. Accanto a lui, Claire era appollaiata sul sedile di velluto rosso, gli occhi che brillavano di gioia. Una mano era posata sulla lucida portiera nera, mentre l'altra teneva quella di Eduardo. La donna indossava un abito di seta color avorio, una tiara che era appartenuta alla madre di Eduardo e un paio di orecchini di turchese e argento realizzati da un'amica d'infanzia di sua madre. Un identico braccialetto di turchese e argento le avvolgeva il polso.

L'anello di fidanzamento di smeraldo e diamanti le scintillava alla mano sinistra.

Tutto attorno a loro, la folla fischiava ed esultava sotto uno splendido cielo azzurro.

Ogni tanto, Claire si premeva una mano sul cuore e salutava. Irradiava gioia.

Un decennio prima, Eduardo aveva percorso a piedi quello stesso tragitto dietro la State Coach del 1750, un veicolo dorato talmente enorme da aver necessitato di un tiro di sei cavalli per affrontare le strade acciottolate di San Rimini.

Quel giorno, la carrozza era vuota mentre si faceva strada verso il Duomo. Era l'addio tradizionale per un membro della famiglia reale. Le tre ore successive a quella camminata erano state le più lunghe della vita di Eduardo mentre lui affrontava il servizio funebre al Duomo e poi un ricevimento a palazzo. Gli era sembrato che gli avessero strappato l'anima, lasciando un vuoto che nulla avrebbe mai potuto riempire.

Avrebbe sempre pianto Aletta. Ma come la Strada il Teatro, che presto sarebbe smontata e ricostruita per una nuova epoca, anche la sua anima aveva subito un rinnovamento.

Doveva ringraziare la donna che aveva accanto. Lei gli aveva insegnato a vivere nel presente e ogni momento degli ultimi due mesi aveva ribadito il concetto. Il mese successivo, Eduardo aveva intenzione di ringraziarla presentando una proposta di legge che avrebbe inviato finanziamenti e insegnanti al programma scolastico da lei sostenuto in Uganda.

Due mesi prima, Claire aveva rassegnato le dimissioni. Pur avendo lei avuto la certezza che il Presidente volesse un alleato politico in quel ruolo, questi aveva seguito il suo consiglio e promosso un membro del personale dell'ambasciata, affidando l'incarico a Mark Rosenburg. Claire non avrebbe potuto essere più felice. Karen Hutchinson si era offerta di restare all'ambasciata e collaborare con l'assistente di Mark durante il passaggio di consegne, ma aveva intenzione di andarsene in seguito.

Sebbene Karen non avesse detto nulla sul lavoro, Claire aveva confidato a Eduardo che Karen aveva intrecciato una relazione con il suo intermediario presso il ministero della difesa, un uomo che a quanto pareva aveva descritto come "di bell'aspetto" durante la cerimonia delle credenziali. I due si erano avvicinati per via del loro stesso impiego nel settore pubblico, dell'amore per i viaggi e della passione per la pasticceria. Volevano entrambi dei figli e Claire sospettava che presto avrebbero iniziato a progettare il matrimonio.

Due settimane dopo le dimissioni di Claire, Zeno Amendola era arrivato al consueto incontro con la stampa del lunedì mattina e presentato gli aggiornamenti sul progetto per la Strada il Teatro prima di annunciare che il principe Antony aveva intenzione di visitare il Belgio come parte della delegazione sanriminese a un imminente summit sul clima. Quando Zeno aveva aperto alle domande, si aspettava assolutamente la tempesta di interrogativi che riguardavano tutto, tranne quei due argomenti.

Claire aveva partecipato a un programma politico americano il giorno prima per discutere della crisi dei profughi globale. Tuttavia, il moderatore aveva rapidamente spostato l'argomento su questioni personali.

"Di recente, lei si è dimessa dal ruolo di ambasciatrice degli Stati Uniti a San Rimini. Ora, si dice che lei e re Eduardo potreste sposarvi. I sanriminesi hanno opinioni forti al riguardo."

"Ah sì?" La risata di Claire era genuina, gli occhi che brillavano mentre fronteggiava il moderatore.

"In particolare riguardo a un certo titolo."

"Beh, ho vissuto buona parte della mia vita con un titolo. È stato un onore essere chiamata 'signora ambasciatrice.' Non ho bisogno di un altro titolo e non lo desidero."

"Vuole dire che ne ha discusso con il re? Avete intenzione di sposarvi?"

"Voglio dire esattamente quello che ho detto. È stato un onore servire come ambasciatrice americana a San Rimini. Ho potuto creare sodalizi a beneficio di entrambi i nostri Paesi. Ho avuto l'occasione di conoscere e collaborare con persone incredibili, molte delle quali sono diventate care amiche. E sebbene abbia lasciato il mio ruolo di ambasciatrice, non ho intenzione di smettere di lavorare. Intendo seguire diversi progetti filantropici che mi stanno molto a cuore. Non ho consultato studi sull'argomento, ma ho il sospetto che molti diplomatici di carriera facciano lo stesso. È il desiderio di fare la differenza che ha portato molti di noi al Dipartimento di Stato." Poi, Claire si era rivolta a un altro ospite e aveva detto: "Lei non è d'accordo, Ronald? Cosa l'ha portata alla sua carriera e alla questione dei profughi in particolare?"

Quel frammento di intervista era stato trasmesso da quasi tutte le reti televisive europee. Da un giorno all'altro, la percezione pubblica di Claire era cambiata. Persino i più crudeli i giornalisti dei tabloid avevano lodato il suo acume politico e il suo passato di aiuto ai bisognosi, piuttosto che etichettarla come cacciatrice di dote che aveva preso di mira il titolo della regina defunta.

Quando Zeno era stato tempestato da domande provenienti da più giornalisti, aveva allargato le braccia in una richiesta di silenzio. Quando il rumore era cessato, un enorme sorriso gli era spuntato sul volto. "Ho delle notizie che credo risponderanno alle vostre domande. È un piacere annunciare che re Eduardo e l'onorevole Claire Peyton sono fidanzati. Intendono sposarsi con una cerimonia privata qui a palazzo, fra circa sei settimane. Verranno comunicati altri dettagli, ma nel frattempo, vorrei chiudere questo incontro augurando loro una lunga e felice vita insieme."

Il pubblico era esploso.

Come annunciato da Zeno, il matrimonio si era tenuto nella cappella del palazzo. Karen Hutchinson aveva ricoperto il ruolo di damigella d'onore e Giovanni Sozzani quello di testimone dello sposo. Gli ospiti comprendevano la famiglia di Claire, venuta dal New Mexico; membri del personale della Rocca e dell'ambasciata; e numerosi amici. L'intero clan diTalora aveva partecipato, anche se Eduardo aveva sentito tante di quelle persone chiedere ad Arturo e Paolo se avessero della gomma da masticare da temere che i due avrebbero tentato la fuga. Re

Carlo e la regina Fabrizia erano venuti da Sarcaccia, così come l'assistente personale della regina, Daniela, e suo marito Royce, che avevano collaborato entrambi con Eduardo diversi anni prima. Dopo aver presentato Daniela e Royce a Claire, Eduardo le si era avvicinato per bisbigliare: "Devo raccontarti la loro storia. Non farmelo passare di mente."

Era stata una cerimonia intima, rincuorante, e mentre lui e Claire uscivano dalla cappella e si incamminavano verso la carrozza che li avrebbe portati attraverso le strade di San Rimini per un giro celebrativo, gli era parso di camminare a mezz'aria.

Sì, pensò Eduardo, le scelte che avevano fatto in preparazione alla cerimonia erano perfette per loro due.

Il mattino prima, Miroslav li aveva portati fuori dal palazzo in modo che visitassero il Duomo insieme prima che esso aprisse all'alba. Avevano lasciato dei fiori per Aletta – un bouquet allegro e colorato in luogo delle consuete rose bianche – e non si erano stupiti nel vedere che diverse altre persone avevano lasciato dei fiori negli ultimi giorni. Quando Eduardo aveva fatto per allontanarsi, Claire aveva chiesto di restare da sola per un momento. Eduardo l'aveva guardata parlare sottovoce di fronte alla cripta, le mani giunte di fronte a sé, mentre lui aspettava seduto in un banco vicino. Poi, aveva permesso che il suo sguardo si sollevasse fino alle vetrate. Esse erano buie nelle ore precedenti l'alba, ma lui conosceva le storie che raccontavano. Erano storie di speranza, di famiglia, di gentilezza. Di amore.

Era come aveva promesso ad Aletta quando era venuto a trovarla in occasione dell'ultimo anniversario della sua scomparsa. Quella visita era più significativa delle altre e non c'erano fotografi. Era tutto come doveva essere.

Claire si era avvicinata senza emettere un suono e gli aveva appoggiato su una mano sulla spalla. "Andiamo avanti?"

"Andiamo avanti."

La sera prima, si erano goduti una cena alla residenza con i genitori di Claire, i quattro figli di Eduardo e i rispettivi coniugi, re Carlo e la regina Fabrizia. Sebbene Eduardo non avesse bisogno della benedizione della regina Fabrizia prima di sposare Claire, era stato enormemente importante per lui quando, alla fine della serata, la più cara amica di sua moglie gli aveva confidato: "Aletta l'avrebbe adorata. E vedo che lo stesso vale per i vostri figli. Sono davvero felice per te, Eduardo, e lo stesso vale per Carlo. Lei è meravigliosa."

In seguito, quando erano rimasti soli, Eduardo aveva abbracciato a lungo Claire. Erano entrambi troppo elettrizzati per dormire, per cui avevano trovato una commedia in televisione e si erano accomodati sul divano. Avevano parlato del matrimonio, degli invitati e del nuovo ruolo di Claire. Lei aveva una proposta, ma una proposta che non era dettata da un presidente o da un Dipartimento di Stato. Aveva conosciuto Margaret Halaby e insieme avevano discusso di attività filantropiche a lei affini. Il suo primo progetto prevedeva la promozione di una clinica in Etiopia che offriva cure alle donne che avevano sofferto di fistole durante il parto. Amanda e Jennifer, la moglie del principe Antony, speravano di essere coinvolte nel progetto, la qual cosa aveva entusiasmato Claire. Claire sperava di visitare la clinica di persona, nei mesi a venire, per poi recarsi in Uganda per visitare una delle scuole che aveva visto agli inizi del suo incarico di ambasciatrice presso quella nazione.

La carrozza svoltò in un'altra strada, tracciando un ampio cerchio attorno all'isolato che conteneva l'ambasciata americana. Quando l'edificio apparve alla vista, Claire strinse la mano di Eduardo.

Era un modo per dire che, nonostante entrambi avessero affrontato sfide e sofferenze per arrivare fino a quel punto, si fidavano l'una dell'altro e il loro amore li avrebbe sospinti in avanti.

Quando la carrozza tornò sulla Strada il Teatro per effettuare un altro passaggio fra la folla e tornare alla Rocca, Eduardo si chinò e baciò la sua sposa. Lei sorrise e ricambiò il bacio.

Il cerchio si era chiuso.

Nel complesso, era una vita bellissima.

NOTE

CAPITOLO 14

1. Il titolo della canzone significa "Lascia che il resto del mondo passi;" da qui il riferimento successivo (ndt).

CAPITOLO 15

1. In italiano nell'originale (ndt).
2. In italiano nell'originale (ndt).

CAPITOLO 19

1. In italiano nell'originale (ndt).

GRAZIE

Grazie per aver letto la serie "Scandali reali: San Rimini."

Per saperne di più sugli altri titoli di Nicole Burnham, visitate nicoleburnham.com.

SCANDALI REALI: SAN RIMINI

Degno di una regina

Andare al castello

La tutrice del principe

Il bacio del cavaliere

Innamorarsi del principe Federico

Baciare un re

Iscriviti qui alla newsletter in italiano di Nicole. Gli abbonati ricevono materiale bonus e informazioni sulle prossime uscite. Puoi annullare l'iscrizione in qualsiasi momento.

L'AUTRICE

Nicole Burnham è la premiata autrice di oltre venti romanzi.

Per saperne di più riguardo ai suoi libri, visitate nicoleburn ham.com.

www.ingramcontent.com/pod-product-compliance
Lightning Source LLC
Chambersburg PA
CBHW021220220726
48287CB00015B/2153